강원국의 글쓰기

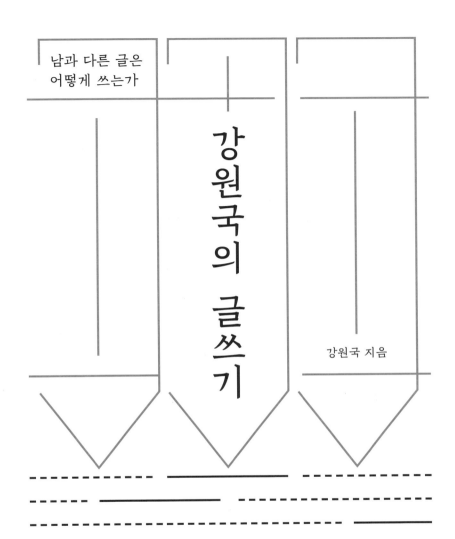

남과 다른 글은
어떻게 쓰는가

강원국의 글쓰기

강원국 지음

메디치

차례

5장 사소하지만 결코 놓쳐선 안 되는 글쓰기 환경

"이제 대통령은 그만 팔아먹지?"

간혹 듣는 소리다. 이제 당신 얘기를 할 때도 됐지 않았느냐는 애정 어린 질책이다. 고맙게 받아들인다.

2014년 2월 첫 책 《대통령의 글쓰기》를 내고 1,000번 가까이 강연을 했다. 블로그, 홈페이지에 2,000개가 넘는 글을 썼다. 모두 글쓰기에 관한 내용이다. 첫 책 출간 이후 1,500일 가까이 글쓰기에 관해서만 생각하며 살았다. 그리고 글쓰기로 고통받는 이들과 만나 대화를 나눴다.

그들에게 꼭 전하고 싶은 게 생겼다. 28년간 암중모색과 고군분투 과정을 거쳐 얻은 나의 글쓰기 방법론이다. 청와대 경험을 《대통령의 글쓰기》에 녹였고, 기업에서 겪은 얘기로 《회장님의 글쓰기》를 썼다. 둘 다 나의 책이 아니다. 관찰기이자 대통령과 회장에게 배운 글쓰기론이다.

이제 비로소 내 얘기를 하려고 한다. 크게 다섯 가지다. 첫째, 글을 잘 쓰기 위해 마음 상태를 어떻게 다스려야 하는가. 둘째, 글을 쓰기 위해서는 어떤 준비가 필요한가. 셋째, 글쓰기 기본기는 어떻게 갖춰야 하는가. 넷째, 실제로 글은 어떻게 써야 하는가. 다섯째, 글을 잘 쓰기 위한 주변 여건과 환경은 어떠해야 하는가.

내가 습득한 모든 글쓰기 노하우를 담았다고 자부한다. 한 사람의 28년 경험을 이 책 한 권으로 얻을 수 있다. 원고 하나하나가 두 시간짜리 강의 내용이다. 모두 읽으면 100시간 강의를 듣는 효과가 있다.

또한 많은 글쓰기 책의 큐레이터 역할을 자임하고자 했다. 이 책 한 권만 읽어도 다른 글쓰기 책을 읽을 필요가 없도록 하자는 생각으로 썼다. 이를 위해 글쓰기에 관한 책을 100권 가까이 읽었다. 그 내용이 이 책 구석구석에 녹아 있다.

적어도 이 책을 읽고 나면 글쓰기가 두렵지는 않게 될 것이라고 믿는다. '이렇게 쓰면 되겠구나' 하는 자신감을 얻을 것이라고 확신한다. 나아가 글을 쓰고 싶은 마음이 불끈 솟기를 기대하고 희망한다.

쓰느라 힘들었다. 이제 당신이 읽느라 고생할 차례다.

2018년 6월

수서 카페에서

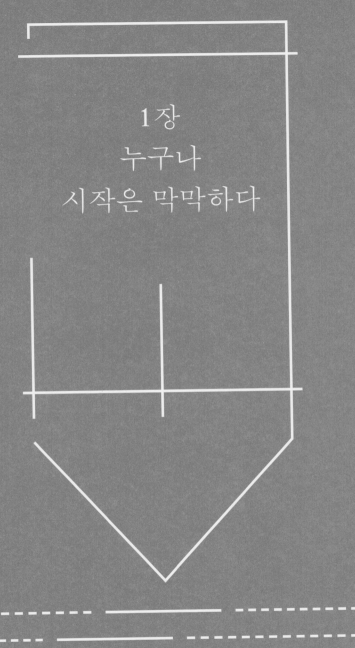

1장
누구나
시작은 막막하다

내가 방송에 나가도 되는 이유

- 글쓰기는 자신감이 절반

간혹 방송 출연 요청이 들어온다. 솔직히 자신이 없다. 그럴 때마다 아내가 나가도 되는 이유를 얘기해준다. 첫째, 생방송이 아니고 녹화라는 사실이다. 잘하지 못하면 편집할 텐데 무슨 걱정인가. 둘째, 당신이 할 만하니까 불렀다. 그들 판단을 믿으란다. 셋째, 시청률이 5% 넘는 프로그램은 흔치 않다. 100명이면 고작 한두 명 본다. 넷째, 대본도 있으니 사전에 준비하면 된단다. 다섯째, 있는 그대로 보여주면 부족한 부분은 제작진이 도와줄 테니 걱정 말란다. 그제야 나는 자신감을 갖고 방송에 나간다.

글도 이런 마음을 가지고 쓰면 된다. 첫째, 쓰고 나서 편집하면 된다. 퇴고할 기회는 얼마든지 있다. 둘째, 쓸 기회가 주어졌다는 것은 그만한 자격이 있다는 뜻이다. 쓸 수 있다는 자체만으로도 얼마나 감사한가. 셋째, 당신이 쓴 글에 다른 사람은 그다지 관심 없다. 당신이 다른 사람 글에 크게 관심 없는 것처럼. 넷째, 자료 열심히 찾고 시간을 들이면 된다. 다섯째, 최선을 다해 쓰고 남에게 보여주면 된다. 글은 다른 사람 의견으로도 좋아질 수 있다.

글 쓰는 일에 자신 있다고 하는 사람을 별로 보지 못했다. 당연하지 않은가. 우리는 글쓰기를 제대로 배운 적이 없다. 배운 적이 없는데 어찌 잘 쓸 수 있겠는가. 피아노나 바이올린을 배우지 않고 잘할 수 있는 사람이 있는가? 자전거도 배워야 탈 수 있다. 걸음마도, 젓가락질도 해봐야 할 수 있다. 고등학생 시절, 작문 시간은 있었지만 그 시간에 글쓰기를 따로 배우지는 않았다. 배우지 않고 해보지 않고 어찌 잘할 수 있겠는가.

글쓰기는 그렇게 만만한 상대가 아니다. '작가들의 작가'라 불리는 글쓰기 교수법의 대가 윌리엄 진서(William Zinsser)가 그랬다. "글쓰기가 어렵게 느껴진다면, 이는 실제로 어렵기 때문이다"라고. 인간의 행위 중 어려운 일 가운데 하나가 글쓰기다.

왜 어려운가. 쓰기 싫기 때문이다. 쓰기 싫은 이유는 무엇인가. 우리 뇌는 예측 불가하고 모호한 것을 피하려는 경향이 있다. 위험에서 스스로를 지키려는 안전 욕구가 본능적으로 있다. 그런데 글쓰기야말로 정체를 알 수 없다. 정답이 없다. 어떻게 끝날지 모르는 모호한 대상이다. 여기에다 끝까지 못 쓸까봐 불안하고, 못 썼다는 소리 들을까봐 또 불안하다. 결국 피하고 본다.

글을 쓰려고 책상 앞에 앉으면 뇌가 말한다. '너, 피곤하지 않아? 왜 굳이 오늘 쓰려고 해?' 결국 우리의 의지는 꺾인다. '그래, 내일도 있잖아.' 뇌의 유혹에 지고 만다.

글쓰기는 또한 고도의 정신 활동이다. 복합적 능력을 요구한다. 머릿속 생각을 끄집어내면서 적절한 어휘를 찾는다. 문장을 쓴다. 논리적으로 문장을 연결한다. 전체 구성을 짠다. 핵심적인 메시지를 찾아 표현한다. 독자의 지적도 염두에 둬야 한다.

단어를 선택하고 문장 순서를 결정하고 문단을 구성하는 데에도 갈등이 따른다. 선택해야 한다. 한마디로 골치 아프다. 이 모든 작업을 동시에 진행해야 한다. 여기에 육체적인 피곤도 감수해야 한다. 어찌 글쓰기가 쉽겠는가.

여기에 엄살도 끼어든다. 독서량이 적다, 어휘력이 부족하다, 준비가 안 됐다 등등 자신의 역량을 과소평가한다. 막상 쓰지 못했을 때 실망감을 최소화하기 위해서다. 자신의 약점을 과장함으로써 예방주사를 맞는다. 이런 사람에게 알려주고 싶은 연구 결과가 있다.

심리학에 '더닝 크루거 효과(Dunning-Kruger effect)'라는 게 있다. 능력 없는 사람은 자신의 실력을 실제보다 과대평가하는 반면, 능력이 있는 사람은 자신의 실력을 과소평가하는 경향이 있다는 것이다. 능력 없는 사람의 착각은 자신에 대한 오해에서 비롯된다. 한마디로 근거 없는 자신감이다. 이에 반해 능력 있는 사람은 자신의 허점을 잘 알고 있기 때문에 스스로를 과소평가한다. 자신의 글쓰기 실력이 형편없다고 생각하는가? 당신이야말로 능력 있는 사람인지도 모른다.

나는 늘 막연했다. 이번에는 쓸 수 있을까 두려웠다. '쓸 수 있을까?'라는 의문이 드는 이유는 세 가지 두려움 때문이다. 첫째, '어떻게 시작하지?'라는 첫 줄에 대한 공포다. 그러면 나는 이렇게 대든다. '나는 이렇게 시작할 거야. 내가 이렇게 쓴다는데 어느 누가 뭐라고 해?' 둘째, '쓸 말이 있을까?'라는 분량의 공포다. 나는 이렇게 주문을 건다. '이 세상에 나와 똑같이 산 사람은 한 사람도 없어. 내가 갖고 있는 콘텐츠는 하나밖에 없어. 내가 살아온 날만큼 쓸 말도 많아. 내 것이 가장 독창적이야.' 마지막은 '내일까지 쓸 수 있을까?'라는 마감의 공포다. 나는 이렇게 되뇐다. '쓰면 써지는 게 글이야. 이전에도 늘 그랬잖아?'

일부러라도 자신감을 북돋워줄 필요가 있다. 이유는 세 가지다. **첫째, 내 안에 있는 쓸거리를 끄집어내기 위해서다.** 자신감이 없는 사람은 집토끼가 아니라 산토끼를 찾아 헤맨다. 인터넷을 검색하고 참고자료부터 뒤진다. 사방팔방 물어본다. 이전에 누군가 써놓은 글이 없는지 찾는다. 자기 안에 파랑새를 두고 구천을 헤매는 격이다. 내가 가지고 있는 것을 찾는 게 먼저다.

사람은 하루에 오만 가지 생각을 한다. 자신도 모르는 사이에 보고 듣고 느끼는 순간이 무수히 많고, 거기서 얻은 정보가 무의식에 저장된다. 버스를 타고 가다 혹은 산책하다 문득 생각난다. 자신이 의도해서 생각난 것이 아니다. 무의식에서 길어 올린 것이다. 이런 무의식의 세계는 측량할 수 없을 만큼 어마어마하다.

무의식에 저장돼 있는 것을 길어 올려 쓰려면 스스로를 믿고 자신감을 가져야 한다. 내 안에 쓸거리가 있다고 믿어야 한다. 쓸거리는 살아온 시간만큼 축적돼 있다.

자신감을 가져야 하는 두 번째 이유는 과도하게 다른 사람 눈치를 보면 글이 안 써지기 때문이다. 우리 뇌는 누군가의 시선을 의식하는 순간 주어진 일을 그르친다. 자신을 지켜보는 사람이 있다는 생각이 불안을 불러일으키고, 이러한 불안이 뇌의 특정 부위를 긴장시켜 적절한 행동을 방해한다. 물론 나와 같은 '관심 대마왕'은 예외지만, 그렇지 않은 사람은 머릿속으로 썼다 지웠다만 반복한다. '내가 이렇게 쓰면 상사가 뭐라고 하겠지? 틀림없이 이러저런 지적을 할 거야.' 자체 검열을 하며 쓰는 것을 주저한다.

이렇게 지레 겁을 먹으면 글이 그것을 눈치채고 글 쓰는 사람 위에 군림한다. 글을 지배하고 글 위에서 호령해야 할 내가 오히려 글의 눈치를 보고 글에 갇혀 옴짝달싹못한다. 당연히 생각도 나지 않고 자신을 솔직하게 드러내지도 못한다.

글은 쓰면 써진다고 믿고 써야 한다. 쓸 수 없다고 생각하는데 술술 써지는 기적이 일어나겠는가. 기발한 생각은 기다린다고 오지 않는다. 개요도 써야 정리되고 짜인다. 시작할 때는 누구도 알지 못한다. 써가며 알게 된다. 알아서 쓰는 게 아니다. 모르니까 쓰는 것이다.

자신감이 필요한 세 번째 이유는 언제든 내가 쓴 글을 남에게 보여줄 수 있어야 하기 때문이다. 많이 보여줄수록, 다양한 피드백을 받을수록 글은 좋아진다. 자신감이 없는 사람은 보여주는 것을 망설인다. 벌거벗은 생각과 감정을 내보이는 게 부끄럽고, 남의 평가가 두렵다. 눈치를 보면 절반은 진 것이고, 주눅이 들면 완패다. 써지지도 않을뿐더러 써도 좋은 글이 안 나온다.

이에 반해 스스로를 믿는 사람은 자기 글을 남에게 자신 있게 보여준다. 호평이나 혹평에 흔들리지 않는다. 칭찬받았다고 우쭐하지도, 혹평에 의기소침하지도 않는다. 타당한 건 흔쾌하게 받아들이고 무시할 것은 묵살한다. 나아가 마음속 다툼도 없다. 당신 말도 맞고 내 말도 맞다고 생각한다. 청탁병탄(淸濁倂呑)한다. 맑은 것과 탁한 것을 함께 삼킨다. 다름을 인정하고 받아들인다. 결과적으로 잘 보여주는 사람은 더 잘 쓰고, 안 보여주는 사람은 갈수록 못 쓴다. 보여주지 않는 글은 의미가 없다.

자신감은 누가 가져다주지 않는다. 스스로에게 '나는 글 잘 쓰는 사람'이란 표식을 붙이자. 조직에서 '나는 글을 못 쓴다', '글쓰기가 어렵다'고 앓는 소리를 하면 자기 스스로 무덤을 파는 격이다. 그런 딱지가 붙은 사람의 글은 문제가 있을 것이라고 의심부터 하기 때문이다. 지적해줘야 할 것 같은 사명감에 불타 사정없이 고친다. 결국 자신감을 잃고 진짜로 글을 못 쓰는 사람이 된다.

그렇다면 글쓰기 자신감을 높이는 방법은 무엇인가. **우선 내 글에 호의적인 사람을 곁에 두는 것이다.** 내 곁에는 보험회사에 다니는 친구 한 명이 있다. 나는 어려울 때마다 그 친구를 찾아가 하소연한다. 그는 늘 내 편이다. 그 친구를 만나고 돌아오는 길에는 자신감이 붙는다. 지속적으로 글을 쓰려면 그런 친구가 곁에 있는지, 그 친구가 누군지 생각해봐야 한다.

자신감을 갖게 해주는 또 다른 방법은 매일 글을 쓰는 것이다. 어찌 보면 이것 하나만으로 모든 것을 해결할 수 있다. 작가는 '오늘 아침에 글을 쓴 사람'이라고 했다. 죽이 되든 밥이 되든 매일 일정 분량을 쓰는 것이 자신감을 높이는 가장 강력한 방법이다. 자신감은 성실함에서 나온다. 내가 열심히 하면 스스로에 대한 평가가 긍정적이다. 글을 열심히 쓰면 뿌듯하다. 새벽까지 쓰고 나면 스스로가 대견하다. 그러면 자신감이 생긴다. 그 힘으로 또 열심히 쓴다.

일정 시간이 아니라 일정 분량을 매일 써보자. 하루 1시간씩 쓰지 말고, 하루 원고지 5매씩 쓰자고 다짐해보자. 시간은 일정하기 때문에 지루하다. 원고지 5매는 다르다. 어느 날은 금세 써지고 어느 날은 온종일 걸린다. 변화가 있다. 오늘은 빨리 써질지도 모른다는 기대감을 가질 수 있다. 단, 분량은 최소한으로 정하자. 많이 쓰는 게 중요한 것이 아니라 자신감을 얻는 것이 긴요하다.

글로써 목표를 이루겠다고 마음먹는 것도 자신감을 높일 수 있다. 글을 잘 써서 이룰 수 있는 꿈은 많다. 작가가 되겠다는 혹은 책을 쓰겠다는 간절하고 구체적인 목표가 생기면 자신감은 저절로 붙는다.

나는 학창 시절부터 꿈을 비웃었다. 이루지 못할 목표를 좇는 것이 어리석게 보였다. 꿈이라는 미명 아래 나를 채찍질하는 속임수라고 생각했다. 그런데 바뀌었다. 이젠 나도 글을 써서 이룰 수 있는 장대한 꿈을 꾼다. 내 글이 점점 나아져 글을 잘 쓰게 되지 않을까, 혹시 내 안에 깜짝 놀랄 만한 재능이 숨어 있는 건 아닐까 꿈꾼다.

잘 쓰는 재능은 타고나지 못했지만 살아오면서 누구 못지않게 많은 사건을 일으켰다. 밀운불우(密雲不雨)라고 했다. 구름 안에 물을 잔뜩 머금고 있는데 비를 뿌리지 못하고 있는 상태다. 누가 아는가. 언젠가 소나기 같은 폭우가 쏟아지면 곧장 소설이 될 것이요, 또 대지를 촉촉이 적시는 보슬비처럼 시가 되어 내리는 날이 올는지. 소설은 내 경험에 '만약'을 더하면 된다. 체험에 만약을 추가하면 가능하지 않을까. 시도 '무엇' 되기와 비유 능력만 있으면 되지 않을까 싶다. 무엇이 되어 그것의 마음을 비유로 표현하면 되지 않겠는가.

굳이 큰 꿈이 아니어도 된다. 글 쓸 때마다 작은 목표를 하나씩 정해보자. 창피만 면하면 된다, 분량을 채우기만 하자, 마감 내에 쓰기만 하자, 문법에 맞게만 쓰자, 독자가 이해 못하는 글만 쓰지 말자. 이런 목표를 갖고 쓰면 성공한다. 작은 성공이다. 이런 성공이 모여 자신감을 만든다.

나는 스스로 자신감을 가져도 좋을 만한 이유를 찾는다. 그동안 글을 많이 쓰지 않았다. 이제 고작 세 권째다. 앞으로 좋아질 일만 남았다. 전도가 양양하다. 내 인생 최고 순간은 아직 오지 않았다. 내게는 시간이 있다. 시간이 있는 한 언젠가 좋은 글을 쓸 것이다.

방전된 배터리로는 시동을 걸 수 없다

- 문제는 욕심이다

대학입학 학력고사 2교시 수학시간. 1번부터 5번까지 한 문제도 못 풀었다. 풀긴 풀었는데, 나온 답이 사지선다형 보기에 없으니 답안지에 마킹할 수가 없다. 식은땀이 나고 가슴만 쿵쾅쿵쾅 뛰었다. 머릿속이 하애지고 공식이 하나도 생각나지 않았다. 더 앉아 있어봤자 승산이 없을 것 같아 그냥 나가려고 답안지를 찍어서 메웠다. 채우고 나니 희한하게 마음이 편해졌다. 수험장을 나가지 않고 풀 만한 문제를 찾아봤다. 밑져야 본전이란 생각으로 한 문제썩 풀어나갔다. 오답에 마킹해놓은 답안지를 하나씩 고칠 때마다 희열이 느껴졌다.

글도 이렇게 써야 한다. 일단 써놓고 하나씩 고쳐나가야 한다. 100점 맞겠다는 욕심으로 1번부터 푸는 것은, 첫 문장부터 완벽하게 글을 쓰려는 마음과 같다. 그러면 부담만 커지고 신이 나지 않는다. 일단 찍어놓고 0점에서 시작해 조금씩 점수를 더해나가는 것은 재미가 있다. 명문장을 쓰겠다는 욕심으로 첫 문장부터 비장하게 달려들기보다는 허접하게라도 하나 써놓고, 그것을 고치는 것이 심적 부담이 덜하다. 비록 허름하지만 여차하면 내놓을 수 있는 글이 하나 있으니 마음이 편하다.

글 쓸 때 욕심을 제어하기가 쉽지 않다. **우선 자료에 관한 욕심이다.** 읽다 보면 누더기 느낌이 나는 글이 있다. 억지로 꿰맨 흔적이 역력하다. 용접한 부위가 우둘투둘하다.

이런 일이 벌어지는 원인은 찾아놓은 자료가 아까워서 꾸역꾸역 쑤셔 넣은 탓이다. 자료를 찾다 보면 더 찾고 싶어진다. 더 찾으면 더 좋은 자료가 나올 것 같기 때문이다. 그러다 보면 끝이 없다. 어느 지점에서 타협해야 한다.

아는 것을 표현하는 데도 욕심이 개입한다. 이 글에서는 이것만 써야 하는데, 저것도 안다고 말하고 싶다. 좀 더 멋있게 표현하고 싶은 욕심도 생긴다. 그러다 보면 글쓰기 진도가 나가지 않을뿐더러 글도 나빠진다. 핵심에서 벗어나 중언부언하기 십상이다. 멋있게 쓰려는 욕심에 글이 느끼해진다. 형용사, 부사가 난무하다.

취사선택의 분별력과 결단이 필요하다. 어느 것은 쓰고 어느 것은 버릴지 기준이 있어야 한다. 기준이 모호하고 경계가 불확실해지면 '이건 중요하니까', '저건 버리기 아까우니까' 이유를 만들고 욱여넣는다. 글의 성패는 여기서 갈린다. 여러 개 중에 하나를 골라야 한다. 다 넣으려고 욕심 부리면 망한다. 적절한 지점에서 추가하는 것을 멈추고 버리는 결단을 내려야 한다.

아는 것 중에 하나만 쓰는 절제는 글 읽는 사람으로 하여금 아우라를 느끼게 한다. 글에서 여백의 미가 풍긴다. 독자에게는 필자가 숨겨둔 메시지를 발견하는 즐거움을 준다. 소풍 가서 보물을 찾았을 때 느끼는 뿌듯함 같은 것이다. 손해 본다 생각하지 말고 아는 것, 쓰고 싶은 말을 남겨두자. 그것이 글 쓰는 사람의 여유다.

누군가에게 잘 보이고 싶은 욕심도 장애물이다. 평가를 낮게 받지 않을까, 지적당하지 않을까 두렵다. 일종의 주목 공포증이다. 나도 남의 시선을 의식하는 강박 장애를 겪었다.

고등학교 3학년 때 공부하고 있으면 뒤에서 누군가 쳐다보는 것만 같았다. 뒤돌아보면 아무도 없다. 갈수록 이런 증상이 심해졌다. 아무도 없는 줄 알면서도 쳐다보지 않고는 못 배기는 상태가 됐다. 그러다 보니 공부하는 내내 수시로 뒤를 봐야 했다. 안 그러면 숨이 가빠서 견딜 수가 없었다. 급기야 정신신경과 치료를 받았다. 타인의 시선을 과도하게 의식하고 남에게 잘 보이려는 욕심에서 비롯된 일이다.

글을 읽는 사람은 글쓴이가 얼마나 잘 쓰는지, 얼마나 많은 것을 알고 있는지 관심 없다. 그들이 관심 갖는 것은 글에서 말하고자 하는 얘기가 뭔지, 그 얘기가 내게 어떤 도움이 되는지 하는 것이다. 그러므로 내가 글에서 하고자 하는 말이 무엇인지, 그것이 독자에게 어떤 효용이 있는지에 집중하는 게 맞다.

글쓰기가 어려운 첫 번째 이유는 자신의 현재 상태를 있는 그대로 받아들이지 않기 때문이다. 글쓰기 실력이 80점인 사람이 마치 100점인 것처럼 보이고 싶은 욕심 때문에 글을 못 쓰고 끙끙 앓는다. 혹은 자기 스스로를 100점이라고 착각한다. 머릿속에 든 만큼, 마음으로 느낀 만큼, 나의 글쓰기 수준만큼 써서 보여준다 생각하면 못 쓸 게 없다.

직장에서 글 쓰는 사람을 많이 만났다. 이들을 자존감과 실력이라는 두 잣대로 분류하면 네 부류로 나뉜다. 첫째는 자존감도 높고 실력도 있는 부류다. 자기 실력을 100% 보여주지 않는다. 잘 보이려고 애쓰지 않는다. 글에 욕심이 들어가지 않는다. 설렁설렁 쓴다. 대부분의 경우 글이 좋다. 그러나 간혹 결정적 실수를 한다. 둘째는 실력은 그저 그런데 자존감이 높은 부류다. 매우 성실하다. 일찌감치 글을 써놓고 계속 수정한다. 실수가 거의 없다. 마감 준수 등 항상 기본은 한다. 그러나 뛰어난 것은 나오지 않는다. 셋째는 자존감은 낮으나 실력이 괜찮은 부류다. 남이 자신의 글을 어떻게 평가하는가에 민감하다. 인정받고 싶어 한다. 지적당하면 화를 내거나 의기소침해한다. 상사와 멀어지고 조직과 겉돌게 된다. 행복하지 않다. 끝으로 자존감과 실력 모두 낮은 부류다. 눈치를 심하게 본다. 결과도 안 좋다. 자신도 괴롭다. 글쓰기와 관련 없는 일을 하는 게 좋다.

글쓰기에서는 욕심과 실력이 함수관계를 이룬다. 채우기 아니면 비우기다. 실력을 높이거나 욕심을 줄이거나 둘 중 하나를 택해야 한다. 욕심이 많아도 실력이 있으면 상관없다. 욕심은 많은데 실력이 없는 경우가 문제다. 실력이 없으면 '내가 이 정도 썼으면 잘한 거야'라고 생각해야 한다. 자신을 직시해야 한다. 그래도 욕심이 나면 실력을 쌓아야 한다.

독자와 관계에서도 그렇다. 내 역량이 독자의 기대보다 높은 수준일 때는 문제없다. 독자가 나를 알아주지 않는다고 치부하면 될 일이다. 이런 경우 오히려 투지를 불태우게 된다. 투지는 글쓰기에 약이 된다. 역량은 없는데 독자가 과한 기대를 할 때가 문제다. 내 수준보다 높은 결과물을 기대하는 상황이 난감하다. 실력을 키우면 좋겠지만 이는 하루아침에 되지 않는다. 그러나 나를 있는 그대로 보여주는 것은 마음먹기에 달렸다. 톨스토이의 말이 정곡을 찌른다. "가난의 고통을 없애는 방법은 두 가지다. 재산을 늘리거나 욕망을 줄이는 것. 전자는 우리 힘으로 해결되지 않지만 후자는 언제나 우리 마음가짐으로 가능하다."

글쓰기가 어려운 두 번째 이유는 여러 가지를 다 잘하고 싶기 때문이다. 나는 글을 쓸 때 주제 하나에 집중한다. 하고자 하는 말을 어떻게 잘 전달할 것인지에 몰두한다. 감동? 재미? 논리? 이런 것은 그다음 문제다. 여력이 있을 때 신경 써도 늦지 않다. 오직 내가 전하고자 하는 메시지만 생각한다. 하나의 주제에 몰입한다. 하나에만 집중하면 욕심이 사라진다.

주제가 실종되는 경우도 욕심이 앞설 때다. 찾아놓은 자료에 멋있는 표현과 좋은 내용을 많이 욱여넣을 때, 모호함을 심오함으로 착각해서 관념적·피상적으로 흐를 때, 잘 써 보려는 욕심에 수사법과 수식어를 과하게 쓸 때 애초 생각했던 길을 잃고 미로를 헤맨다.

글은 한정식이 아니라 일품요리로 써야 한다. 백화점이 아니라 전문점이 돼야 한다. 주제 혹은 논지와 관련 없는 내용은 가차 없이 버린다. 그러면 단순해진다. 하나의 생각에서 출발하여 그것과 관련 있는 내용만 덧붙이는 방법도 있다. 곁가지를 뻗지 않는 것이 핵심이다.

무엇보다 아는 체하고 싶은 욕심을 자제할 필요가 있다. 싸이의 노래 〈강남스타일〉은 단순 반복의 미니멀리즘으로 성공한 경우다. 글쓰기도 미니멀리즘을 지향할 수 있다. ▲단문으로 쓴다. 복문, 포유문, 중문을 지양한다. ▲수사적인 기교를 부리지 않는다. 수사법 사용을 절제한다. ▲최대한 짧게 쓴다. 군더더기 없이 할 말만 쓴다. ▲독자에게 잘 보이겠다는 생각을 자제한다. 그것도 소유욕이며 미니멀리즘에 역행하는 일이다.

글쓰기가 어려운 세 번째 이유는 말과 달리 글에는 시간을 들여야 하기 때문이다. 말과 글은 한 몸이다. 어휘력과 논리력 등 요구하는 역량이 같다. 결정적 차이는 시간의 문제다. 말은 곧장 하고, 글은 시간이 주어진다. 글을 쓸 때는 시간을 들여야 하기 때문에 욕심을 부린다. 잘 쓰려고 한다. 그래서 어렵다.

말은 욕심 낼 여지가 없다. 준비 없이 즉각적으로 한다. 그러다 보니 수식이 붙을 틈이 없다. 물에 빠지면 "사람 살려", 도둑이 들어오면 "도둑이야"라고 한다. 군더더기 없이 핵심으로 곧장 들어간다. 그러나 글은 다르다. 자신이 아는 것을 보여주고, 잘 쓴다는 것을 과시하기 위해 궁리한다. 그만큼 쓰기가 어려워지고 사족이 붙는다.

글을 말하는 것처럼 쓰는 방법이 있다. 시간을 정해놓고 쓰는 것이다. 일부러 시간을 짧게 잡고 그때까지는 하늘이 두 쪽 나도 마친다는 생각으로 쓴다. 그러면 글이 좋아지기도 한다. 야구선수가 방망이를 짧게 잡고 출루만 하겠다고 마음먹었을 때 잘 칠 수 있는 것처럼. 시간이 남으면 뱀 다리[蛇足]까지 그리게 된다.

촉박하게 쓰는 것과 함께 분량을 제한하는 것도 방법이다. 분량을 200자 원고지 1매로 한정해놓고 써보라. 무거운 모래주머니를 발목에 달고 달리는 기분이랄까? 답답하다. 200자가 그렇게 짧은지 새삼 실감하게 된다. 평소엔 그렇게 부담스럽던 '만주 벌판 같던 분량'이 그립다. 마음껏 쓸 수 있다는 것은 얼마나 고마운 일인가. 그럴 수만 있다면 훨훨 날 것 같다.

욕심은 천성이다. 가만 놔두면 발호하기 때문에 잘 다스려야 한다. 어떻게 욕심을 다스릴 수 있을까. **'이번이 마지막이 아니다'라고 생각한다.** 실제로 그렇다. 기회는 얼마든지 있다. 굳이 이번에 다 쏟아부을 이유가 없다.

과거에는 글을 쓰다가 주제에서 벗어난 내용이 있으면 버리는 게 아까워서 어떻게든 욱여넣었다. 하지만 이젠 조급하게 생각하지 않는다. 메모해뒀다가 다음에 쓰자고 생각한다. 글 쓰는 과정은 내 머릿속 어느 한구석에 있을지 모를 쓸거리를 뒤지는 시간이다. 있는 것을 못 찾았다면 나중에 써먹으면 된다. 보여줄 기회는 한 번만 있는 게 아니니까.

'나중에 고치면 된다'고 생각한다. 처음에는 아는 만큼, 쓸 수 있는 만큼만 쓴다. 토해놓는다는 심정으로 쓰면 금세 쓸 수 있다. 일단 뭐라도 쓰는 것은 나중에 고치기 위해서다. 잘 쓰겠다는 욕심을 버리고, 고칠 것을 마련한다는 생각으로 일단 써야 한다. 가장 좋지 않은 것은 독자를 완전히 감동시켜버리겠다는 욕심과 불퇴전의 각오로 첫 문장부터 죽기 살기로 매달리는 것이다.

'남겨둬야 다음이 있다'고 생각한다. 글쓰기에는 에너지가 필요하다. 글은 한 번 쓰고 말 게 아니다. 쓸 수 있다고 다 써버리면 회복 불능 상태가 될 수 있다. 배터리가 방전되면 아예 시동이 걸리지 않는다. 어느 작가는 글감이 차고 넘치는 순간에 글쓰기를 중단하기도 한다. 다음 날 또 쓰기 위해서.

욕심나는 지점보다 더 높이 올라가서 보는 것도 방법이다. 상사에게 잘 보이고 싶은 욕심이 들면 그보다 더 윗사람의 높이에서 글을 써보라. 그래도 상사에게 잘 보이고 싶은 욕심이 드는지. **반대로 바닥까지 내려가 쓰는 것도 욕심을 다스리는 방법이다.** 내가 지금 글을 쓸 수 있다는 것만으로도 얼마나 다행이고 감사한 일인가. 내일이라도 이 조직을 떠날 수 있는데, 떠나면서 욕심부린 내가 얼마나 우습겠는가.

그럼에도 글을 잘 쓰고 싶은 마음은 잘못된 게 아니다. 그런 생각이 없으면 잘 쓸 수 없다. 잘 쓰고 싶은 마음이나 욕구는 욕심과 다르다. 사람은 누구나 표현 욕구를 갖고 있다. 인정받길 원한다. 글로 영향력을 행사하고 싶은 욕구도 있다. 그런 욕구는 많을수록 좋다.

　문제는 과대 포장하고 싶은 욕심이다. 백 번은 써야 제대로 쓸 수 있는데, 쉰 번만 쓰고도 글을 잘 쓰고 싶어 하는 것, 그것은 욕심이다. 열 번은 고쳐야 제대로 글이 되는데, 다섯 번만 고치고도 제대로 안 고쳐졌다 푸념하는 것도 욕심이다. 심지어 글을 써보지도 않고 글이 안 써진다고 하는 사람도 있다. 이 또한 할 일은 다하지 않고 다한 것처럼 보이려는 욕심이다. 욕심낼 자격부터 갖추는 게 먼저다.

　참여정부 3년 차 때 한계점에 봉착했다. 내가 아는 내 수준은 70점도 안 됐다. 대통령 연설비서관으로서 90점 이상의 실력이 필요했다. 나는 그렇게 보여야 했다. 언제 들킬지 몰라 전전긍긍했다. 밤샘하며 몸으로 때웠다. '이러다 죽을 수도 있겠다'는 공포감이 들었다.

　모든 욕심을 내려놓고 대통령께 사의를 표했다. 끝내 그만두진 못했지만, 그 이전과 이후는 달랐다. 청와대를 떠나기로 마음먹은 그때가 바닥이었다. 바닥에 발이 닿는 순간 오를 일밖에 없었다. 내 글에 관한 평이 좋지 않아도 괴롭지 않았다. 잘 보이려고 아등바등하지 않았다. 잘 써서 칭찬받겠다는 욕심도 없었다. 그저 묵묵히 썼다.

아내 덕분에 여기까지 왔다

- 글은 칭찬을 먹고 자란다

1968년 하버드대학 심리학과 로버트 로젠탈(Robert Rosenthal) 교수
는 샌프란시스코의 한 초등학교 학생 20%를 무작위로 뽑아 담임
교사에게 명단을 전달하며 이 아이들의 지능지수가 높다고 말했
다. 8개월 뒤 명단에 있던 학생들의 성적이 실제로 올랐다. 담임교
사가 해당 학생들에게 관심과 기대를 보였고, 그들이 이에 부응하
기 위해 노력하는 과정에서 성적이 향상된 것이다. 이를 '로젠탈
효과'라고 한다.

1989년 아내와 결혼했다. 다른 것은 모르겠다. 분명한 것 하나는
아내 덕분에 여기까지 왔다는 사실이다. 아내도 글 쓰는 일을 하고
있다. 아내가 같은 일을 해서 도움이 됐다. 나의 첫 번째 책이자 스
스로 글쓰기 책의 전범(典範)이라고 우기는《대통령의 글쓰기》최초
독자도 아내였다.《대통령의 글쓰기》마지막 꼭지는 원래 그 자리가
아니었다. 아내가 마지막으로 옮기라고 했다. 그 꼭지가 맨 끝에 위
치한 것이 화룡점정이었다고 많은 독자가 말한다.

아내 덕분이라는 진짜 이유는 다른 데 있다. 아내는 늘 칭찬한다. 내가 아는 나는 60점에 불과한데, 아내는 나를 80점으로 치켜세운다. 당신은 할 수 있다고, 지레 겁먹었을 뿐이라고, 노력하면 충분하다고. 나를 60점으로 평가하는 사람을 보면 아내는 화를 낸다. "강원국을 어떻게 알고 그런 소리를 하느냐"고.

처음엔 꿍꿍이로 알았다. 그래야 내가 움직일 테니까. 그러나 30년이다. 일관되게 속일 순 없다. 진심이란 걸 5~6년 전에 알았다. 아내 친구를 만났는데, "자기 남편을 존경한다고 말하는 친구는 처음 본다"며 나보고 좋겠단다. 아내는 나를 진짜 80점으로 알고 있는 듯하다.

글은 칭찬을 먹고 자란다. 두 가지 경우를 대비해보자. 나보다 글쓰기 실력이 좋은 사람과 그렇지 않은 사람에게 글쓰기 가르침을 받았을 때 어느 쪽이 더 큰 성장을 이룰 수 있을까. 내 경험으로는 뒤의 경우다. 뛰어난 상사를 만난 적이 있다. 매일 가르침을 받았다. 하루하루 링에 오르는 심정이었다. 한 대도 때리지 못했다. 실력이 모자라니까. 내가 다섯 가지를 말하면 그는 여섯, 일곱 가지를 내놨다. 바위에 계란 치기였다. 그는 종이 한 장에 내가 써야 할 글을 그림으로 그렸다. 글의 설계도였다. 나는 그것이 무슨 의미인지 몰랐다. 글을 쓰면서 수없이 지적받으며 만신창이가 되었다. 글 쓸 의욕마저 잃었다.

이에 반해 신입사원 시절 그분을 만난 것은 내 글쓰기 인생 최대 행운이었다. 그분은 항상 "어떻게 이렇게 잘 쓰느냐"고 놀라워했다. 그리고 이렇게 말했다. "이 내용대로 해보자." 때로는 내용조차 보지 않았다. "자네가 썼으면 오죽 잘 썼을라고." 그에게 그런 소리를 듣기 위해 밤새워 썼다. 나를 믿고 검토조차 하지 않는 그가 더 윗사람에게 꾸지람 듣지 않도록 열심히 썼다. 어떻게 써야 그가 놀랄까 생각하며 썼다. 놀랄 거리를 찾았을 때 흥분했다. 그것을 찾는 과정이 즐거웠다. 나의 직장 생활은 그에게 인정받고, 그를 통해 나를 실현하는 과정이었다.

직장에서 글 잘 쓰는 법을 물으면 나는 농반진반(弄半眞半)으로 이렇게 답한다.

"글 잘 쓰는 사람이 되세요."

진심이다. 잘 쓰고 싶으면 '잘 쓰는 사람'이 되면 된다. 글솜씨와 관계없이 "저 친구는 글 좀 써"라는 입소문이 나면 시비 걸지 않는다. 그 사람이 쓴 글에 대한 지적이 줄어들고 반응이 좋으면 자신도 그런 평판에 부응하기 위해 노력한다. 결과적으로 글을 잘 쓰게 된다.

글을 잘 쓰는 사람은 자신이 잘 쓴다고 생각하고, 글쓰기를 즐기며, 글을 쓸 수 있다고 믿는다. 그런데 직장에서는 질책 비중이 압도적으로 높다. 질책과 칭찬 비율이 8대 2, 적어도 7대 3 정도 된다. 지적이 상사의 의무라는 생각으로, 가르치겠다는 마음으로, 더 윗사람에게 지적받지 않기 위해 눈을 부릅뜨고 문제점을 찾는다.

결과는 어떠한가. 부하 직원은 주눅이 들고 손은 얼어붙는다. 칭찬받기 위해서가 아니라 혼나지 않기 위해 일한다. 창의는 고사하고 무기력과 무력감만 학습하게 된다.

그렇다면 칭찬과 지적 비율은 얼마만큼이 적정할까. 미국 노스캐롤라이나대학 긍정심리학자 바바라 프레드릭슨(Barbara Fredrickson)에 따르면, "성공한 조직은 칭찬과 긍정이 부정적 반응보다 3배 정도 많다"고 한다. 긍정적인 말과 부정적 말의 비율이 3대 1일 때 좋은 결과를 낸다는 것이다. 그러나 이 비율이 11대 1을 넘어가면 긍정적 말은 도리어 득보다 실이 많다고 한다. 조건 없는 칭찬도 능사는 아니다.

KBS 다큐멘터리 〈공부하는 인간〉에서 재미있는 실험을 봤다. 서양과 동양의 학생을 대상으로 공부에 대한 생각 차이를 비교한 실험이다. 결론은 이렇다. 서양 학생은 자신이 남보다 우월하다고 생각할 때 더 열심히 한다. 동양 학생은 자신이 남보다 부진하다고 생각할 때 더 노력한다. 서양인은 더 잘하기 위해 힘쓰는 데 반해, 동양인은 못하지 않기 위해 노력한다는 것이다. 만약 이것이 사실이라면 두 가지 점은 분명하다. 서양 학생보다 동양 학생이 행복하지 않다는 것, 그리고 더 좋은 결과를 내기 어렵다는 것. 적어도 내 경험으로는 그렇다.

글에는 네 가지 반응이 따른다. 지적, 위로, 격려, 칭찬이다. 지적은 이렇게 고치라고 한다. 위로는 그 정도면 괜찮다고 한다. 격려는 다음에 잘하라고 한다. 칭찬은 잘했다고 한다. 이 모두 선한 가면을 쓰고 있지만, 글쓰기에 가장 도움이 되는 것은 역시 칭찬이다.

칭찬은 지적보다 어렵다. 뇌의 속성 탓이다. 칭찬은 뇌의 논리적 영역이 담당하고, 지적은 감정적 영역에서 처리한다. 논리적 근거를 대는 일은 귀찮고 복잡하다. 감정적 반응은 즉흥적이고 수월하다. 또한 뇌는 긍정적인 것보다는 부정적인 것에 신속히 반응한다. 그게 생존에 유리하기 때문이다. 잘 쓴 글보다는 못 쓴 글, 칭찬할 거리보다는 지적할 게 먼저 눈에 띈다. 논술이나 자기소개서는 잘 쓴 글을 뽑는 시험이 아니다. 지적할 거리가 마땅히 없어 살아남는 글이 뽑힌다. 지적할 빌미를 주지 말아야 한다.

분명한 것은 지적이 글을 잘 쓰게 만들지는 못한다는 사실이다. 지적은 못 쓰지 않게 할 뿐이다. 허심탄회한 피드백도 좋지만, 기왕이면 내게 호의적인 사람에게 보여주는 게 낫다. 가족, 친구, 회사 동료 누구든 좋다. 내가 팥으로 메주를 쑨다 해도 나를 믿고 지지해주는 그 한 사람이 필요하다.

나아가 남의 칭찬에만 기대지도 말자. 스스로 칭찬하고 북돋아주자. 자신을 믿고 사랑하는 사람이 글도 잘 쓴다. 내 글의 가치를 남의 평가에서 찾지 말고 스스로 대견해하자. 나를 믿지 못하는 사람이 어찌 내 안의 나를 꺼내 쓸 수 있겠는가. 나를 사랑하지 않는 사람이 누구를 사랑하며 누구에게 관심이 있겠는가. 잘 써지지 않을 때는 자신을 토닥여줘야 한다. '그럴 수 있다. 누구나 그런다.' 그러다가 한 줄 내디디면 '고생했어. 대단해. 지금처럼만 해.' 수시로 칭찬하고 고무하자. 뇌는 칭찬받는 짜릿함을 기억해뒀다 다시 그것을 느끼기 위해 시도한다. 마치 술 취했을 때 기분 좋음을 다시 느끼기 위해 술을 마시듯. 난 그렇게 살기로 했다.

글쓰기가 전부라는 생각에서도 벗어나자. 여러 세상사 중 하나일 뿐이라는 생각으로 쓰자. 남에게 도움이 되고 사회에 유익한 글을 쓰자고 마음먹자. 그러면 글쓰기가 편안해진다.

실제로 나의 글쓰기는 세 단계를 밟았다. 1단계 남에게 지적받지 않는 글, 2단계 남에게 칭찬받는 글, 3단계 스스로 만족하는 글. 지금은 3단계 어디쯤에서 서성이며 많은 사람에게 도움이 되는 그다음 단계를 지향하고 있다.

나의 인생삼락(人生三樂)은 술 마시는 것, 또 술 마시는 것 그리고 칭찬받는 것이다. 글쓰기에도 세 가지 즐거움이 있다. 쓰다 막힌 곳이 뚫렸을 때, 다 썼을 때 그리고 잘 썼다는 소리를 들을 때다. 그중 으뜸은 역시 잘 썼다는 칭찬을 받을 때다.

아내가 두고두고 칭찬하는 두 가지가 있다. 아들 이름을 '하늘에서 내린 사람'이란 뜻의 '하람'으로 지은 것과 《대통령의 글쓰기》를 쓴 것이다. 《대통령의 글쓰기》는 인세 영향이 크겠지만, 아무튼 둘 다 글과 관련한 칭찬이다.

나는 오늘도 칭찬을 갈구하며 아내에게 글을 보여준다.

안도현, 안정효처럼 쓰고 싶다면

- 글쓰기 동기부여 방법

"강의 듣고 글을 써야겠다고 마음먹었어요."

글쓰기 강의하고 들은 평가 중 가장 기분 좋은 말이다. 내가 강의하는 이유이기도 하다.

강의로 글쓰기를 가르칠 수는 없다. 글쓰기 책도 마찬가지다. 다만 글 쓸 용기와 자신감, 쓰고 싶은 의욕을 불러일으켜줄 뿐이다.

나는 쉽게 중독되는 편이다. 가장 최근에 경험한 중독은 블로그에 글 쓰는 일이었다. 집착에 가까웠다. 하루라도 쓰지 않으면 초조하고 불안했다. 심리적 의존과 남용이 대표적 중독 증상이라고 하는데, 내가 딱 그랬다.

그러나 내게 블로그는 매일 글을 쓰게 하는 동력이기도 했다. 계기, 동기, 환경이란 세 가지 측면에서 그렇다. 블로그라는 것을 알게 된 것이 매일 글을 쓰게 된 계기였다. 중독은 삶의 균형을 깨뜨린다고 하는데, 블로그 포스팅은 오히려 매일 글을 쓰게 하는 동기부여

장치가 됐다. 블로그 이웃에게 내 글을 보여주고, 그들이 내 글을 기다리는 상황이 다시 글을 쓸 수밖에 없는 환경으로 작용했다.

글을 쓰려면 계기가 필요하다. 이왕이면 잘 쓰고 싶은 동기면 좋다. 글쓰기 책을 읽고 강연을 듣고 좋은 글을 읽다 보면 잘 쓰고 싶은 마음이 생긴다. 혹은 사랑하는 사람이 생겨 절절한 구애 편지를 써야 한다든가, 꼭 들어가고 싶은 직장에 제출하는 자기소개서를 써야 하는 경우도 계기가 된다. 글을 잘 쓰고 싶은 동기를 부여받은 상태가 된 것이다. 그런 의도나 의욕, 욕구를 갖는 것과 그렇지 않은 것은 천지 차이다.

자본주의 경전이라 불리는 애덤 스미스의 《국부론》도 두 가지가 없었다면 탄생하지 못했다. 그 하나는 여행과 친교라는 계기다. 애덤 스미스는 공작 자제의 가정교사가 돼 유럽 각지를 여행하는 기회를 얻었다. 3년 동안 세상 곳곳을 돌아다니며 견문을 넓혔다. 또 중농주의로 유명한 프랑수아 케네를 비롯해 당대 지식인들과도 교류했다. 이 여행이 《국부론》을 쓰는 계기가 됐다.

다른 하나는 가난한 사람에 대한 연민과 배려라는 동기다. 스미스는 부자 편이 아니었다. 국가의 부와 모든 가치는 노동으로 생산된다고 주장했고, 부자의 탐욕은 사회가 허용하는 규범과 도덕의 한계 안에서만 용인했다. 부자들의 이기적 욕망으로 가격이 무제한 오르지 못하도록 보이지 않는 손이 제어해줄 것으로 믿었고, 자유무역역시 약자에게 유리하게 작용할 것이라고 봤다. 이러한 계기와 동기가 《국부론》을 집필하게 했다.

글쓰기 동기에는 내적 동기와 외적 동기가 있다. 내적 동기는 스스로 만족하기 위해 하는 것이고, 외적 동기는 누군가에게 보여주기 위해 하는 것이다. 내적 동기가 바람직하지만, 내공이 없으면 쉽지 않다. 그렇다면 외적 동기라도 꾸준히 자극해야 한다. 방법은 누군가에게 보여주는 것이다. 보여주는 것을 즐겨야 한다. 남에게 보여주기 위해서라도 더 잘 쓰려고 노력해야 한다.

인지심리학에서 말하는 접근 동기와 회피 동기라는 개념이 있다. 접근 동기는 좋은 상황을 상상하고 이를 이루기 위해 노력하는 것이고, 회피 동기는 나쁜 상황을 예상하고 이를 피하기 위해 노력하는 것이다. 칭찬받기 위해 글을 쓰는 것은 접근 동기에서 비롯된 행위이고, 혼나지 않기 위해 쓰는 것은 회피 동기에서 비롯된 것이다.

접근 동기로 쓰는 사람은 '이것을 왜 써야 하는지' 목적과 이유를 생각한다. 회피 동기로 쓰는 사람은 '여기에서 어떻게 벗어날까'를 생각한다. 접근 동기의 경우 성취에 이르렀을 때 행복감을 느끼고 실패하면 슬픔을 느낀다. 반면 회피 동기는 성취했을 때 안도하고 실패하면 불안을 느낀다.

예전에 나는 글을 쓸 때 회피 동기로 썼다. 못 쓰면 대형 사고이기 때문에 그것을 피하기 위해 밤새도록 두려움 속에서 썼다. 무난하게 넘어가면 안도했다. 지금 생각해보면 접근 동기에서 쓰지 않았기 때문에 좋은 글을 쓰지 못했던 것 같다. 다른 한편으로, 회피 동기나마 있었기 때문에 글을 쓸 수 있지 않았나 싶기도 하다.

글에는 쓰고 싶은 글과 써야 하는 글이 있다. 쓰고 싶은 글을 쓸 때는 접근 동기가 필요하다. 즉 칭찬이 동기부여를 한다. 쓰기 싫은데 써야 하는 글은 회피 동기가 필요하다. 지적받지 않겠다는 생각이 동기를 부여한다.

책 집필처럼 시간이 오래 걸리는 글은 접근 동기로 써야 한다. 독자에게 호평받는 상황을 그리면서 쓰는 것이다. 급하게 써야 하는 글은 회피 동기로 써야 한다. 쓰지 못했을 때 감수해야 할 상황을 겁내면서 쓰는 것이다. 그러면 우리 뇌가 위기감을 갖고 집중한다. 이 밖에도 창의적인 아이디어가 필요한 글은 접근 동기, 몰입으로 해결책을 찾는 글은 회피 동기를 자극하는 것이 좋다.

나는 접근 동기로 글을 써야 한다고 믿는다. 못 쓰지 않기 위해서가 아니라 잘 쓰고 싶은 마음으로 글을 써야 한다. 그러자면 다섯 가지 접근 동기가 필요하다. **먼저 자신을 위해 쓰는 것이다.** 이기적인 글쓰기를 해야 한다. 내가 재밌고, 나에게 유용하고, 스스로 감동해야 남에게 줄 게 생긴다. 독자를 위해서만 쓰는 글은 쉬 지친다.

내가 쓰는 글이 나에게 어떤 유익을 줄 수 있는지 따져봐라. 어떤 글을 써야 내게 도움이 되는지, 나의 미래를 밝혀줄지 찾아봐라. 찾아낸 바로 그것을 써라. 그래야 신바람이 나서 쓸 수 있다. 자료도 찾고, 사람들 얘기도 듣고, 유심히 관찰도 하게 된다. 내가 쓰는 글이 내 밥벌이와 연관되면 더 좋다. 그것이 가장 힘센 글쓰기 동기부여다. 그런 사람은 독자에게 잘 보이고 싶어 전전긍긍하지 않는다. 독자의 좋은 반응을 얻기 위해 자신을 들볶거나 애면글면하지 않는다.

두 번째는 보상이다. 나는 기고 원고를 쓰고 나면 막걸리를 한 통씩 마신다. 나의 뇌는 막걸리를 마실 수 있다는 기대로 쓴다. 고된 일을 하는 농부들이 새참을 먹는 것과 같다. 술이 아니더라도 보상할 방법은 많다. 쓰고 나서 자신이 좋아하는 일을 하면 된다. 그러나 무엇보다 가장 큰 보상은 글이라는 결과물이다. 쓰다 보면 결과물이 나오고, 이것이 보상이 된다. 보상은 다시 쓸 수 있는 동기를 부여한다.

세 번째는 모방이다. 많은 사람이 글쓰기에 관해 이중적인 태도를 보인다. 글이라는 것을 평생 써왔기 때문에 글쓰기에 관해 잘 안다고 생각한다. 그래서 잘 썼다, 못 썼다 평하면서 잘 쓰는 사람을 무시하려 든다. 동시에, 글쓰기가 두려워 글을 멀리한다. 그러면서 글쓰기는 부질없는 짓이라며 폄하한다. 여우가 높은 나무에 있는 포도를 따 먹지 못하자 그 포도를 시다고 생각하는 것처럼 글쓰기의 가치를 깎아내린다. 그래서는 잘 쓸 수 없다.

글을 잘 쓰려면 쓰기에 대해 긍정적인 태도를 가져야 한다. 글쓰기는 유익하다, 글은 많은 문제를 해결해준다, 나도 글을 잘 쓰고 싶다. 그러기 위해 잘 쓰는 사람을 닮고 싶다는 간절한 욕구가 필요하다. 그것이 글 쓰는 동기가 된다. 좋아하는 작가의 글을 필사해보는 것도 좋은 방법이다. 베껴 쓰다 보면 그 작가처럼 쓰고 싶다는 의욕이 샘솟는다.

네 번째는 성장이다. 글을 쓰지 않고는 나의 성장을 확인할 길이 없다. 어제보다 나아진 오늘의 나를 알 수 없고, 오늘보다 나아질 내

일의 나를 기대할 수 없다. 글을 써야 내 생각, 내 감정이 얼마나 성장하고 성숙해지고 있는지 알 수 있다. 또한 그런 깨달음이 글을 지속적으로 쓰고 싶게 만든다.

마지막 동기는 글을 잘 쓰면 멋있다는 점이다. 누구나 멋있는 사람이 되기를 꿈꾼다. 멋있다는 건 무엇인가. 물론 글을 잘 쓰는 사람이 멋있다. 그러나 그런 사람만 멋있는 것은 아니다. 글쓰기에 몰두해 있는 사람은 어느 누구보다 아름답다. 글 쓸 때 가슴이 뛴다는 사람도 멋있다. 소설가를 꿈꾸며 시인을 꿈꾸며 글 쓰고 있는 사람은 아름답다. 지금 어느 수준의 글을 쓰고 있는지는 중요하지 않다. 쓰고 있는 그 자체로 이미 멋있다. 글로 세상을 바꿔보겠다는 사람은 아름다움을 넘어 위대하다.

소설가 안정효는 책에서 얻은 지식과 감동의 찌꺼기를 배설하지 않으면 안 돼서 썼다고 한다. 시인 안도현은 중학교 시절 국어 선생님을 깜짝 놀라게 해야겠다는 생각으로 글을 썼다고 한다.

나에게도 글쓰기 버킷리스트가 있다. 첫째는 유시민 작가보다 글을 잘 쓰진 못해도, 글쓰기에 관해선 그보다 더 잘 가르친다는 소리를 듣는 것이다. 둘째는 글쓰기 관련 책을 열 권 정도 쓰는 것이다. 마지막으로 '강원국'이란 이름이 붙은 상설 글쓰기 학교를 만드는 것이다. 이런 강력한 동기가 오늘도 나를 쓰게 한다.

글 쓸 때 안경을 쓰는 이유

- 습관이 의지를 이긴다

돌아보니 권투선수처럼 살았다. 청와대와 회사 재직 시절 모두 하루하루가 그랬다. 글을 쓰다 보면 녹다운 직전까지 갔다. 이리저리 피해봤지만 그때마다 여지없이 난타당하고 곧 쓰러질 것 같았다. 흰 수건을 던지며 소리 지르고 싶었다. "항복!" 그럴 때마다 희한하게도 '종'이 울렸고, 코피를 흘리며 코너로 돌아왔다. 하룻밤 몸을 추스르고 정신을 차렸다. 상처에 연고를 바르고 다음 날 또 링에 올랐다.

지금도 다르지 않다. 오늘도 책 쓰기 링에 오른다. 시작 종소리에 맞춰 습관적·반사적으로 출정한다.

나는 요즘 글 쓸 때마다 평소에 사용하지 않는 안경을 쓴다. 전쟁터에 나가는 군인이 완전군장 하듯 안경을 낀다. 그러면 왠지 마음이 편안해지고 글 쓰고 싶은 마음이 스멀스멀 올라온다. 어쩌다 안경을 집에 두고 온 날은 안절부절못한다. 글쓰기에 집중이 안 된다.

그날은 공친 날이다. 이제 안경 쓰는 일이 글쓰기 전 의식이 됐다. 일종의 루틴이다. 루틴은 특정한 작업을 실행하기 위한 일련의 명령 혹은 규칙적으로 하는 일의 통상적인 순서와 방법을 뜻한다.

이런 루틴은 운동선수들이 자주 활용한다. 수영선수 박태환은 몸과 마음의 컨디션을 최상으로 유지하기 위해 물에 뛰어들기 전 음악을 듣는다. 골프 황제 타이거 우즈는 퍼팅하기 전에 웅크리고 앉아 공의 속도와 커브를 계산한다. 야구선수가 타석에 나서기 전에 방망이를 휘두르는 것, 농구선수가 자유투를 던지기 전에 공을 몇 번 튀기는 것도 루틴이다. 방망이를 휘두르고 공을 튀기는 횟수가 선수마다 일정하게 정해져 있다.

루틴은 운동선수만 쓰는 건 아니다. 시험을 앞둔 학생이 책상을 정리하고 계획표를 짠 후 마음속으로 '나는 잘할 수 있어'를 세 번 외치고, 어머니 얼굴을 떠올리며 긴장을 해소하고 집중력을 높인다면 이 또한 루틴이다.

어떻게 해야 글 쓰는 습관을 들일 수 있느냐고 물으면 나는 두 가지가 필요하다고 말한다. 그 하나는 반복이고, 다른 하나는 의식이다. 일정한 장소, 시간에 반복적으로 글쓰기를 시도해야 하고, 시도하기 전에 의식을 치러야 한다. 직업적으로 글 쓰는 작가 대부분이 그렇게 한다고 들었다.

저마다 글 쓰는 시간대가 있고, 글을 쓰기 전에 나름의 의식을 치른다. 글쓰기 전에 정장으로 갈아입는 사람이 있는가 하면, 필기구를 가지런히 정돈하는 사람도 있다. 특정 장소에 가야 글이 써진다는 사람도 있다. 어떤 사람은 아침 신문을 읽고, 또 어떤 사람은 산책한 후 글을 쓴다. 음악을 들어야 글이 써지는 사람도 있고, 담배가 글동무인 사람도 있다. 외국 작가 중에는 관 속에 들어갔다 나오는 사람도 있고, 옷을 모두 벗어야 글이 써진다는 사람도 있다.

루틴은 자신만의 고독한 싸움을 성공적으로 이끌기 위한 안간힘이다. 글 쓰는 어려움을 달래는 스스로의 위로이자 고무 의식이다.

학교 다닐 때는 누구나 공부하는 게 싫다. 방 안을 뒹굴뒹굴하면서 '공부해야 하는데' 걱정만 한다. 점점 불안하고 괴롭다. 그 괴로움이 책상 앞에 앉아 공부하는 괴로움보다 커지는 순간이 온다. 그때 벌떡 일어나서 책상 앞에 앉는다. 오히려 마음이 편안해진다. 공부하는 것이 생각만큼 괴롭지 않다.

책을 집필하면서 글이 써지지 않았다. 20여 일을 허송했다. 그러다 어느 날부터 주체할 수 없을 정도로 글이 써졌다. 나중에 알고 보니 습관의 힘이었다. 글이 안 써지는 동안 뇌가 글쓰기를 거부하고 쓰려는 시도에 저항했다. 그럼에도 나는 시도했다. 매일 아침 일어나 산책을 하고, 돌아오는 길에 카페에 들러 커피를 샀다. 그리고 집에 와서 샤워하고 거실 한구석에 있는 앉은뱅이책상 앞에 앉아 글을 썼다. 글이 써지지 않을 때도 반복했다.

이렇게 일정 기간 되풀이하니 산책을 시작하면 뇌가 '글을 쓰려나보다' 생각한다. 그래도 쓰지 않기를 기대한다. 기분이 별로 좋지 않다. 커피를 사면 뇌는 잠깐 고민한다. '이전처럼 버틸까? 버티는 것도 만만찮은데, 언제까지 이렇게 싸워야 하지? 이 사람은 계속 이럴 것 같은데? 내가 언제까지 이래야 하나. 아, 너무 힘들다.' 그리고 이내 체념한다. '차라리 도와주고 끝내자. 그게 편하겠어.' 머리를 감거나 샤워를 하면 뇌가 생각을 마구 던져준다. '이런 내용 어때? 이것 한번 써봐.' 빨리 끝내고 싶은 거다. 책상 앞에 앉으면 술술 써진다.

뇌는 글쓰기를 반기지 않는다. 아군과 적군을 구분하고, 싸워서 이길 대상과 도망가야 할 대상을 알아차리는 게 우선 관심사다. 그래야 살아남을 수 있기 때문이다. 뇌에게 글은 적군이요, 글쓰기는 도망쳐야 할 대상이다. 그래서 글을 쓰려고 마음먹으면 쓰기 싫은, 쓰지 않아도 되는 이유가 서너 가지 등장한다. 마감이 아직 이틀 남았다든가, 어제 술을 많이 마셨으니 오늘은 글쓰기에 적절하지 않다든가 하는 것은 뇌의 작용이다.

그럼에도 지속적으로 시도하면 '내가 언제까지 이래야 하나' 생각한다. 어느 순간이 되면 거부하는 것도 힘들다. 이쯤 되면 도와주고 끝내자고 마음먹는다. 글쓰기에 필요한 생각을 길어 올려준다. 저항하는 뇌가 도와주는 뇌로 바뀐다. 여기에 걸리는 시간이 대개 20여 일이라고 한다. 3주 동안만 같은 시간, 같은 장소, 같은 환경에서 글쓰기를 되풀이하면 뇌가 도와준다. 나아가 60일이 넘으면 습관이 굳어지고, 습관대로 하지 않으면 부자연스럽고 불편해진다. 매일 조깅하는 사람이 하지 않으면 몸이 뻐근한 것과 같은 상태가 된다.

무의식이 습관을 만든다. 내 무의식에는 술 먹는 습관이 내장되어 있다. 술을 꾸준히 마셔온 결과다. 습관은 강력한 유혹이다. 술 마시고 싶은 생각이 들면 그것을 피할 수 없다. 뇌가 다른 선택을 하지 않는다. TV에 술 먹는 장면만 나와도 술이 당긴다. 만약 이런 습관이 글쓰기로 옮겨오면 어떻게 될까. 글 쓰는 일이 얼마나 즐거울까. 나도 모르게 습관적으로, 무의식적으로 글을 쓰고 있지 않을까.

의지는 습관에 항복한다. 의지는 의식의 산물이다. 의식은 잠깐 마음먹은 일이지만, 무의식은 자기 나이만큼의 세월이 켜켜이 쌓인 것이다. 그만큼 무의식은 강력하다. 무의식은 항상 의식을 이긴다. 글을 써봐야겠다고 의지를 다져도 쓰기 싫다는 무의식이 작동하면 쓰지 못한다. 쓰지 않아야 할 핑계, 쓰지 못하는 이유를 찾게 된다.

우리의 무의식에 글 쓰고 싶은 마음을 장착해야 한다. 어떻게 할 수 있을까. 가장 좋은 방법은 하기 쉬운 일을 되풀이하는 것이다. 무의식의 저항을 최소화하기 위해서다. 쉬운 일을 하면 무의식이 발호할 틈이 없다. 나에게는 메모가 그렇다. 수시로 메모한다. 쉬운 일은 사람에 따라 다를 수 있다. 무엇이건 상관없다. 글쓰기와 관련된, 자신에게 맞는 쉬운 일을 먼저 찾는다. 그리고 되풀이한다.

쉬운 일과 반복이 만나면 습관이 만들어진다. 반복과 함께 목표, 주제, 장소, 시간도 정해놓는 것이 바람직하다. 나는 하루 3줄 이상 쓰는 게 목표다. 주제는 '글쓰기'이며, 말하기나 소통, 리더십으로 범위를 넓혀나가기도 한다. 글 쓰는 장소는 주로 카페다. 시간은 강의 시작하기 한두 시간 전이다. 강의 장소에 일찍 가서 근처 카페에서 쓴다.

직장에서도 습관의 힘으로 보고서를 쓸 수 있다. 남들에게 방해

받지 않는 시간대를 정해 그 시간에는 어떤 일이 있어도 글을 쓴다고 결심한다. 그전에 쉬운 일부터 한 가지 한다. 예를 들면 칼럼을 한 편 읽는다든가, 커피를 마시면서 신문을 읽는다든가. 이제부터 글을 쓸 것이라는 신호를 뇌에 보내준다. 그리고 30분간 글을 쓴다. 이 일을 반복한다. 그러면 쓰기 싫은 글을 뇌가 쓴다.

보상을 해주면 더욱 좋다. 쓰고 난 후에 자신만의 방식으로 뇌를 격려해준다. 축구선수가 골을 넣은 후 세리머니하는 것처럼.

습관은 글쓰기를 대하는 자세도 바꾼다. 자세는 세 가지 측면이 있다. 글쓰기를 쉽거나 어렵게 생각하는 역량 측면이 그 첫 번째이고, 글쓰기를 좋아하거나 싫어하는 감정 측면이 두 번째이며, 글쓰기를 반기거나 기피하는 행동 측면이 세 번째이다.

글쓰기 습관을 들이면 이 세 가지가 모두 변한다. 매일 쓰니까 어렵지 않다. 가끔 쓰는 게 어렵다. 매일 쓰니까 글쓰기가 익숙하다. 우리는 익숙한 것을 좋아한다. 매일 쓰면 반기기까진 않더라도 기피하지도 않는다. 기피하는 게 더 힘들기 때문이다.

명가수도 집에서 노래 부를 때는 그저 평범하다. 작가들이 지인과 주고받는 문자 메시지 역시 우리네와 다를 바 없다. 노래나 글뿐만이 아니다. 한번은 에베레스트산 정상을 오른 등반가와 관악산을 오른 적이 있는데, 그도 헉헉거리기는 마찬가지였다.

프로와 아마추어의 차이는 습관에서 나뉜다. 프로는 아리송한 단어가 나오면 사전을 찾아보고, 새로운 생각이 나거나 좋은 문장을 만나면 메모하고, 사람이나 사물을 볼 때는 유심히 관찰한다. 반면 아마추어에게는 이런 습관이 없다. 프로는 하루도 거르지 않고 글을 쓰는 습관이 있고, 아마추어는 없다.

오래된 영화지만 줄리아 로버츠가 주연으로 나온 〈펠리칸 브리프〉라는 영화가 있다. 원작자는 소설가 존 그리샴으로, 그는 발표하는 작품마다 베스트셀러 반열에 올랐다. 그가 흥행 보증수표가 된 비결은 하루 한 쪽 소설 쓰기를 거르지 않았기 때문이다. 소설가 김훈은 '필일오(必日五)'로 유명하다. 하늘이 두 쪽 나도 '하루 필히 원고지 5매는 쓴다'는 규율을 스스로 정해놓았다. 무라카미 하루키 역시 하루 5시간 쓰기를 생활화하고 있다. 우리도 이렇게 습관을 들이면 김훈이나 하루키만큼 못 쓸까.

글 잘 쓰는 비결을 말하라면 나는 '3습'을 꼽는다. 학습, 연습, 습관이다. 그중 하나를 꼽으라면 단연코 습관이다. 단순 무식하게 반복하고 지속하는 것이다. 글쓰기 트랙 위에 자신을 올려놓고 글쓰기를 일상의 일부로, 습관으로 만드는 것이다. 밑 빠진 독에서도 콩나물은 자란다.

토하기 일보 직전, '한 병 더'를 외치는 친구

- 그래도 글이 안 써지면

아들 하람아,

살다 보면 정말 솟아날 구멍이 없을 것 같은 캄캄하고 절망적인 상
황에 처할 때가 한두 번은 있단다. 불이 난 지하철 열차 안에 갇힐
수도 있고, 자동차를 탄 채 물에 빠질 수도 있으며, 비행기 사고로
오지에 추락할 수도 있다. 그리고 더는 물러설 곳이 없는, 차라리
죽는 편이 나을 것같이 힘든 순간이 올지도 모른다.

그러나 하람아,

그 순간에 절망하지 마라. 결코 포기하지 마라. 네가 할 수 있는 노
력을 다해라. 가장 고통스러운 순간, 그래서 이젠 포기해야겠다고
마음먹는 그 순간이 밑바닥이다. 바로 그 너머에 살길이 있다. 10초
만 더 참아내면 반드시 너를 구해줄 누군가가 온다고 생각해라. 그
래도 못 버티겠으면 어떤 경우에도 네 편이 되어 너를 도울 것이라
는 아빠의 약속을 믿어라.

- 2003년 대구 지하철 참사가 일어난 날 아빠가

작가의 장벽(Writer's Block)이란 게 있다. 글을 쓰다 보면 반드시 슬럼프가 찾아온다. 한 줄도 써지지 않는 상황에 내몰린다. 어니스트 헤밍웨이, 버지니아 울프, 아쿠타가와 류노스케, 가와바타 야스나리, 김소월 등 많은 작가가 창작의 고통에 신음하다 끝내 스스로 목숨을 끊었다. 작가의 장벽과 무관하지 않다고 생각한다. 글 쓰는 사람이라면 슬럼프를 뛰어넘는 자기만의 방법을 가지고 있어야 한다. 그래야 지속적으로 쓸 수 있다.

내가 글쓰기에 관해 가장 많은 영감을 받은 프랑스 평론가 롤랑 바르트는 《텍스트의 즐거움》에서 글쓰기가 벽에 부딪혔을 때 대처하는 세 가지 방법을 제시했다. 첫째, 다른 장르로 관심을 돌려라. 문학에서 음악이나 미술로 갈 수도 있고, 소설에서 시나 수필로 갈 수도 있다. 둘째, 정통 글쓰기에서 벗어나 단순 정보 전달로 옮겨가라. 셋째, 절필하라. 바르트답다.

나는 벽에 부딪힐 때마다 일시적 고비일 뿐이라고 생각한다. 술자리에서 토하기 일보 직전인데, "여기 한 병 더요"를 외치는 친구가 꼭 있다. 그때 나는 절망한다. '새로 시킨 술을 누가 먹는다고. 시킨 사람이 오버한 거야.' 그런데 시간이 지나면 술병이 비워진다. 늘 그랬다. '한 병 더'를 외치는 순간이 고비였다.

회사에서 누군가 회의하자고 한다. 내 생각에 회의한다고 아이디어가 나올 것 같지 않다. 별로 할 말도 없다. 왜 회의를 하자는 건지 짜증부터 난다. 그런데 신기하다. 회의를 시작하면 할 말이 생긴다. 30분도 채우지 못할 것 같던 회의가 2시간을 넘겨도 안 끝난다. 좋은 아이디어가 샘솟는다. 급기야 회의를 안 했으면 어쩔 뻔했나 싶은 생각까지 든다.

고비에서 당황하지 말아야 한다. 술을 더 시키고, 회의를 하자는 분위기에 적극 대응해야 한다. 글 쓸 때도 마찬가지다. 고비가 왔을 때 의기소침하지 말고 의연하게 맞서야 한다. 글이 안 써지는 상황은 토하기 직전 술자리나 회의에 불려 나가는 상황과 같다. 어느새 술병은 빈다. 회의는 성공적으로 끝난다. 글도 언젠가 써진다. 동 트기 직전이 가장 어두운 법이다.

군대 훈련소 시절을 생각해봐도 그렇다. 입소 첫날 절망했다. 남은 날을 헤아려보니 까마득하다. 단 하루도 버티기 어려운 하루하루를 무려 천 일이나 보내야 한다. 나와 함께 난방용 갈탄 당번을 했던 훈련소 동기 한 명은 탄 창고에 가서 자기 손가락을 삽으로 잘라달라고 부탁했다. 총 쏘는 데 손가락 하나만 없어도 의병제대가 가능하다고 했다. 부탁을 들어주진 않았지만 그 심정이 이해 안 되는 것도 아니었다. 그만큼 힘들었다.

그러나 지나고 보니 결정적 착각이 있었다. 훈련소 첫날 같은 하루가 군 생활 30개월 동안 지속될 것이라는 오해였다. 훈련소 기간은 고작 6주에 불과하다. 그 시간만 지나면 군 생활도 할 만하다. 6주간의 절망이 30개월 군 생활을 버티게 하는 힘이 되기도 한다.

글쓰기도 처음 한 줄이 어렵다. 써야 할 원고는 1,000자인데, 열 글자도 못 쓰고 있는 상태가 가장 힘들다. 하지만 점점 더 쉬워진다. 그리고 어느덧 마침표를 찍는 순간이 온다.

돌이켜보면 많은 글을 썼다. 청와대와 기업에서 1,000편 가까운 연설문과 기고 글을 쓰고 다듬었다. 한 번도 자신 있게 시작한 적이 없다. 그러나 한 번도 못 쓴 적은 없다. 못 쓰면 안 되니까. 써야 하니까. 쓰다 보면 써진다. 시간이 걸리지만 깜깜하던 방이 환해지는 순간이 온다. '왜 이제야 이런 순간이 찾아온 거야.' 짜증과 반가움이 교차하면서 글이 써진다.

글이 안 써지면 이렇게 과거를 돌아본다. 과거를 돌아보는 것과 함께 주변도 둘러본다. 나만 어려운 게 아니다. 책이건 칼럼이건 우리가 보는 모든 글은 완성본이다. 최종본을 보니 엄두가 안 나는 것이다. 얼마나 우아하고 완전하게 보이는지. 하지만 미처 못 본 것이 있다. 그것이 완성되기까지 거쳐온 암중모색의 과정이다. 얼마나 많은 단어와 표현이 생각났다 사라지고, 또 얼마나 많은 불면의 밤을 보냈을까. 그들도 처음에는 백지에서 출발했고 완성본이 어떻게 나올지 몰랐을 것이다.

앞을 내다보기도 한다. 극장에 가면 처음엔 한 치 앞도 안 보인다. 시간이 지나면 서서히 주변이 보이기 시작하고 곧 전체적인 윤곽이 드러난다. 낯선 동네에 가면 어디가 어딘지 분간이 되지 않다가 사나흘 지나면 언제 그랬나 싶게 사방팔방이 익숙해진다. 단체 해외여행을 가면 여행 온 사람끼리 낯설고 서먹서먹하다가 여행에서 돌아올 즈음에는 서로를 속속들이 알게 된다. 오히려 헤어지는 게 섭섭해 연락처를 주고받는다.

글도 마찬가지다. 쓰다 보면 술술 풀리는 때가 반드시 온다. 어둠이 지나면 대명천지가 나타난다. 그것을 믿어야 한다.

물론 믿고만 있어서는 안 된다. 적극적으로 기다려야 한다. 기다리는 방법은 근심하는 것이다. 머릿속에서 잊지 않는 것이다. 손은 놓고 있지만 생각은 붙들고 있어야 한다. 구체적으로 생각하기보다 막연하게 걱정하고 있는 것이다. '써야 하는데, 언젠가 써야 하는데…….' 길을 걸으면서도, 잠들기 전에 문득문득 떠올려야 한다. 내가 글을 써야 한다는 사실을 수시로 상기하면서 뜸을 들여야 한다.

기다리기만 해서도 안 된다. 시도해야 한다. 불가에 돈오점수(頓悟漸修)란 말이 있다. 돈오는 햇빛이 비치는 것처럼 번득 일어나는 깨달음이다. 점수는 거울을 닦아 서서히 밝아지는 것을 의미한다. 불현듯 찾아오는 깨달음, 즉 '돈오'에 이르기까지는 '점수'의 과정이 있어야 한다. 끊임없이 갈고닦으면 주제가 명료해지고 글의 구성이 체계적으로 잡히는 '돈오'의 순간이 온다.

가장 흔하게 하는 시도는 카페에 앉아 끼적거리는 것이다. 이런 단어, 저런 표현을 놓고 이것을 써보기도 하고 저것을 빼기도 한다.

산책하는 것도 좋은 방법이다. 새벽에 글 쓰려고 일어났다가 글이 안 써질 때는 일단 밖에 나가 걷는다. 시간이 없으면 앞마당이라도 한 바퀴 돈다. 노트북 앞에 백날 앉아 있어도 한번 막힌 곳은 뚫리지 않는다. 오히려 관심을 다른 데로 돌려야 한다. 산책하면 무엇인가를 보고 듣고 느낀다. 그런 자극 덕분에 막힌 곳이 뚫린다. 새로운 생각이 나고 돌파구가 생긴다.

그냥 노는 것도 좋다. 좋은 아이디어는 이성보다는 감성에 의해 촉발된다. 포털 사이트에서 자신이 쓰고자 하는 주제와 관련한 이미지나 사진을 보면서 놀아보라. 서점에 가서 책의 목차를 보면서 놀아보라. 글쓰기라는 바다 위에 나를 띄워놓고 뱃놀이의 현기증을 즐겨보라. 글쓰기는 퍼즐 맞추기 게임이다. 빈칸에 맞는 단어나 문장을 찾아 넣는 놀이다.

하지만 실제 글쓰기는 놀이가 아니라 행군에 가깝다. 고난의 행군이다. 나는 글 쓸 때 커피를 옆에 두고 한 문단 쓰고 나서 한 모금씩 마신다. 한 모금 마시기 위해 얼른 한 문단을 쓰고 싶다. 고통스러운 글쓰기를 즐거운 놀이로 만드는, 나만의 방법이다.

글 쓰는 시간과 장소를 바꿔보는 것도 좋은 시도다. 아침에 얽혀 있던 글이 저녁에 스르르 풀리기도 한다. 사무실에서는 안 써지는 글이 회사 앞 카페에서는 잘 써질지도 모른다. 집에서 안 써지면 근처 도서관에 가보라. 게릴라처럼 출몰하는 시간과 장소를 바꿔보라. 억지로는 안 된다. 잘 써지는 장소에 가서 쓰면 된다. 물 들어올 때 배 띄우면 된다. 모든 것은 내가 결정한다.

단어를 떠올리는 것도 좋다. 쓰다 막히면 이런 단어를 떠올린다. ▲풀어서 말하면(설명) ▲왜냐하면(이유) ▲이를테면(예시) ▲정리하면(요약) ▲만약(가정) ▲빗대면(비유) ▲차이점과 공통점은(비교) ▲거듭 말하면(반복) ▲미루어보건대(유추) ▲중요한 것은(강조) ▲구분하면(분류) ▲~에 따르면(인용) ▲정의하면(규정) ▲수치는(통계) ▲기억에는(일화) ▲나열하면(열거) 등. 이런 단어를 책상에 붙여놓고 막힐 때마다 죽 훑어보는 것이다.

빈칸으로 놔두고 건너뛰는 방법도 있다. 뒷부분을 채워놓고 건너뛴 빈칸을 보면 쉽게 메워지기도 한다. 처음에는 빈칸이 커 보이지만, 뒷부분을 채워놓고 빈칸을 보면 조그만 구멍에 불과하다고 느껴질 것이다. 가로세로 낱말 퍼즐 맞추듯 아는 단어부터 빈칸을 채우다 보면 모르는 단어 칸도 채워진다. 첫 줄에서 막히면 100% 문제가 생긴 것처럼 보이지만, 뒷부분을 다 써놓고 다시 첫 줄로 돌아와서 보면 고작 1%도 문제가 안 된다.

이런저런 시도가 모두 안 먹힐 때는 별수 없다. 펜을 놓고 노트북을 덮는다. 다만, 글 쓰는 자리에서 일어설 때는 돌아올 준비를 하고 떠나야 한다. 두 가지를 유념한다. 하나는 다음 쓸거리를 남겨두고 끝내는 것이다. 이것은 매우 중요하다. 그래야 이어 쓸 수 있다. 일종의 밑밥이고 종자다. 더 쓸거리가 있을 때 그것을 남겨놓고 그만 쓰는 것이다. 다른 하나는 처음 쓸 한 문장을 마련해서 돌아와야 한다는 것이다. 아무 생각 없이 돌아오면 처음부터 막히고 김이 샌다. 돌아와서 첫 줄이 풀려야 이어 갈 수 있다. 돌아오기 전에는 반드시 자리에 앉자마자 쓸거리를 미리 준비해야 한다.

포기하지 않으면 반드시 길이 열린다는 사실을 2017년 가을 미국에 가서 다시 확인했다. 뉴욕에서 LA까지 교민들에게 18일간 글쓰기 강의를 했다. 샌디에이고에서 LA로 오는 길에 배가 아파 도저히 참을 수 없었다. 주유소에 차를 세워달라고 했다. 그런데 주유소 사장 왈, 기름을 넣지 않으면 화장실을 쓸 수 없단다. 아뿔싸! 하늘이 노랬다. 그러나 포기할 수 없었다.

'50년 넘게 살면서 한 번도 실수한 적이 없는데 미국까지 와서 낭패를 볼 순 없어.'

그때 저 멀리 산중턱에 하얀 오두막 하나가 보였다. 마지막 희망을 걸고 물어보니 마을 도서관이란다. 냅다 뛰었다. 다행히 대형 사고(?)는 일어나지 않았다. 하늘이 무너져도 솟아날 구멍이 있다는 나의 오랜 믿음처럼, 이번에도 역시 하늘은 나를 저버리지 않았다.

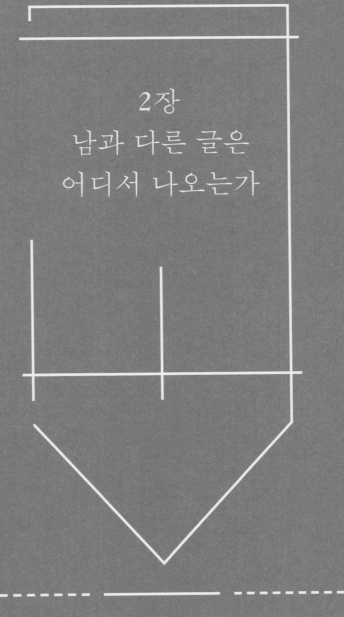

2장
남과 다른 글은
어디서 나오는가

내 친구는 어떻게 고위 공직자가 됐나

– 창의가 만들어지는 길목

고등학생 시절, 하루는 수학 선생님이 짚신을 신고 오셨다. 한 친구가 물었다. "누가 돌아가셨어요?" 선생님이 대답했다. "나와!" 따귀를 때리며 "네 아비한테 가서 그래라." 한 대 맞고 일단락될 상황이었다. 그런데 친구가 또 물었다. "왜 우리 아버지 얘기를 하세요?" 나는 그 순간 '오늘 수업은 다했구나' 확신했다. 내 예상대로 그 친구는 한 시간 내내 맞았다. 맞을 때마다 물었다. "왜 때려요?" 질문이 매를 불렀다.

지금 생각해보면 짚신과 죽음을 연결한 그 친구는 창의적이고 상상력이 풍부했다. 관계없는 것을 연결하는 힘이 있었고, 호기심이 왕성했으며, 의문을 제기하는 투지도 놀라웠다. 그러나 선생님은 수업 진도를 나가야 했다. 선생님에게 그 친구는 엉뚱했다. 수업을 방해하는 공적(?)이었다.

나는 창의적인 사람이 아니다. 그런 내가 독창적인 글을 쓰기 위해 몸부림을 친다. 다행히 창조는 무에서 유를 만들어내는 것만 일컫는 건 아니다. 이미 있는 것을 잘 활용해도 된다. 이를테면 있는 글의 뒷부분만 바꿔본다든가, 전체 줄거리를 줄인 후 거기에 내 생각을 넣어 다시 늘려볼 수도 있다. 시를 산문으로, 산문을 시로 고쳐 써볼 수도 있다. 새롭게 관점을 만들지는 못해도 다른 사람의 관점을 해석하거나 비판해볼 순 있다. 맨땅에 헤딩은 어렵다. 그러나 이미 있는 것을 바꾸는 것은 누구나 가능하다.

창의성은 글 쓰는 사람에게 요구되는 핵심 역량이다. 어떻게 창의성을 키울까. **첫 번째가 '융합'이다.** '이연현상'이란 게 있다. 서로 관련 없는 두 가지 사실이나 아이디어를 하나의 아이디어로 통합하는 과정에서 창의적 생각이 폭발적으로 일어나는 현상을 말한다. 헝가리 철학자 아서 쾨슬러(Arthur Koestler)가 주창했다. 이연현상이 일어나기 위해서는 세 가지가 있어야 한다. ▲답을 찾고자 하는 분명한 주제가 있어야 한다. ▲풍부한 경험과 지식이 있어야 한다. ▲들인 시간이 있어야 한다.

여러 일을 동시에 하는 것도 창의적 사고를 하는 데 도움이 된다. 일들 사이에 상호작용이 일어나 생각이 더 잘 나고, 내가 알고 있는 지식이나 정보가 다른 의미로 다가오는 재전유(再專有, Re-appropriation) 현상도 체험할 수 있다. 나는 산책할 때 팟캐스트를 듣거나, 반신욕을 하면서 독서를 한다. 이렇게 두 가지 일을 병행하면 아이디어가 잘 떠오른다. 대화와 토론도 좋은 방법이다. 말을 통해 남의 생각과 내 생각이 섞여 새로운 생각을 만든다.

바야흐로 융합의 시대다. 우리 국민은 융합 능력이 뛰어나다. 새로운 것을 창조하는 데에는 미숙하지만, 있는 것을 섞어 쓰는 것에는 능숙하다. 다름을 인정하지 않고 다양성을 존중하지 않는 문화만 극복하면 된다. 우리 문화에서는 다르면 왕따당하기 십상이다. 그러다 보니 안전하게 묻어가려고 한다. 상사가 의견을 냈는데, 부하직원이 반론을 제기하거나 토를 달면 분통을 터뜨린다. 다름을 견딜 수 없다. 다르면 적이다. 타도와 배제의 대상이다. 융합과 통섭의 시대에 동종 교배는 공멸이다. 하지만 다른 것이 섞일 때 비로소 새로운 것이 나온다.

두 번째는 '숙고'다. 톨스토이는 지혜를 얻는 세 가지 방법이 있다고 했다. 명상과 모방과 경험이다. 이 가운데 명상이 가장 고상한 방법이라고 했다. 숙고를 말하는 것이다. 숙고는 통상 '사유'라고 말하는 생각의 형태다. 소크라테스도 공자도 가르쳐주는 사람이 없었다. 하지만 인류의 스승이 됐다. 이것이 어떻게 가능했나. 자기 안에서 솟구쳐 나오게 만드는 그 무엇, 즉 사유와 숙고의 힘 덕분이다. 사유와 숙고로 사물의 본질, 원리, 패턴을 찾을 수 있다.

'핫스팟의 법칙'이란 게 있다. 리처드 오글(Richard Ogle)이 쓴 《스마트 월드: 세상을 놀라게 한 창조성의 9가지 법칙》에서 설명했다. 창조적인 사람의 머릿속에는 핫스팟이 여러 개 존재한다는 것이다. 예를 들어 역사와 철학에 관심이 많고 과학을 공부한 학자는 역사 핫스팟, 철학 핫스팟, 과학 핫스팟을 보유할 가능성이 크다. 창의력은 이런 핫스팟이 서로 충돌할 때 만들어진다. 서로 관련이 먼 핫스팟끼리 충돌할수록 획기적인 아이디어가 나온다.

저마다 자기만의 핫스팟이 필요하다. 핫스팟이 많을수록, 다양한 분야일수록 좋다. 그러나 갖고 있는 것만으로는 의미가 없다. 핫스팟끼리 충돌시켜야 한다. 연상, 추론, 가정, 비교 같은 숙고가 필요하다. 연관이 없는, 관계가 먼 것끼리 부딪칠수록 기발한 생각이 나온다. 꼬리에 꼬리를 물고 깊이 파고들어야 서로 관련이 먼 것을 연결 지어 찾아낼 수 있다. 가장 좋은 훈련 방법으로 시를 읽거나 써보면 좋다. 시야말로 관련 없는 것을 연결 짓는 은유의 과정이기 때문이다.

세 번째는 '감성'이다. 일명 '두 줄 실험'이라는 게 있다. 밀폐된 공간에 줄 두 개가 길게 매달려 있다. 줄 두 개를 묶는 게 실험자에게 주어진 과제다. 두 줄은 양팔로 동시에 잡을 수 없도록 서로 떨어져 있다. 한 줄을 잡고 있으면 다른 줄이 잡히지 않는다. 한 사람에게 가위를 주고 이어보라고 했다. 한 손은 줄을 잡고 다른 한 손에는 가위를 쥔 채 줄을 잡으려 했다. 실패했다. 실험실을 나온 그에게 잠시 다트놀이를 하며 놀라고 했다. 그런 다음 이번엔 망치를 주고 이어보라고 했다. 그러자 망치를 한쪽 끈에 묶어 흔든 후, 그 반동으로 되돌아오는 망치를 잡아 끈을 이었다.

이 실험이 일깨워주는 바가 있다. 놀이를 통해 느낌과 정서, 감정이 고양됐을 때 훨씬 더 창의성이 발휘된다는 사실이다. 지성보다는 감성이 창의력과 직접적인 관계가 있다는 것이다. 창의력이 필요할 때는 보고 듣고 느끼는 감각을 자극해보는 게 좋다. 창의력은 이런 정서적 자극에서도 온다.

네 번째는 '연결'이다. 연결을 통해 새로운 것을 연상해내는 능력이 창의력이다. 1990년대 초 캐나다 맥길대학의 케빈 던바(Kevin Dunbar) 심리학과 교수는 실험실 네 곳에 카메라를 설치했다. 혁신적인 아이디어가 나오는 곳을 추적하기 위해서다. 결과는 놀라웠다. 획기적인 발견이 나오는 장소는 실험실 현미경 앞이 아니었다. 실험실 사람들 간의 정기적 모임이었다. 형식에 구애받지 않고 삼삼오오 모여앉아 얘기하는 과정에서 서로가 연결돼 좋은 아이디어가 나왔다. 연결이 없는 창의력은 상상할 수 없다. 철학자, 문인, 과학자 할 것 없이 연결되지 않고 창의력을 발휘할 수 있을까. 불가능하다. 조직 역시 연결을 통해 새로운 정보를 만들어낸다.

다음 세 유형의 조직 가운데 어느 쪽이 가장 창의적으로 일하겠는가. 첫 번째는 정보가 상층부에 집중돼 있고 권위적인 조직이다. 겉모습이 일사불란하게 보이기 때문에 구성원 간의 관계가 끈끈한 것으로 오판하기도 한다. 우리나라 조직에서 가장 일반적인 유형이다. 두 번째는 각자 정보를 갖고 서로 쿨한 관계에서 각개 약진한다. 이런 조직에서는 좀 더 창의적인 정보를 가진 사람이 성공하지만, 정보가 모이거나 공유되진 않는다. 정보의 차별성을 갖고 상호 경쟁할 뿐이다. 세 번째 유형의 조직은 경쟁과 협력을 병행한다. 이런 조직은 정보를 나눴을 때 자신에게도 도움이 된다는 믿음이 있다. 정보를 공유하는 사람이 우대받는다. 정서적·비공식적인 연결이 활성화돼 있다. 당신이 속한 조직은 어떤 유형인가.

다섯 번째는 '직관'이다. 한때 '척 보면 압니다'라는 유행어가 있었다. 이런 직관은 노련한 형사가 인상착의만으로 범인을 알아차리는 것, 야구선수가 쳐야 할 공과 치지 말아야 할 것을 순간적으로 선별해내는 능력이다.

영화 〈살인의 추억〉에는 발로 뛰는 송강호와 머리가 좋은 김상경 두 형사가 나온다. 머리가 좋고 논리적인 김상경보다 송강호가 더 직관력이 있다. 직관은 생각해보지 않고 즉각적이고 전체적으로 파악하는 능력이다. 직관에는 이성이 개입하지 않는다. 판단하거나 분석하지 않는다. 그냥 번쩍 하고 떠오른다. 튀어나온다. 사유하지 않고 인식하는 것이다. 그 대신 설명하기 어렵다. 근거가 없고 논리적이지도 않다. 직관은 학습이 필요하지 않다. 독서와 경험이 많지 않아도 상관없다. 경험이 중요하다.

직관은 무의식적으로 세 단계를 거쳐 만들어진다. 처음 만난 사람과 왠지 악연이 될 것 같은 생각이 들었다고 해보자. 1단계로 그런 생각이 들기까지 지금까지 만난 여러 유형의 사람이 떠오를 테고, 2단계로 '내가 언젠가 저런 친구를 만났고, 그들의 공통점은 이런 거였고, 그것은 어떤 결과를 낳았어' 이렇게 그들의 공통점을 추출해낼 것이며, 마지막 3단계로 이를 일반화하는 과정을 거칠 것이다. 이 모든 과정은 순식간에 이뤄진다. 결국 그 사람과 관계가 나빠지면 자신의 '감'이나 '촉'이 좋았다고 한다. 그러나 왜 그렇게 생각했는지는 본인도 설명하지 못한다. 직관이 작용한 것이다. 이런 직관은 누구나 타고난다. 그래서 직관을 '제6의 감각'이라고도 한다. 우리 모두는 누구나 직관의 힘으로 창의적일 수 있다.

창의적 글감을 찾으려면 어떻게 해야 할까. 흔한 방법은 일상에서 벗어나 낯선 환경에 자신을 노출시키는 것이다. 일상에서는 다른 생각을 할 기회가 거의 없기 때문이다. 어린 시절부터 여행을 많이 해본 사람이 창의적인 이유다.

'어른은 낯선 것을 익숙하게 만들고, 아이는 익숙한 것을 낯설게 본다'는 말이 있다. 학자는 낯선 것을 익숙하게 해주고, 예술가는 익숙한 것을 낯설게 해준다. 글 쓸 때는 어른의 익숙함과 학자의 노력, 그리고 아이의 낯섦과 예술가의 시선을 겸비해야 한다. 낯선 것을 익숙하게 만들어주려면 친절한 설명이 있어야 하고, 그렇게 하려면 공부가 필요하다.

반대로, 익숙한 것을 낯설게 보려면 어린아이나 여행자의 시선이 필요하다. 예컨대 내가 한국에 처음 온 사람이라면 교회, 커피숍이 즐비한 것에 놀랄 것이다. 저녁 늦게까지 영업하는 술집이 많다는 것도 신기할 수 있다. 지구에 처음 온 외계인처럼 세상을 볼 수 있다면 창의적인 글의 소재는 무궁무진하다.

때론 '휴식'도 창의적인 글감을 만든다. 아무 생각 없이 쉬는 것이다. 바쁨은 생각할 여지를 주지 않는다. 작가들은 그래서 권태를 즐긴다. 보통 사람은 지루함을 못 참는다. 바삐 움직이지 않으면 불안하다. 뭐라도 해야 직성이 풀린다. 《날개》를 쓴 이상도, 《나는 야한 여자가 좋다》를 쓴 마광수도 《권태》라는 작품을 썼다. 이런 권태가 글 쓰는 데 도움이 된다. 작가들이 작품 활동을 위해 한적한 농촌이나 바닷가 오두막을 찾는 것도 이런 이유일 테다.

'유쾌함'도 중요하다. 엄숙하지 않아야 한다. 진지하기보다는 유쾌할 때 더 좋은 아이디어가 나온다. 증권사에 다닐 때, 농구단을 창단하면서 구단 이름을 공모했다. 동물 이름만 즐비하게 나왔다. 그런 와중에 누군가 '제우스'를 제안했다. 많은 사람이 그게 뭐냐고 웃었다. 그런데 웬걸, 그게 채택됐다.

창의성은 그런 게 아닌가 싶다. 유쾌함과 발랄함이 넘쳐나려면 개성을 존중하고 차이를 인정하는 문화가 정착돼야 한다. 모난 돌이 정 맞지 않아야 한다. 아니, 대우받는 사회가 돼야 한다. 그런 바탕 위에서 누구나 거리낌 없이 자신의 생각을 말할 수 있어야 한다. 그럴 때만 자유롭고 창의적인 개개인이 우리 사회의 창발적인 발전을 이끌 수 있다.

창의는 '양'에서 나오기도 한다. 양질전환(量質轉換)의 법칙이 적용된다. 양의 증가가 질의 변화를 가져온다. 다이어트 해본 사람은 안다. 꾸준히 하면 어느 순간 한꺼번에 체중이 준다. 세상일이 대부분 이런 궤적을 밟는다. 완만하게 우상향하면 좋으련만 인내심을 시험한다. 반응이 없다가 계단식으로 상승한다. 조급증과 답답함을 이겨낸 사람에게만 주어지는 선물이다. 마치 대나무가 '퀀텀리프(quantum leap)' 하듯.

글도 마찬가지다. 많이 쓰다 보면 어느 순간 머릿속에 새로운 패턴이 생긴다. 분명히 그 이전과 다른 무엇이 생긴다. 그런 점에서 창의적인 글은 우연의 산물이 아니다. 필연적 결과물이다. 결과물은 투입이 있어야 나온다. 말콤 글래드웰(Malcolm Gladwell)이 말했듯이 1만

시간이 들어가야 나오는 게 창의성이다.

글 쓰는 '공간'도 창의성에 영향을 미친다. 창의적인 일에 종사하는 사람들 방은 지저분한 경우가 많다. 언젠가 본 아인슈타인의 책상 사진도 그랬다.

한 가지 실험 사례가 있다. 깔끔하게 정리된 방과 너저분한 방에 실험 대상자를 넣어놓고 탁구공의 쓰임새를 써보라고 했다. 지저분한 방에 있던 사람들이 더 창의적으로 사고했다. 무질서한 방이 자유로운 상상에 도움이 된다는 것이다. 단, 논리적인 사고에는 정돈된 환경이 좋다고 한다. 개인차는 있겠지만 창의력이 필요한 글은 무질서한 환경에서, 논리적인 글은 질서정연한 여건에서 쓰는 게 도움이 될지도 모르겠다.

창의란 곧 자기 생각을 표현할 줄 아는 것이다. 내 생각과 남의 생각을 섞을 줄 아는 것이다. 남의 생각에 자기 의견을 붙일 줄 아는 것이다. 창의는 하늘에서 뚝 떨어지는 게 아니다. 눈에 보이지 않을 정도로 작은 겨자씨에서 살이 붙는 게 창의성이다. 우리는 누구나 작은 겨자씨 하나씩은 갖고 있다.

창의력을 키우는 가장 좋은 방법은 말하기와 글쓰기다. 발표하기, 질문하기, 일기 쓰기처럼 거창하지 않고 평범하다. 그러나 우리는 창의성 교육 하면 영재교육을 떠올린다. 처음부터 완성된 무엇을 만들어야 하는 것으로 안다. 그래서 겁부터 먹는다. 기발하거나 독창적이지 않아도 된다. 천재가 아니어도 된다. 그저 자신의 생각을 말하고 쓸 수 있으면 된다. 그것이 창의성이다.

고등학교 수학시간에 선생님께 혼난 그 친구는 지금 고위 관료가 됐다. 그렇게 된 절반은 그 선생님 덕분이라고 생각한다. 그 시간 이후로 친구는 질문하지 않았을 것이기 때문이다. 의문을 가지면 위험하다고 깨달았을 것이다. 호기심이 거세된 채 무슨 일이든 시키는 대로 잘했을 것이다. 쓸쓸하지만 그런 친구가 성공하는 사회다.

나는 딴짓이 더 재밌다

- 아는 게 없으면 보는 것으로 쓴다

아내와 연애할 때부터 수없이 핀잔을 들으면서도 고쳐지지 않은 게 있다. 아내와 얘기하면서 옆자리 대화를 엿듣는 것이다. 요즘도 카페에서 글을 쓰다 나도 모르게 생면부지 남의 얘기를 듣고 있다. 신문을 봐도 인물 동정과 부음란에 눈길이 간다. 패키지여행을 가면 관광보다 일행의 일거수일투족에 관심이 많다. 저쪽 일행은 어떤 사이이고, 이쪽 일행은 버스 자리 잡을 때 얌체 짓만 한다는 둥 관찰하는 것을 즐긴다. 아들도 나를 닮았다. 엄마 아빠가 대화할 때 안 듣는 척하면서 다 듣고 있다.

글쓰기를 공부하며 읽은 책 중에 두 권이 인상 깊다. 《생각의 탄생》과 《인지니어스》다. 《생각의 탄생》은 13가지 생각 도구를, 《인지니어스》는 11가지 생각법을 소개하고 있다. 생각법이라기보다는 글쓰기 방법에 가깝다. 그런데 두 책 모두 공통적으로 언급하는 한 가지가 있다. 바로 '관찰'이다.

글쓰기에는 관심, 관찰, 관계라는 '3관'이 필요하다. 아니 필수적이다. 여기에 하나 더 추가하면 관점이다. 글을 쓰려면 쓸 대상이 있어야 한다. 쓸 사람, 쓸 사건이 필요하다. 그런데 '관심'을 두지 않으면 아무것도 보이지 않는다. 관심이 관찰하게 하고 관점을 만든다. 있는 세상도 '관찰'하지 않으면 보이지 않는다. 자세히 봐야 알 수 있고 해석할 수 있다. 사물이나 사람을 잘 관찰하는 사람은 시와 소설을 쓴다. 기자는 사건을 잘 관찰하는 사람이다.

'관계'도 중요하다. 진공 상태에서 만들어진 글은 공허하다. 관념적이다. 현장감이 없다. 생생하지 않다. 다른 사람과 관계, 사회 속에서 관계, 이 일과 저 일의 인과관계가 필요하다.

때로는 관심을 끊고 관찰을 멈추고 관계에서 벗어날 필요도 있다. 세상일에 관심을 끊고 나만의 세계에 파묻혀 살 필요도 있다. 관찰하는 대상은 이미 있는 것이고, 남이 만들어놓은 것이다. 이전에 없던 새로운 것, 나만의 것을 만들기 위해선 관찰을 멈추고 나를 들여다볼 필요가 있다. 나만의 관점을 만들어야 한다.

관계 없음도 필요하다. 고독하고 독립적이고 주체적이어야 한다. 스스로 왕따가 되고 독불장군이 되어 휩쓸리지 말아야 한다. 어쨌든 3관은 글쓰기와 관련이 깊다. 소재가 없어 못 쓴다고 푸념할 일이 아니다. 경험이 없다고 핑계 댈 일이 아니다. 보지 못한 나를 탓해야 한다.

아는 만큼 보인다고 했던가. 대학을 졸업하고 '유공(현재 SK이노베이션)'이란 회사에 원서를 냈다. 당시 주유소를 가장 많이 가진 정유

회사였다. 원서를 내기 전까지는 그 회사가 있다는 정도만 알았다. 차도 없고 면허증도 없으니 당연했다. 그러나 원서를 접수하고 나니 새로운 세상이 내 앞에 펼쳐졌다. 면접을 보고 그 회사 문을 나서는 순간 온 세상이 유공 천지였다. 그전까지 한 번도 눈여겨본 적 없는 유공 간판만 눈에 들어왔다. '컬러 배스 효과(color bath effect)'다. 한 가지 색깔에 집중하면 그 색 물건만 눈에 띄는 현상이다. 무언가를 의식하면 그것만 눈에 보이게 마련이다. 관심이 생기니 보이기 시작하는 것이다.

세상에는 참으로 많은 세계가 있다. 수천, 수만 가지 세계가 있다. 편의점, 커피숍, 제과점, 헬스클럽, 택시 운전, 등산, 바둑, 골프 등 이루 헤아릴 수 없이 많은 세계가 있다. 직업의 세계도 있고, 취미의 세계도 있고, 정치·경제·문화의 세계도 있다.

나는 쉰 가까이 기껏해야 대여섯 가지 세계만을 경험했다. 증권업계, 홍보업무, 청와대, 출판계, 글쓰기에 발을 디뎌보고 맛을 본 정도가 고작이다. 모든 세계에는 저마다 우주가 있다. 밖에서 보면 알 수 없는 그들만의 세계가 있다. 그 안에 들어가본 사람만이 알 수 있는 엄청난 사실과 흥미진진한 이야기가 있다. 세상에 존재하는 모든 세계는 존재 자체로 가치가 있다.

건강에 관심을 갖기 시작하면 그전에 존재하지 않았던 무한한 세계가 펼쳐진다. 건강이라는 한 가지 주제만으로도 수십 수백 가지 세계를 경험할 수 있다. 독서의 세계만 해도 얼마나 오묘한가. 평생을 파헤쳐도 시간이 모자란다.

일생을 살면서 우리는 세계를 몇 가지나 경험하고 떠나는가. 아니, 그런 세계가 있다는 것을 알기라도 할까. 얼마나 많은 미지의 세계를 남겨두고 떠나는가. 글감이 없다는 소리는 응석에 불과하다. 관심만 가지면 된다. 수도 없이 많은 이야기가 이곳저곳에서 기다리고 있다. 자기를 들여다봐달라고 손짓하고 있다. 관심의 지경(地境)만 넓히면 된다.

주변에서 일어나는 일을 예사롭게 넘기지 말고 면밀하게 봐야 한다. 내 일이라고 생각하고 유심히 봐야 한다. 호기심과 의문, 문제의식을 가지고 봐야 한다. 남들 말에 현혹되지 않고 자기만의 방식으로 보려고 노력해야 한다. 그것이 책이건 뉴스건 사물이건 사람이건 말이다. 들여다보면 볼수록 더 궁금해지고, 파면 팔수록 더 깊이가 느껴지는 또 다른 세상이 있다.

들여다본 지점까지만 내 세상이다. 그 밖은 없는 세상이다. 없는 세상에 관한 내 생각은 존재하지 않는다. 보는 것만 실재하는 세계이고, 글쓰기 대상이 된다. 관찰한 만큼 보이고, 보인 만큼 쓸 수 있다. 관찰은 고유한 느낌과 독창적인 생각을 만드는 출발점이다.

나는 해외여행을 가면 그 지역 미술관을 둘러보는 걸 즐긴다. 아내는 지루해하는 편이다. 나도 처음엔 그랬다. 누가 그렸는지, 제목이 뭔지, 무슨 내용인지 정도만 궁금했다. 그러다 나도 모르게 작가에 관심을 갖게 됐다. 어느 시대, 어떤 배경에서 이 그림이 탄생하게 됐는지 눈길이 갔다. 그림에 담긴 이야기도 알고 싶어졌다. 시기별 화풍과 작가의 기법에 관해 공부하고 싶어졌다. 400여 년 전 사람

카라바조의 그림을 보면서 그 시대로 돌아가 내 안의 악마적 속성을 목도하기도 한다.

관찰에도 단계가 있다. **1단계는 눈에 보이는 것을 있는 그대로 보고, 글로 옮겨보는 것이다.** 이른바 묘사다. 이것은 누구나 할 수 있다. 일화나 에피소드와 같은 과거 경험에만 의존하면 금세 밑천이 바닥난다. 겪은 일은 한정돼 있기 때문이다. 이를 극복하고 돌파하는 방법은 현재에 집중하는 것이다. 지금 일어나고 있는 일에서 소재를 찾아낸다. 이런 소재는 일상의 관찰에서 나온다.

2단계는 느낌을 말하는 단계다. 감상을 쓰는 것이다. 초등학교 때부터 강요받아왔다. 각종 기념일 글짓기 대회 때마다 느낀 점을 쓰라 했다. 느낌이 없어도 써야 했다. 일기나 독후감 역시 마무리는 감상이었다.

진짜 느낌을 쓰는 게 무엇인지 김택근 시인이 쓴《기적은 기적처럼 오지 않는다》를 읽고 알았다. 김대중 전 대통령의 어록에 주석을 단 이 책을 읽으면서 '관조란 이런 것이구나'를 깨달았다. 관조는 만드는 것이 아니라 만든 것을 보는 것이다. 관찰하고 감상하는 것이다. 김대중의 말을 김택근은 관조한다. 김대중이 만든 것을 김택근이 보는 것이다. 그리고 주석을 단다. 그런데 주석이 주옥같다. 창조만 대단한 게 아니다. 관찰하고 주석을 다는 것도 위대한 일이다.

3단계는 분석적으로 관찰하는 단계다. 나름의 시각과 관점, 해석

그리고 해법을 쓴다. 회사에서 쓰는 보고서, 각종 칼럼이 여기에 해당한다.

4단계는 내 주관과 기준으로 시시비비를 가리고 비판하는 단계다. 삐딱하게 관찰하고 통념에 휘둘리지 않아야 한다. 비평, 논증 등을 할 때 활용한다. 논리적인 글에도 관찰이 필요하다. 우리 모두 학창시절에 배웠다. 귀납법은 구체적 사실에서 일반적 사실을 이끌어내는 것이고, 연역법은 일반적 사실에서 구체적 사실을 이끌어내는 것이다. 귀납법은 경험을 해석한다. 연역법은 원리를 증명한다. 귀납법은 관찰과 성실함이 필요하다. 연역법은 추론과 참신함이 필요하다. 나이 든 세대가 귀납법에 강한 반면, 젊은 세대는 연역법에 강하다. 나는 귀납법이 편하다. 그래서 꼼꼼하게 관찰한다.

5단계는 나를 보는 것이다. 양심과 정의감은 여기서 나온다. 나를 객관적으로 볼 수 있는 사람은 양심이 있다. 나를 사랑하는 사람은 세상을 사랑한다. 세상을 사랑하는 사람은 정의로운 사회를 꿈꾸고 이를 위해 행동한다. 정의를 바로 세우기 위해 글을 쓴다.

마지막은 없던 세계를 창조하는 단계다. 보이는 것, 그 너머를 보는 것이다. 시나 소설 같은 문학에 필요한 눈이다. 글을 쓰는 데는 네 개의 눈이 필요하다. 육안(肉眼)은 사물을 본다. 지안(智眼)은 생각을 본다. 심안(心眼)은 느낌을 본다. 영안(靈眼)은 너머를 본다.

동물원에서 같은 원숭이를 봐도 어떤 눈으로 보느냐에 따라 반응은 다르다. 육안은 단지 구경한다. 지안은 학교에서 배운 진화론을 떠올린다. 심안은 갇힌 원숭이를 불쌍하게 여긴다. 영안은 원숭이가 지배하는 사회를 상상한다.

시인 장석주는 〈대추 한 알〉이란 시에서 대추를 이렇게 바라보았다. "저게 저절로 붉어질 리는 없다. 저 안에 태풍 몇 개. 저 안에 천둥 몇 개. 저 안에 벼락 몇 개." 영안으로 대추를 본 것이다.

어떻게 보는가도 중요하다. 똑같은 환경과 상황에서도 보는 사람이 있고 보지 못하는 사람이 있다. 제각기 다르게 보기 때문이다. 기본은 저 안에 글감이 있다고 확신하며 보는 것이다. 사랑스럽게 애지중지하며 봐야 한다. 그러면 보인다. 반대로, 거리를 두고 볼 수도 있다. 눈에서 힘을 빼고, 뭔가를 찾으려는 욕심을 버리고 본다. 처음 본 것처럼 낯설게 본다. 휑한 눈빛으로 멍하게 관조한다. 그래도 보인다. 본 것에서 다른 무언가를 유추하고 연상해볼 수도 있다. 은유와 직유, 알레고리는 여기서 나온다. '이것은 무엇'이라고 의미를 부여하면서 본다. 다시 말해 개념과 관점을 갖고 본다.

이 밖에도 보는 방법은 다양하다. 파고들기, 되새기기, 크게 보기, 꼬리 물기, 합해 보기, 넓혀 보기, 맺어 보기, 톺아보기, 나눠 보기, 견줘 보기, 해보기 등이다.

《보바리 부인》을 쓴 귀스타브 플로베르에게 제자가 있었다. 몇 달이 지나도록 플로베르에게 배우는 게 없자, 제자가 불만을 토로했다. "제가 소설을 배우기 위해 선생님 댁 계단을 수천 번 오르내렸지만, 선생님은 아무런 가르침도 주지 않으셨습니다." 그러자 플로베르가 물었다. "알겠네. 그럼 자네, 우리 집 계단이 몇 개인지는 알고 있나?" 이에 답하지 못한 제자는 큰 깨우침을 얻었다. 그 제자가 바로《여자의 일생》,《목걸이》를 쓴 기 드 모파상이다.

평소 쓰기 위한 네 가지 도구

– 독서, 토론, 학습, 메모

평소에 물고기를 잡는 요리사가 있다. 요리할 때 수족관에 잡아둔 고기 중 필요한 것을 골라 쓴다. 요리할 필요가 없을 때 물고기를 잡는 것은 취미다. 즐거움이다. 잡아둔 고기 중에 무엇을 쓸까 고르는 재미도 있다. 이에 반해 요리할 때마다 고기를 잡으러 나가는 것은 노동이다. 고기가 잡힐까? 무슨 고기가 잡힐까? 잡힌 고기로 요리할 수 있을까? 초조하다. 즐거움이 아니라 고역이다.

대다수는 요리할 때 낚싯대 들고 고기 잡으러 나간다. 평소에 다양한 고기를 잡아 저장해놓자. 물고기가 필요할 때 낚싯대를 드리우면 늦다.

글 쓰는 사람은 크게 두 부류로 나뉜다. 써야 할 때 쓰는 사람과 평소 써두는 사람이다. 쓰기 전에 쓸거리가 있는 사람은 여유가 있다. 가진 것 중에 무엇을 쓸까 즐긴다. 흥분하기까지 한다. 이에 반해 써야 할 때 찾기 시작하는 사람은 초조하다. 평소 잘 나던 생각도 나지 않는다. 썼다 지웠다만 반복한다. 즐거움이 아니라 고역이고, 흥분이 아니라 패닉이다. 당연히 결과도 좋지 않다.

평소에 쓴다는 것은 단지 글을 조금씩 쓴다는 의미만은 아니다. 평소에 자신의 생각을 생성, 채집, 축적해두어야 한다. 써놓은 글을 평소에 조금씩 고치는 것도 포함한다. 나아가 읽기, 듣기, 말하기, 쓰기의 흐름 안에서 살라는 뜻이다. 어차피 써야 할 글이라면 미리 써두는 게 여러모로 좋다. 써둔 글에는 이자도 붙는다. 써둔 글이 늘어나면 그 안에서 자기들끼리 화학반응을 일으킨다. 서로 관련이 없는 것이 부딪쳐서 새로운 것을 만들어낸다.

요즘 나는 평소에 글을 쓴다. 그래서 글 쓸 일이 있으면 들뜬다. 글을 쓰기 위해 카페에 갈 때 흥이 난다. 나가기 위해 머리 감을 때부터 머릿속에 쓸거리가 맴돈다. 이것을 쓸까 저것을 쓸까 고르는 재미가 있다. 블로그와 홈페이지에도 이미 2,000개 가까운 글을 써뒀다. 나에겐 수족관이다. 검색도 가능하다. 써야 할 글의 키워드를 검색하면 그곳에 물고기가 있다. 실마리가 있으면 글쓰기는 쉽다. 그 한 줄이 없어 글쓰기가 힘들다.

나는 글을 쓰기에 앞서 세 가지를 한다. 우선, 내가 써야 할 글의 키워드가 들어 있는 칼럼을 한두 편 읽는다. 그래도 생각이 안 나면 동영상 강의를 한두 편 듣는다. 그렇게 해도 생각이 안 나면 온라인 서점에 들어가서 관련된 책의 목차를 몇 개 본다. 여기까지 오면 생각나지 않는 경우는 거의 없다.

내게 칼럼과 동영상 강의와 책의 목차는 물고기를 잡는 도구다.

고기가 잘 잡히는 장소에 가서 낚싯대를 드리우면 더 효과적이다. 이를테면 산책을 하면서 동영상 강의를 듣는다. 카페에 가서 책의 목차를 보고, 지하철에서 칼럼을 읽는다. 그러면 백발백중이다.

평소에 꾸준히 글을 쓰기 위해서는 자기 생각을 만들어내는 '도구'가 필요하다. **첫째가 독서다.** 책을 한 권 읽었는데 자기 생각이 새롭게 만들어진 게 없으면 헛일이다. 남의 생각을 알기 위해 하는 독서는 부질없다. 남의 생각을 알고 싶으면 검색만으로도 충분하다. 요즘 같은 세상에 뭐 하러 시간 내고 돈 들어서 남의 것을 머릿속에 넣고 다니나. 독서하는 이유는 자기 생각을 만들기 위해서다. 책을 읽다 보면 내 생각이 정리된다. 남의 생각을 빌려 자기 생각을 만드는 게 독서다.

나는 책을 읽기 전, 목차를 보고 저자의 생각을 가늠해본다. 그리고 그런 내용에 관해 내가 고민한 적이 있는지 생각해본다. 그런 다음 책을 읽는다. 한 꼭지씩 읽은 후에 다시 생각을 정리해본다. 저자가 말하려는 메시지가 뭔가. 그것을 읽으면서 내 생각은 어떻게 바뀌었나. 새롭게 만들어진 생각은 무엇인가. 새롭게 만들어진 게 없으면 시간 들인 게 분해서라도 읽기를 멈추고 생각을 찾아본다.

둘째, 토론 역시 생각을 만드는 필수 도구다. 주제를 정해놓고 하는 토론 말고도 회의, 토의, 대화, 잡담, 수다 등 말하고 듣는 모든 것을 포함한다. 말을 하면 생각이 정리된다. 실타래처럼 엉켜 있던 생각이 일목요연해진다. 또한 생각이 발전한다. 없던 생각도 만들어진다. 언제 내 머릿속에 이런 생각이 있었을까 싶은 생각이 샘솟는다.

말해보기 전까지는 자기 생각이 아니다. 중·고등학교 때 수학 선생님 설명은 알아들었는데 나와서 풀어보라고 하면 못 푸는 것과 같다. 나가서 풀 수 있어야, 즉 말할 수 있어야 진짜 아는 것이고, 진정한 자기 생각이다.

생각을 만들기 위해서는 직접 말해봐야 한다. 그러면 들으면서도 생각이 난다. 누구나 남의 얘기를 듣다가 갑자기 생각이 떠올라서 상대 말을 끊고 자기 생각을 말한 경험이 있을 것이다. 말하는 것 못지않게 상대의 말을 많이 듣는 것도 중요하다. 그래야 물고기가 잡힌다. 어찌 보면 말하는 것은 내 물고기를 나눠주는 행위이고, 듣는 것은 남의 물고기를 내 것으로 만드는 일이다.

셋째, 학습이다. 배우는 것만이 학습은 아니다. 보고 듣고 느끼는 모든 것이 학습이다. 호기심과 문제의식만 있으면 모든 것에서 배울 수 있다. 개그에서도 배우고 드라마에서도 배운다. 반대로, 학교 수업도 주입식으로 받으면 자기 생각이 만들어지지 않는다. 린백(Lean-back)이 아니라 린포워드(Lean-forward) 자세여야 한다. '과연 저 사람 말이 맞을까' 의문을 갖고 까칠하게 또 삐딱하게 들어야 한다. '내가 당신이라면 나는 그렇게 말하지 않고 이렇게 말할 거야'라고 대들면서 들어야 한다. 내준 문제를 풀기만 하는 사람이 아니라 문제를 내는 사람이 되어야 한다. 그래야 자기 생각이 만들어지고 진정한 학습이 이루어진다.

우리는 문제 분석은 잘하는데 문제 제기와 문제 해결 능력은 약하다. 주어진 문제를 이해하고 분석하는 역량은 읽기와 듣기를 많이 하면 키워진다. 그러나 문제 제기에는 비판적 사고가 필요하고, 문제 해결 능력에는 창의적 사고가 필요하다. 이는 말하기와 글쓰기로 길러진다. 문제 제기와 문제 해결 능력을 키우기 위해서는 문제의식이 있어야 하는데, 그것은 호기심과 공감 능력에서 비롯된다.

끝으로, 메모다. 독서, 토론, 학습을 아무리 열심히 해도 메모하지 않으면 아무 소용이 없다. 메모하지 않은 것은 모두 잊히게 마련이다. 메모는 그 자체가 글쓰기이고 생각하는 과정이며, 훌륭한 글감이다. 무엇보다 메모를 해야 뇌가 자꾸 새로운 생각을 한다. 뇌는 가급적 생각하지 않으려고 한다. 생각을 받아써주는 메모는 뇌를 격려해주는 것이다. 잘했다고 칭찬해주는 일이다.

뇌가 무언가를 생각해냈는데 그냥 흘려보내면 그다음부터는 생각을 멈춘다. 생각해봤자 주인이 중요하게 생각하지 않는다고 느끼기 때문이다. 그러나 생각난 것을 열심히 메모하면 뇌가 신이 나서 생각을 자꾸 길어 올린다. 주인을 기쁘게 해주기 위해서 시도 때도 없이 생각을 해낸다.

메모는 완전한 게 아니다. 생각의 조각을 키워드 중심으로 써놓은 것이다. 그러나 그렇기 때문에 글쓰기를 더욱 적극적으로 돕는다. 과거에 한 생각을 낯설게 봄으로써 객관적으로 재평가해볼 수 있고, 당시 설익은 감정을 좀 더 구체적으로 보완해준다.

무엇보다 메모의 가장 큰 효용은 글을 쓰게 한다는 점이다. 메모를 한다는 것은 언젠가 써먹겠다는 의지의 표현이자 자신과 하는 약속이다. 그리고 실제로도 글쓰기 재료로 써먹어야 한다. 그래야 메모한 이유를 뇌가 분명히 알아차려 다음에도 메모하려고 노력한다. 나는 글감이 생각나지 않을 때마다 메모해둔 것을 본다. 지금까지 메모해둔 것은 거의 글로 써먹었다.

다시, 처음 든 사례처럼 평소 취미로 낚시하는 사람과 그때그때 필요해서 고기를 잡는 사람이 있듯이, 쓸거리는 있는데 그것을 잘 표현하지 못해 글쓰기가 어렵다는 사람과 아예 쓸거리가 없는 사람이 있다고 치자. 전자는 훈련과 연습으로 짧은 시간 안에 해결이 가능하다. 그러나 후자는 단기간에 해결하기 어렵다. 방법은 평소 고기를 잡는 것이다. 쓸거리가 있어 그것을 밀어내는 방식으로 쓰는 것이, 필요한 글의 수요에 맞춰 당겨내는 것보다 훨씬 편하고 쉽다. 나는 평소에 블로그나 홈페이지에 밀어서 내놓는다. 기고 요청이 오면 그 내용 중에 골라서 당긴다. 일종의 밀고 당기는 '밀당' 글쓰기다.

이따금 강의에서 글쓰기에 관한 잘못된 생각에 대해 얘기한다. ▲글은 재능으로 쓴다? 땀과 노력으로 쓴다. ▲글쓰기는 특별한 사람의 전유물이다? 보통 사람, 힘없는 사람이 가져야 하는 무기다. ▲아는 게 많아서 쓴다? 쓰면서 아는 것이다. ▲글은 첫 줄부터 쓴다? 아무 데서나 시작해도 상관없다. ▲글쓰기는 고독한 자기와의 싸움이다? 경우에 따라 함께 쓰면 더 잘 쓸 수 있다. ▲글은 머리로 쓴다? 글은 가슴과 발로 기획하고 엉덩이로 마무리한다. ▲글쓰기는 창조적 행위다? 어딘가에 있던 것의 재현이고 모방이다.

끝으로 꼭 덧붙이는 말이 있다. 써야 할 때 쓰는 게 글쓰기다? 아니다. 평소에 써뒀다가 필요할 때 써먹는 게 더 나은 글쓰기다.

몇 해 전 〈태양의 후예〉라는 드라마를 보면서 언젠가 극본을 쓰기로 아내와 작당했다. 역할 분담도 했다. 나는 전체 플롯을 짜고, 아내는 대사를 쓰는 것이다. 평생 드라마를 봐왔으니 못 쓸 것도 없다. 살아오면서 TV 시청에 가장 많은 시간을 보냈으니 말이다. 지금도 극본 쓸 생각을 하면 설렌다. 쓰라고 강요하는 사람이 없고, 꼭 써야 할 글도 아니지만, 쓰고 싶은 글이기 때문이다.

글 잘 쓰는 방법이 여기에 있는지도 모르겠다. 평소 쓰고 싶은 글을 쓰면서 글쓰기 근육을 키운다. 그리고 써야 할 글이 있을 때 단련돼 있는 근육을 사용한다. 나무에 빗대 얘기하면, 평소 글을 쓰는 것은 뿌리를 내리는 일이고, 써야 하는 글을 쓰는 것은 꽃과 열매를 맺는 것이다. 꽃과 열매를 잘 맺기 위해선 먼저 뿌리부터 굳건히 내려야 한다.

호기심 많던 어린아이는 어디 갔을까

- 글쓰기는 스스로에게 질문하는 것

늦은 밤 지하철을 탔다. 지하철 안이 한산하다. 눈을 감고 있는데
옆자리 연인의 대화가 들린다.

"오빠, 나 예뻐?"

"……."

"나 예쁘냐고!"

"사람들 보잖아."

"그러니까 빨랑 대답해. 나 예뻐?"

궁금해서 도저히 참지 못하고 옆자리를 힐끗 쳐다봤다. 발그레한
여성의 얼굴이 가까이 보인다.

여자가 또 채근한다.

"왜 대답을 안 해? 오빠 나 예쁘냐니까?"

슬슬 짜증이 난다. 내가 대신 대답해주고 싶다.

"예쁩니다. 됐나요?"

인간은 호기심 덩어리다. 궁금함이 가슴 떨림과 설렘을 만든다. 호기심이 인류 역사의 진보를 가져왔다. 연애할 때는 상대의 모든 것이 궁금하다. 그래서 결혼한다. 결혼하기 때문에 번식이 가능했고 인류가 절멸하지 않을 수 있었다. 모든 발명품은 호기심이 낳은 결과물이다.

전체 내용을 알고 글 쓰는 사람이 있을까. 만약 그렇다면 이미 다 쓴 것이다. 글쓰기는 완료형이 아니라 진행형이다. 궁금증을 해소해나가는 과정이 글쓰기다. 그런 점에서 질문은 글쓰기의 출발점이다. 의문을 갖고, 문제의식을 갖고, 호기심을 갖고 스스로에게 물어야 한다. 그러나 학교에서건 직장에서건 질문하기를 꺼린다. 글쓰기 강의를 해봐도 질문이 없다. 왜 질문을 안 할까. 대부분이 주위 사람 눈치를 본다. 나대선 안 된다고 생각한다. 중간만 가자는 심리다. 가장 심각한 것은 궁금한 게 없다는 점이다. 그저 받아 적기 바쁘다.

나도 강의를 듣는 처지에 놓이면 마찬가지다. 질문하라고 하면 머릿속이 하얘진다. 어려서부터 질문하는 법을 배우지 못했다. 질문이 원천적으로 봉쇄된 주입식 교육을 받았다. 질문하는 공부가 아니라 정답 맞히는 공부를 했다. 이래서는 자기 생각을 갖기도, 글을 쓰는 것도 쉽지 않다.

글쓰기가 어려운 것은 질문하는 훈련이 안 돼 있기 때문이다. 많은 사람이 대답하는 데에 익숙하다. '이것은 무엇인가'라고 물었을 때 답하는 것은 '지식'이다. 반면 글쓰기는 스스로에게 '이것은 무엇이냐'고 묻고 답하는 것이다. 글을 쓰려면 문제를 푸는 사람이 아니라 문제를 내는 사람이 되어야 한다. 문제를 푸는 사람은 읽는다. 문제를 내는 사람은 묻고 쓴다.

인간은 태어나면서 궁금증을 타고난다. 아이가 말을 시작하면서부터 만 세 살까지 무슨 단어를 가장 많이 쓰는지 조사해봤더니, 첫째가 '엄마'이고 두 번째가 '왜'였다. 우리 모두 어릴 적에는 질문이 많았다. 모든 게 궁금했다. 크면서 질문이 사라졌다. 이와 함께 호기심도 사라졌다. 글쓰기도 힘들어졌다.

글쓰기 강의를 들으러 오는 분들 가운데 실제로 글을 잘 쓰는 사람은 몇 가지 특징이 있다. 먼저 강의 시간에 질문한다. 강의를 들으면서 '내가 강의한다면 저렇게 안 하고 이렇게 할 텐데'라고 생각한다. 강의 듣고 집에 가면서 강의 내용을 되새긴다. 집에 가서 글을 써본다.

책을 읽을 때도 마찬가지다. 책 내용을 일방적으로 주입하지 않고 삐딱하게 읽는다. 나도 이런 책을 한번 써볼까 생각한다. 책을 다 읽은 후에는 자기 생각을 정리해본다. 글을 쓴다.

글쓰기 전에 스스로에게 세 가지를 물어야 한다.
'무엇에 관해 쓰지?' '왜 쓰지?' '어떻게 쓰지?'
나도 그렇지만 일반적으로 '어떻게 쓰지'에 관해 가장 많이 고민한다. 그래서 엄두를 내지 못한다. 멋있게, 감동적으로, 설득력 있게 쓰고 싶기 때문이다. '무엇에 관해 쓰지'에 관한 고민은 상대적으로 덜한다. 그래서 전하고자 하는 핵심 메시지, 그에 맞는 소재를 찾는 노력이 부족하다. 가장 중요한 '왜 쓰지'에 관한 고민은 아예 없다. 글의 목적의식이 없다. 그러니 승부처가 없다. 독자가 만족하는 포인트나 글 쓰는 이가 노리는 목표가 없다. '어떻게 하면 잘 쓸까?'를 묻는 사람과 '어떻게 하면 잘 읽힐까?'를 질문하는 사람은 다르다. 전자는 쓰는 사람이 중심에 있고, 후자는 읽는 사람이 중심에 있다. 큰 차이다.

질문은 내 안의 글감을 길어 올리는 두레박이다. '글쓰기의 의미는 무엇인가', '글을 써야 하는 이유는 뭔가', '글을 잘 쓰는 방법은?', '만약 글 쓰는 인공지능이 만들어진다면?'이라는 질문에서 의미(what), 이유(why), 방법(how), 가정(if)에 관한 답이 모두 글이 된다. 사람, 장소, 시간, 사건에 관해 물으면 저절로 '이야기'가 만들어진다.

연설문은 청중의 질문에 대한 답변이며, 묻고 답하기 식으로 쓰면 좀 더 현장감이 생긴다. 상사가 궁금해할 것에 관해 답변하는 게 보고서다. 질문은 핵심 질문과 보조 질문으로 구성된다. 예를 들어 '글을 왜 쓰는가?'가 핵심 질문이라면, 보조 질문으로 '글로 사회를 변화시킬 수 있는가?', '글쓰기는 치유의 힘이 있는가?', '글은 독자와 자신 중 누구를 위해 쓰는가?' 등을 물어야 한다. 서론에서 핵심 질문을 던지고, 본론에서 보조 질문에 답한 후, 결론에서 핵심 질문에 대답한다.

스무고개 놀이 방식으로도 글을 쓸 수 있다. 글 쓰는 사람이 어떤 대상을 염두에 둔다. 그게 무엇인지 모르는 독자는 그것을 알아맞히기 위해 질문한다. 독자가 궁금해할 만한 것을 상상해 글 쓰는 사람이 스스로 질문하고 답해야 한다. 한꺼번에 알려주기보다는 양파 껍질 벗기듯 하나씩 감칠나게 노출한다. 쓰기 전에 단계별로 어떻게 노출할지 계획해야 한다. 추리소설처럼, 독자가 끝까지 기대감을 놓지 않도록 하는 게 중요하다. 도중에 약이 올라 "나 그거 관심 없거든?" 하면 끝장이다.

자문자답 글쓰기도 있다. 글쓰기는 스스로 묻고 답하는 과정이다. 자기와의 대화다. 통념과 고정관념, 선입견, 상식, 답습에서 벗어나 문제의식을 갖고 질문해야 한다. 옳다고 믿어왔고, 그렇다고 강요받았던 사실에 관해 '그것이 과연 맞는지' 의심해봐야 한다. 그리고 반문해야 한다. '왜 그래야 하는지' 물어보면 뇌는 생각하기 시작한다. '왜 그랬지?', '그래서 어떻게 됐지?', '어떻게 하면 되지?' 물고 늘어져야 잘 쓸 수 있다. 엉뚱하고 통렬한 질문일수록 생각을 자극하게 마련이다.

질문을 파고들면 생각의 실타래가 풀린다. 질문이 답을 불러온다. 질문을 바꾸면 생각의 물꼬가 바뀐다. 언제? 어디서? 무엇을? 왜? 어째서? 그래서? 누구와? 어떻게? 느낌은? 이런 질문에 답하다 보면 글이 써진다. 글이란 게 별건가. 이게 뭐지? 왜 이렇지? 난 지금 뭘 하고 있지? 내 기분이 왜 이렇지? 이렇게 살아도 될까? 내게 관심을 갖고 물으면 이미 글을 쓰고 있는 것이다.

질문은 네 단계를 거친다. ▲질문한다. 물어보는 게 기본이다. 궁금증, 호기심이 있어야 한다. ▲반문한다. 상대 답변에 되물어야 한다. 왜 그런지, 그게 맞는지 비판적 사고가 필요하다. ▲정리한다. 상대가 말한 내용을 요약하거나 한 줄로 정리할 수 있어야 한다. 이해력과 요약 능력이 필요하다. ▲풀이한다. 잘 모르는 사람을 위해 알기 쉽게 설명할 수 있어야 한다.

내 이야기를 쓸 때도 몇 가지 질문이 필요하다. 먼저 장르로 치면 내 이야기는 어디에 가까울까. 이야기와 묘사가 많은 소설? 교훈과 노하우가 담긴 자기계발서? 나를 성찰하는 인문서? 이런저런 단상이 모인 수필?

내가 이야기에서 전하고자 하는 메시지는 무엇인가를 생각해야 한다. 이야기에 굳이 메시지가 있어야 하느냐고 물을 수 있지만, 읽는 사람은 이야기에서 메시지를 찾으려고 한다. 독자를 통해 어차피 만들어질 메시지라면, 쓰는 사람이 한 줄 메시지를 의도하고 시작하는 게 좋다.

독자들이 내 책을 읽고 한마디로 무슨 이야기라고 말하기를 기대하는가. 읽은 사람이 다른 사람에게 읽기를 권할 때 뭐라고 말할지 생각해보고, 바로 그 할 말을 제공해줘야 한다. 이래서 꼭 읽어보라고 할 때, '이래서'에 해당하는 내용이다.

재미있다? 얻는 게 많다? 감동적이다? 그것이 무엇이든 그 한마디를 줘야 한다. '나'라는 사람을 주제로 하는 시험문제에 답한다고 생각하고 쓸 수도 있다. 나에 대한 100개 정도의 질문을 뽑아 그것들에 답한 후 적절한 순서로 배열하면 책이 된다.

언제부턴가 나는 질문하지 않는 어른이 됐다. 아니, 질문 못하는 어른이 됐다. 얼마 전 어느 공중파 라디오에서 시사프로그램 진행을 맡아달라고 했다. 솔직히 무척 하고 싶었다. 그런데 질문할 자신이 없었다. 방송을 잘하려면 질문을 잘해야 하고, 스스로 궁금한 게 많아야 하는데 자신이 없었다. 결국 포기했다.

당신은 얼마나 많은 질문을 갖고 있는가. '나는 누구인가', '인생은 무엇인가'에 관해 깊이 생각해본 적이 있는가. 그렇게 거창한 물음이 아니더라도 주변의 일상에 의문을 가져본 적이 있는가. 그게 언제였던가. 모든 게 심드렁해진 건 아닌가. 호기심 많던 그 아이는 어디 갔을까.

"이른 아침 산책의 기대로 마음이 설레어 잠에서 떨쳐 일어나지 않는다면, 첫 파랑새의 지저귐이 전율을 일으키지 않는다면 눈치채라. 당신의 봄과 아침은 이미 지나가버렸음을."_헨리 데이비드 소로

눈 옆에 경련이 일었다

– 잃어버린 감정을 찾아서

고등학교 3학년 때 광주민주화운동(당시엔 '광주사태'라고 했다)이 일어났다. 학교는 휴교령을 내렸고 주동도 아닌 나까지 쓸데없이 피신해야 했다. 크게 혼내실 줄 알았던 아버지가 평소 먹기 힘든 '돈까스'를 사주며 자랑스럽다고 하셨다. 서울행 고속버스에 탄 나를 향해 손 흔드시는 아버지를 보며, 죄송하고 고마워서 울컥했다.

직장 생활 10년 차쯤 됐을 무렵, 아버지가 나를 붙들고 슬프게 우셨다.

"너 어렸을 적 네 엄마가 잘 키우라 신신당부하고 떠났는데, 어찌 이리 사냐?"

새벽녘 술에 취해 경찰차에 실려 집에 온 나를, 아내가 아버지 댁에 배달했기 때문이다.

글이 잘 써지는 때가 있다. '진짜' 감정을 느꼈을 때다. 좋아하는 사람이 생겨 가슴이 체한 것처럼 싸하고, 기분이 왜 좋은지 몰라 생각해보면 그 사람 때문이란 걸 알았을 때. 또 세월이 흘러 그이와 헤어지고 이별 노래만 들어도 눈물이 나 마치 내가 비련의 주인공 같다고 느낄 때. 화가 나 도저히 참을 수 없고 머리끝까지 치솟는 분노를 쏟아내지 않으면 터질 것 같을 때. 3개월 시한부 선고를 받고 작은 효도라도 할 수 있게 1년만 더 살게 해달라고 기도할 때…….

이런 상황에서는 누구나 글을 쓸 수 있다. 진짜 감정만 있으면 절로 따라붙는 게 글이다. 문제는 이런 감정이 수시로 찾아오지 않는다는 사실이다. 그러다 보니 가짜 느낌을 진짜처럼 써야 한다.

초등학교 4학년 때, 배가 아파 터미널 대합실 화장실에 들어갔다. 당시만 해도 개방형 화장실이 아니었지만 그런 걸 따질 처지가 아니었다. 다짜고짜 들어가 '푸세식' 변소에 쭈그려 앉았다. 그런데 잠시 후, 어느 아저씨가 화장실 문을 열어젖혔다. 문을 잠글 시간적 여유조차 없던 터라 무방비 상태로 그와 시선이 마주쳤다. 그는 화장실을 관리하는 분이었다. 문을 닫아달라고 애원했지만, 그는 내가 용무를 다 볼 때까지 문을 열어놓고 욕을 해댔다. 심지어 내 얼굴에 물을 퍼붓겠다고 '바께쓰'로 위협까지 했다.

내가 할 수 있는 일은 없었다. 그저 모욕을 견뎌내는 수밖에는. 나는 모멸감을 느꼈다. 인간으로서 자존감이 무너지는, 가장 고통스러운 감정 상태였다. 그 순간 나는 한 마리 벌레였다. 그 뒤로도 화장실에 가면 그 장면이 떠올랐다.

분노가 가라앉은 것은 한참 뒤였다. 중학교 3학년 국어시간, 그날 일화를 가지고 '내가 가장 괴로웠던 순간'이란 제목의 글쓰기 숙제를 하고 난 후였다. 선생님은 내 글이 좋다며 친구들 앞에서 낭독하게 했다. 읽으면서 목이 메었다. 그 덕분에 나는 그 악몽에서 벗어났다. 그리고 40년이 지난 오늘, 다시 그날을 떠올린다. 그 아저씨는 지금 잘 살고 계실까?

사람에게는 이성과 감성이 있다. 이 가운데 어느 쪽이 글쓰기에 더 큰 영향을 미치는지는 모르겠다. 많은 사람이 글을 잘 쓰지 못하는 이유로 논리력, 구성능력, 어휘력, 비판능력, 판단력 등을 든다. 모두 이성과 관련된 것이다. 감정적 요소, 즉 감성, 정서, 감각, 선호, 취향, 직관, 인상, 정념 등은 상대적으로 덜 중요하게 생각한다. 나는 감성으로 글을 쓰는 게 이성으로 쓰는 것보다 쉽다. 완성도 면에서도 떨어지지 않는다. 대표적인 경우가 밤에 쓰는 연애편지와 어머니께 쓰는 글이다.

영국 철학자 데이비드 흄(David Hume)은 "이성은 열정의 노예에 불과하다"고 말했다. 감정으로 판단하고 이성으로 정당화한다. 직감으로 결정하고 이성으로 방법을 찾는다. 호불호로 선택하고 이성으로 합리화한다. 감정이 먼저다. 감정에 충실해야 한다. 내 느낌이 어떤지, 무엇을 좋아하는지, 어떤 예감이 드는지 살펴야 한다. 그런 다음 이성이 등장해도 늦지 않다. 처음부터 이성이 좌지우지하면 불리지 않은 때를 미는 것처럼 뻑뻑하고 힘들다.

우리는 감정에 관해 그다지 호의적이지 않다. "감정적으로 말하지 마", "왜 그렇게 감정이 앞서니?"라며 감정은 버려야 할 것으로 여긴다. 그러면서 "내 마음을 나도 모르겠다"고 한다. 모르면 표현할 수 없다. 감정을 모르면 쓸 수 없다. 글을 쓰려면 자신의 마음, 자기가 느끼는 감정을 알아야 한다. 그 이전에 표현할 감정이 있어야 한다. 정서가 풍부해야 한다.

감정을 버려야 할 것으로 치부하면 감성이 생기지 않는다. 정서가 풍부한 사람을 '정서 불안'이라고 하면 풍부한 정서는 만들어지지 않는다. 감정적인 언사를 '성질부리는' 것이나 '부적응자의 히스테리'로 치부해버리면 감정은 설 땅이 없다. 감정을 긍정적인 것으로 받아들이고, 자신의 감정에 주목하고 솔직하게 귀 기울여야 한다. 우리는 정(情)도 많고 한(恨)도 깊은 민족이지 않은가.

데이비드 호킨스는 《의식 혁명》에서 감정, 태도 등 인간의 의식 수준을 20부터 1,000까지 수치화한 '의식 지도'를 제시했다. 수치심은 20이고, 700부터 1,000까지는 깨달음이다. 수치가 높을수록 의식 수준이 높은 것이다. 그러나 글의 소재라는 측면에서 보면 높낮이가 없다. 모두가 핵심적인 소재다. 오히려 수치심을 드러낸 글이 깨달음을 쓴 글보다 더 의미 있을 수 있다. 슬픔이 기쁨만 못하지 않다. 아니 몇 배 윗길이다.

글 쓰는 사람에게 분노 등 부정적 감정은 나쁜 것이 아니다. 정신과 전문의 이나미 씨는 말한다. "창조적인 에너지는 권태, 불안, 긴장, 슬픔, 우울, 외로움 등 소위 부정적인 감정 상태에서 나온다." 내 경험으로도 즐겁고 들떠 있을 때보다는 힘들고 괴로울 때 새로운 생각이 더 많이 난다.

글 쓰는 사람에게는 행복과 불행 모두가 축복이다. 행복할 땐 행복을 누리고, 불행하다 싶으면 글을 쓰면 되니까. 불행할수록 더 좋은 글을 쓸 수 있으니 힘든 세상살이에 글쓰기는 얼마나 달가운 선물인가.

결국 중요한 것은 두 가지다. 감정을 풍부하게 느끼는 것과 내 감정 상태를 잘 아는 것. 감정을 차별하면 다양한 감정을 억제하게 만든다. 어른이 되면서 감정을 구분하고 다스리려고 한다. 감정이 무뎌진다. 그것을 어른스럽다고 한다.

나이 먹어서도 어린아이의 마음을 회복하기 위해 힘써야 좋은 글을 쓸 수 있다. 내 감정의 미세한 뉘앙스 차이를 느낄 줄 아는 것이 중요하다. 이를 위해서는 내 감정을 서술해봐야 한다. 그래야 내가 느끼는 감정을 직시하고 분별하는 힘이 생긴다.

나는 자주 걱정과 후회의 감정을 쓴다. 걱정은 일어날 일과 일어나지 않을 일 두 가지다. 일어나지 않을 일은 부질없는 걱정이다. 일어날 일은 해결할 수 있는 일과 없는 일이다. 이 역시 해결 가능한 일은 해결하면 되고, 그렇지 못할 일은 걱정해도 소용없다.

후회도 마찬가지다. 역량이 안 돼 잡지 못한 기회와 그렇지 않은 경우가 있다. 전자는 잡으면 오히려 독이 된다. 주어진 기회를 살리지도 못할뿐더러 기회 준 사람에게 민폐를 끼치고, 다음 기회도 봉쇄하는 결과를 초래한다. 이에 반해 역량이 있는데 놓쳤다면 그 기회는 다시 온다. 나는 이처럼 감정과 마주하는 글쓰기를 즐긴다.

하지만 느낌이나 감정에만 그치면 공허하다. 사랑, 헌신, 희생 등을 추가해야 한다. 이 역시 감정이다. 사람을 사랑하지 않는 사람이 사람을 위한 글을 쓰는 것은 어불성설이다. 잘 사는 만큼 잘 쓸 수 있다는 말은 바로 이 지점을 일컫는다. 그런데 여기서 더 나아가 진짜 좋은 글은 감정을 억제하고 쓴 글이다. 그리하여 독자에게 필자보다 더한 감정을 느낄 기회를 주는 글이다.

글쓰기에서 평균이나 정석, 정상은 때로 독이 된다. 평균에서 많이 벗어나면 안 된다는 생각, 어떤 상황이나 어느 단계에선 이렇게 쓰는 게 정석이란 생각은 자신의 감정을 검열하게 만든다. 여기서 벗어나야 한다.

프랑스 문화철학자 롤랑 바르트는 《카메라 루시다》에서 사진과 관련된 개념으로 스투디움(studium)과 푼크툼(punctum)을 제시한다. 스투디움은 작품을 보는 사람 누구나 알아차릴 수 있는, 공통적으로 느끼는 특징이다. 일반적으로 사회에서 공유되고 있는 길들여진 감정이며, 작가가 의도한 바를 관객이 동일하게 느끼는 것이기도 하다. 이에 반해 푼크툼은 '작은 구멍' 혹은 '뾰족한 물체에 찔려 입은 부상'이란 뜻을 지닌 라틴어로, 보는 사람에 따라 다르게 느끼는 감정이다. 이유는 알 수 없지만 화살같이 날아와 박히는 개인적이고 주관적인 느낌이다. 다른 사람에게는 특별한 감정을 불러일으키지 않는데, 유독 나에게만 필(feel)이 꽂히는 그런 느낌이 푼크툼이다. 바르트는 푼크툼이 없는 예술은 이미 생명력을 잃은 것이나 다름없다고 말한다.

글에도 스투디움과 푼크툼이 있다. 글에서 스투디움은 작가가 독자에게 전하고자 하는 메시지다. 이 메시지는 누구에게나 동일하게 읽힐 수도, 그렇지 않을 수도 있다. 그러나 일치할수록 좋다. 스투디움만 제공하는 글은 좋은 글이 아니다. 그런 글은 독자를 단순한 수용자에 머물게 한다. 작가의 의도를 알아차리는 똑똑한 구경꾼 정도에 만족하게 한다.

글의 본질은 푼크툼을 충족하는 데 있다. 글 한 편을 읽고 자기만의 감정이나 느낌이 만들어지지 않았다면 그건 읽지 않은 것과 같다. 다양한 푼크툼을 일으키는 글이 좋은 글이다. 나와 글 사이에 개별적인 관계가 만들어지고, 그 통로를 통해 개인적인 경험이 연상되면서 나만의 영감을 불러일으키는 글이 매력적인 글이다.

감정을 불러일으키는 글도 좋지만, 때론 거슬리는 글도 매력적이다. 마치 까칠한 연인처럼. 글이 잘 포장된 도로처럼 매끈하면 독자가 생각할 기회를 가질 수 있을까? 글은 먹기 거북한 현미밥처럼 까칠하고, 처음 가본 비포장도로처럼 때론 불친절할 필요도 있다. 천천히 읽어야 읽히는 글, 한참 곱씹어봐야 의미를 알 수 있는 글, 어디서도 본 적 없는 낯선 글, 그래서 불편하고 긴장하게 하는 글처럼 말이다.

이런 글은 독자에게 스스로 추측하는 즐거움을 준다. 그리하여 독자를 글의 주인으로 만들어준다. 독자를 존중하는 글이다. 독자를 깨어 있게 하고, 독자를 깨우치게 하는 글이다. 나는 좋은 글을 읽으면 순간순간 깨어난다. 깨어나 생각하고 느낀다. 그리고 무엇인가를 깨우친다.

'브레히트'란 이름만 듣고 그의 연극을 보러 간 적이 있다. 이해도 안 되고 익숙하지도 않은, 그야말로 낯선 연극이었다는 기억밖에 없다. 한참 뒤에야 그것이 서사극 형식이란 걸 알았다. 배우는 등장인물과 자신을 동일시하거나 배역에 감정 이입하지 않는다. 오히려 '이것은 연극'이라는 것을 넌지시 알려준다.

관객 역시 연극에 몰입하지 않는다. 거리를 유지한 채 냉철하게 판단한다. 브레히트는 이를 교통사고 현장에 비유했다. 교통사고 현장은 희곡이고, 배우는 사고 목격자이며, 관객은 관찰자이다. 목격자인 배우가 관찰자인 관객에게 교통사고 상황을 설명해준다. 목격자는 어떻게 해서 사고가 일어났고, 어떻게 했으면 일어나지 않았을 거란 이야기만 해준다. 누구 잘못으로 사고가 났는지 판단하는 것은 관객 몫이다. 글 쓰는 사람이 배우라면, 독자는 관객이다. 글 쓰는 사람은 독자를 깨어 있게 해야 한다.

글 쓰는 사람은 독자와 관계에서 갈등한다. 처음엔 독자에게 영합하고 복종한다. 인정 욕구 때문이다. 어쩌면 이것이 글 쓰는 목적이고 동력이기도 하다. 하지만 역설적이게도 이 단계에선 매력적인 글이 나오기 어렵다.

독자는 불편한 글을 좋아한다. 좋은 게 좋은 것이라는 편안한 글에서는 아무런 감흥이나 자극을 얻지 못한다. 독자가 좋아하는 글은 글쓴이가 자신을 향해 독립선언을 하고 저항하기 시작한 글, 한마디로 대드는 글이다. 자기감정에 충실한 글이다. 그런 글은 삐딱하다. 독자와 불화하는 글이다. 시끄러움을 즐긴다. 독자의 외면, 독자의 비난을 두려워하지 않는다. 거부하고 저항한다. 사춘기 소년처럼.

그러나 이 짓도 하다 보면 싫증난다. 무엇보다 스스로에게 질린다. 마음이 평화롭지 않다. 불편하고 어둡다. 건설적이지도 창조적이지도 않다. 그동안의 노력이 노예 상태에서 벗어나려는 몸부림에 불과했다는 사실을 깨닫는다. 이제는 독자가 아닌 내가 주인이 되고 싶다. 이 단계가 되면 독자의 눈치를 보지도 않고, 그렇다고 독자에게 대들지도 않는다. 독자에게 줄 것은 주고 얻을 것은 얻는다. 무엇인가를 생산해내고 자신도 성장한다. 그러면서 독자를 이끌고 간다. 좋은 글, 잘 쓴 글은 대개 이 경지에 이른 글이다. 자신의 감정을 숨기지도 포장하지도 않을뿐더러 남의 눈치 보지 않고, 남이 기대하는 것을 좋지 않고 자신의 감정을 있는 그대로 드러낸다. 화이부동(和而不同) 상태다.

직장 상사가 말한다.

"오늘까지 이것 좀 해주세요."

내가 대답한다.

"하기 싫은데요?"

"방금 뭐라고 했어요?"

"하기 싫다고요. 내가 하기 싫다고요."

오른쪽 눈 옆이 바르르 떨렸다. 경련이 일었다. 50년 동안 한 번도 써보지 않은 근육이 움직였다. 느껴본 적이 없는 감정이었다. 희열이었다.

그날 이후 나를 사랑하게 됐다. 나를 위한 일을 하고 싶었다. 내 글을 썼다. 《강원국의 글쓰기》를 썼다.

웃기는 사람이 되기로 마음먹은 이유

- 재미없는 글은 왜 쓰는가

군 시절, 내무반 고참 서넛은 취침 소등 후에 당직사관의 눈을 피해 라면을 끓여 먹었다. 물론 그들은 먹기만 했다. 나는 국물 맛이라도 볼지 모른다는 기대감으로 라면 끓이기를 자청했다. 전열 기구 사용이 금지돼 있던 터라 들키면 '외박 금지' 정도는 불사해야 했지만 라면을 끓여 갖다 바쳤다. 설거지를 명분으로 주변을 서성거리는데 고참이 불렀다.

"강 일경, 이리 와봐."

드디어 올 게 왔구나, 나도 한 젓가락 할 수 있겠구나 싶어 한걸음에 달려갔다. 그런데 다짜고짜 머리를 박으란다.

"대가리 박고 앞으로 전진! 넌 살인미수야."

깜깜한 내무반에서 끓이느라 스프 봉지 쪼가리가 라면에 들어간 것이다.

일명 원산폭격이라는 얼차려를 받고 있는데도 웃음이 났다. 머리를 박으라고 하는 고참이나 라면을 탐하다가 머리를 박고 있는 나나 웃기기는 마찬가지였다. 그 사건은 재밌는 추억이 되어 글을 쓰는 이 순간에도 웃음을 자아낸다.

재미는 글의 첫 번째 요건이다. 2013년 출판사에서 일할 때 사장님의 특명(?)이 떨어졌다. 페이스북을 하라는 것이었다. 자신이 편집한 책을 홍보하기 위해서다. 처음에는 지하철로 출퇴근하며 일어난 일이나 느낌을 썼다. 반응이 신통찮았다. 그래서 아내에게 혼나는 이야기로 전환했다. 술 마신 다음 날 아침 아내의 불벼락에 혼비백산해서 회사에 출근해보니 짝짝이 신발을 신고 있었다는 이야기부터 와인 마시고 몰래 물 부어놓았다가 들킨 얘기까지.

재미있는 글을 쓰려면 우선 글 쓰는 사람이 즐거워야 한다. 내가 찾은 방법이 있다. 글과 함께 노는 것이다. 그러려면 매일 써야 한다. 학창 시절을 생각해보면 공부할 때가 가장 마음 편했다. 수업 빼먹고 연소자 관람불가 영화를 보고 다시 햇빛 아래 섰을 때 얼마나 안도했던가. 궤도를 이탈해 우주를 유영하다 지구에 안착한 기분. 글도 쓰기 전보다 쓰고 있을 때가 마음이 편안하다. 책상 앞에 앉기 전 망설일 때가 더 힘든 법. 마치 겨울 바다에 뛰어들까 말까 바닷가를 서성일 때처럼. 막상 물에 들어가면 안온하다. 일상적으로 쓰지 않는 사람은 늘 글쓰기 전 상태이고 글쓰기가 항상 힘들다.

매일 쓰기 위해서는 글의 성장을 도모해야 한다. 고등학교 때 육체미 도장에 다녔다(당시엔 헬스클럽을 그렇게 불렀다). 매일 역기를 들면서 무게를 조금씩 늘려갔다. 하루하루 가슴둘레를 쟀다. 역기 무게와 가슴둘레 수치가 그 힘든 일을 지속하게 만들었다. 초등학교 시절에는 친구들과 축대에서 뛰어내리며 놀았다. 조금씩 더 높은 곳에 올라가 뛰어내리는 일은 스릴 만점에 성취감도 쏠쏠했다.

꾸준히 쓰면 내가 쓴 글의 숫자가 늘어난다. 또한 이전에 쓴 글을 보면서 실력이 올라가는 것을 확인한다. 내가 블로그에 2년 전 쓴 글을 보면 마치 중학생이 쓴 것처럼 느껴진다. 그사이 질적으로 성장한 것이다.

이쯤 되면 독일 철학자 한나 아렌트가 말한 노동(labor) 수준을 뛰어넘는다. 남이 시켜서, 먹고살기 위해 하는 노동이 아니다. 글쓰기 작업(work)이다. 나의 재능을 발휘하고 보람과 재미를 느끼는 창조 활동이다. 그러나 여기서 그치면 재미가 덜하다. 행위(action)로 발전해나가야 한다. 행위는 개인을 넘어 공동체 안에서 타인과 소통하며 공적 가치를 실현하려는 활동이다. 나는 글 쓰는 일로 힘들어하는 사람에게 작은 보탬이라도 되겠다는 생각으로 블로그와 홈페이지에 글 잘 쓰는 방법을 쓴다. 이렇게 나의 글쓰기에 스스로 의미를 부여한다.

이렇게 글과 놀다 보면 재미가 커진다. ▲첫 문장이 생각났을 때 ▲자다가 꿈에서 글의 실마리를 찾았을 때 ▲이걸 정녕 내가 생각한 것인가 싶을 정도로 좋은 비유가 떠올랐을 때 ▲글 쓰다 재밌는 일이 생각나 혼자 피식 웃을 때 ▲글을 쓰다 몰랐던 뜻과 지식을 알게 됐을 때 ▲이전에 쓰지 않던 단어를 내 글에서 구사할 때 ▲장님 문 고리 잡듯이 더듬거리다 마무리가 잘됐을 때 ▲내가 쓴 글이 크건 작건 변화를 일으키고 누군가에게 영향을 미쳤을 때 등. 나는 이런 때 끝도 없는 글쓰기 사막에서 한 줄기 시원한 바람을 만난다.

이뿐만이 아니다. 요즘에는 무엇을 쓸까 생각하는 시간을 즐긴다. 어떻게 끝이 날지 모른 채 암중모색하는 상황을 즐긴다. 다 쓰고 나서 한 글자 한 글자 고치는 재미를 즐긴다. 쓴 글을 누군가에게 보여주는 설렘과 흥분을 즐긴다.

뭐니 뭐니 해도 내가 쓰는 글 자체가 재미있어야 글쓰기가 재밌다. 그렇다면 재미있는 글은 어떤 글인가. 단지 웃기기만 해선 안 된다. 우리는 무서운 영화, 스릴 넘치는 영화, 심지어 슬픈 영화를 보고도 재미있다고 한다. 할머니가 들려주신 옛날이야기를 생각해보면 재미 요소는 네 가지다.

첫째, 교훈이 있다. 주제의식이 분명하고 전하고자 하는 메시지가 있다. 깨달음은 짜릿한 재미를 안겨준다.

둘째, 갈등이 있다. 싸움 구경이 재밌듯 대립과 갈등, 긴장은 재밌는 이야기의 기본이다. 혼자 하는 갈등과 적대자와의 갈등이 있다. 혼자 하는 갈등은 할까 말까, 이렇게 할까 저렇게 할까 망설인다. 보수와 진보, 이상과 현실, 변화와 안정, 명분과 실리 사이에서 고민하고 방황한다. 적대자와 갈등은 주인공을 괴롭히는 사람이나 주인공이 미워하는 사람과 대립이 있고, 선악의 대립도 있다. 정의와 불의, 아군과 적군, 가해자와 피해자, 도망자와 추격자가 맞선다. 갈등의 씨앗이 복선으로 깔린다. 갈등은 갈수록 증폭된다. 어느 지점에서 파국 직전의 위기를 맞는다. 그리고 극적인 반전이 있다. 악인이 선해지고 선인이 악해진다.

셋째, 시련이 있다. 바닥까지 내려갔다 올라온다. 실패와 좌절은 처절할수록 좋다. 독자는 이런 이야기에 솔깃한다. 아니 눈길이라도 보낸다. 극복 과정은 맵고 쓰고 짤수록 좋다. 가장 중요한 것은 극복의 노하우다. 노하우가 없으면 앙꼬 없는 찐빵이다. 독자는 여기서 자기 문제의 해법을 찾는다. 희망과 자신감을 얻는다. 단 조심할 게 있다. 가르치려고 해선 안 된다. 자기 스스로 우쭐하지도 말아야 한다. 과정을 담담하게 서술하기만 해야 한다.

넷째, 행복한 결말이다. 화해나 응징, 문제 해결로 갈등이 말끔히 해소된다. 그렇지 않으면 찜찜해한다. 주인공이 성공하면 독자는 카타르시스를 느낀다. 실패하더라도 각성하는 계기가 된다.

재밌는 글은 어떻게 쓸 수 있는가. 감각이 중요하다. 어느 글이 먹히는지, 어느 부분에서 독자가 재밌어 할지 아는 감각이다. 같은 소재로 글을 써도 이런 감각이 있는 사람과 없는 사람은 차이가 크다. 그것은 마치 같은 영화를 보고 나와도 줄거리를 재밌게 말하는 사람과 그렇지 못한 사람의 차이다.

어떻게 해야 이런 센스를 키울 수 있을까. 가장 효과적인 것은 대화다. 즉각적인 반응에서 어떤 말이 상대의 호응을 얻어내는지 알 수 있다. 개그 프로그램이나 영화를 즐겨보는 것도 방법이다. 그런 감각으로 쓰면 된다.

감각을 갖추는 것만으로는 부족하다. 재미있는 제재를 머릿속에 많이 넣고 있어야 한다. 《태백산맥》에는 '이념 대결'이란 제재가,

《장발장》에는 '누명'이란 제재가 쓰였다. '신분 위장'이란 제재는 《왕자와 거지》, 《춘향전》을 비롯해 많은 작품에 자주 등장한다. 제재는 글의 기본 요소다. 재밌는 제재를 많이 갖고 있으면 재미있는 글을 쓸 수 있다.

'사랑'이란 제재도 그냥 사랑이 아니라 짝사랑, 근친과의 사랑, 친구 애인과의 사랑 등을 생각해볼 수 있다. 제재 측면에서 보면 행복보다는 단연 불행이다. 불행은 이별, 패배, 가난, 소외, 실패, 병고, 죽음, 고독, 사고, 배반, 파산 등 다양하다. 행복은 단순하고 정상적이다. 정상적인 가족 관계, 물질적·정신적 여유를 갖춘 상태는 재미없다. 톨스토이의 《안나 카레니나》에 나오는 첫 문장처럼 행복한 모습은 비슷하지만 불행은 제각각이다. 비정상 상태인 불행이 풍부하고 재미있다. 물론 비정상 상태에만 머물러 있어서도 재미없다. 정상과 비정상을 넘나들어야 재밌다.

대학 교수인 친구를 만났다. 《대통령의 글쓰기》를 재밌게 읽었다면서, 자기는 재미있게 쓰지 못하겠단다. 나는 속으로 발끈했다. 이 친구의 '재미있다'는 말속에는 '재미＝가볍다', 심하게 표현하면 '웃기다' 정도로 깔보는 뜻이 담겨 있다고 느꼈기 때문이다.

우리 사회에는 고상한 것, 고차원적인 건 지루할 수밖에 없고, 심지어 지루한 것이 수준 높은 것이라는 편견이 있다. 그런 분위기에서 유머나 조크는 재밌는 게 아니고 수준 낮은 게 되기 십상이다. 우리 사회 주류들이 근엄하기만 한 데서 기인한 측면이 크다. 그들은 스스로가 재밌지 않다. 재밌는 것을 배우지도 못했고, 재미를 누릴 여유도 없었으며, 애당초 재미를 발휘할 역량을 타고나지 못했다. 자신들이 잘하는 엄숙과 권위의 옷이 편하다. 당연히 그들에게 재미는 수준 낮은 것이고 깊이 없는 것이며, 질 높은 사람들은 추구하지 말아야 할 것이다.

학창 시절, 쉬는 시간만 되면 내 자리 주변으로 친구들이 모여들었다. 아마도 내 얘기가 재미있었나 보다. 그러나 나는 내가 재밌는 사람인지 미처 몰랐다. 국민의 정부 시절, 식목일 식수를 마치고 청와대 직원들과 버스 타고 오면서 내가 마이크를 잡고 한 시간 넘게 얘기했고, 사람들은 시간 가는 줄 모르고 재밌어 했지만 그때도 몰랐다. 〈김어준의 파파이스〉라는 팟캐스트에 나가서도 나는 진지한데 사람들이 빵빵 터지는 걸 보고 어리둥절했다.

이제 예순을 향해가고 있지만 나는 가벼운 사람이 되기로 작정했다. 그러기 위해 노력할 것이다. 앞으로 3년, 5년 후 얼마나 더 웃기는 사람이 되어 있을지, 얼마나 더 재밌는 글을 쓸 수 있을지 궁금하고 기대된다. 웃을 일 없는 세상에서 사람들이 내 글로 웃을 수 있다면 그게 어딘가.

당신 아내는 세상에서 몇 번째로 예쁩니까

- 생각이 잘 나는 15가지

살다 보면 생각하는 자체가 두려운 경우가 있다. 예를 들면 아내가 문자로 '오늘 혼날 일 있으니 빨리 들어와'라고 했을 때다. 오만 가지 생각이 난다. 또 다른 경우는 잘못한 일이 있어 핑곗거리를 찾고 있는데, 그런 내 속셈을 간파했는지 아내가 생각할 틈을 줘선 안 된다며 발로 목을 밟을 때다.

다산 정약용 선생께서 글 쓰는 일은 나무에 꽃을 피우는 일과 같다고 했다. 내 생각에 나무의 뿌리에 해당하는 것이 글 쓰는 사람의 마음이 아닌가 싶다. 두려움과 나태, 욕심을 제어하고 조절하는 것이 뿌리의 역할이다. 줄기에 해당하는 것은 글 쓰는 사람의 생각, 즉 관점과 해석, 시각, 가치관, 세계관 등이다. 가지에 해당하는 것은 기본기다. 어휘력, 문장력, 구성력 등이다. 잎에 해당하는 것은 스킬이다. 다양한 글쓰기 방법이 그것이다. 그런 결과로 글이라는 꽃이 핀다.

글쓰기의 근간이 되는 뿌리와 줄기는 마음과 생각이다. 그런데 대체로 쓰기에 방점이 찍힌다. 어휘력과 문장력이 중심에 선다. 틀렸다. 생각에서 출발해 독자로 가는 것이 글쓰기다. 생각이 시작이고 독자가 끝이다. 어휘와 문장은 운반체에 불과하다.

그런데 나는 바로 그 생각이 빈곤했다. 남의 글만 쓰다 보니 내생각이 없었다. 직장 초년병 시절, 상사가 내게 자기 생각으로 글을 써야지 왜 남의 생각으로 쓰느냐고 핀잔했다. '대학을 서열화하는 것은 옳지 못하다'고 쓰자, 그것이 누구 생각이냐는 것이다. 내 생각이 아니란 얘기다. '대학을 서열화하는 게 왜 옳지 않은지, 옳지 않다면 대학은 무엇으로 경쟁해야 하는지'까지 써야 그것이 내 생각이라는 것이다. 그렇다. '서열화가 옳지 못하다'는 것은 누구나 할 수 있는 생각이고, 나는 거기에 편승했을 뿐이다. 글 쓰는 내내 내 생각을 어떻게 만들 것인지, 이것이 가장 큰 고민이었다.

글쓰기에 필요한 생각은 여섯 가지다. 지식, 해석, 경험, 느낌, 상상, 통찰이다. 이 가운데 어느 것 하나라도 내 안에 없으면 글을 쓸 수 없다. **첫째, 지식이다.** 우리는 아는 것으로 쓴다. 글의 주축이다. 하지만 검색으로 어느 정도 해결 가능하다.

둘째, 해석이다. 사물이나 사안에 관한 자기 의견이나 판단이다.

셋째, 경험이다. 겪은 것이 글의 소재가 된다. 독자에게 가장 와닿는 글감이기도 하다. 내 경험만이 아니라 남의 경험도 해당한다. 내경험은 일화이고, 남의 경험은 사례다.

넷째, 오감을 통해 느끼는 것이다. 보고, 듣고, 맛보고, 냄새 맡고,

만지면서 느끼는 감각이다. 가장 원초적인 생각이다.

다섯째, 상상이다. 땅의 중력에서 벗어나 비상하는 것이다. 문학과 예술의 경지다. 호기심을 통해 얻어진다.

여섯째, 통찰이다. 일종의 깨달음이다. 통상 사유라고 말하는 그것이다. 직관, 혜안이라고도 한다. 이것이 자기 내면을 향하면 성찰이다. 내가 누구인지, 어디서 와서 어디로 가는지, 어떻게 살지 스스로에게 묻는 것이다. 즉 양심과 도덕, 삶에 관한 고민이다. 통찰과 성찰은 가장 어려운 '생각'이다.

내 생각은 어떻게 만들어지는가. 기본적으로는 학교 다닐 때 배운 것이다. 주입식으로 외웠다. 그것을 꺼내 쓰는 글쓰기가 있을 수 있다. 만든 생각이 아니고 기억해낸 생각일 뿐이다. 좀 더 주체적으로 만든 생각이 있다. 독서, 토론, 관찰로 만들어진 생각이다. 남의 생각을 읽으며, 남의 생각을 들으며, 무언가를 보고 느끼며 만든 생각이다.

여기까지는 완전한 내 생각이 아니다. 따라가는 생각이다. 이런 수준을 넘는 것이 합해진 생각이다. 보고 듣고 느낀 것을 융합해서 만들어낸 생각이다. 이것은 사색과 숙고로 가능하다.

문학 글쓰기는 여기서 더 나아간다. 공상, 상상을 하며 없던 생각을 만들어낸다. 인간이 생각하기 시작한 것은 오래되지 않았다. 소크라테스 이전에는 그저 신을 믿었다. 철학하면서 생각하기 시작했다. 중세에 다시 신에게 그 자리를 내줬다가 르네상스 때 찾아왔다. 생각의 역사는 생각보다 짧다.

내 경우만 하더라도 서른 이전에 생각다운 생각을 못했다. 일방적으로 주입된 것을 내 생각이라고 믿었다. 사람은 몸과 생각이 전부인데, 내가 없이 살아온 것이다.

지금도 과연 내 생각이 얼마나 있는지 의문이다. 그것을 확인하기 위해서라도 글을 써야 한다. 내 생각을 확인할 수 있는 유일한 길은 쓰고 말하는 것밖에 없다. 내 말과 글이 내 생각이고, 곧 나다. 나는 글을 쓰면서 이것이 정말 내 생각인지 확인해본다.

생각은 두 종류다. 처음 든 생각(직감)과 다듬어진 생각이다. 글을 잘 쓰려면 둘 다 필요하다. 직감이 유용하게 쓰일 때가 있다. 중·고등학교 시절, 시험 볼 때 처음 찍은 것이 정답이던 경험이 바로 그렇다. 사람에게는 컴퓨터에도 없는 능력이 있다. 예를 들면 이런 것이다. 당신 아내가 세계에서 아홉 번째로 예쁘냐고 물으면, 나는 단호하게 '아니다'라고 대답한다. 그러나 컴퓨터는 미인의 기준을 정해 전 세계 여성들의 등수를 매겨본 후에야 아니라고 말한다.

글을 쓸 때도 이 능력이 작동한다. 정교한 정도나 설득력 수준은 다를 수 있지만, 누구에게나 떠오르는 건 있다. 조금 더 생각해보면 떠오른 이유까지 떠오른다. 그것을 쓰면 된다. 직감을 믿고 쓰기 시작하면 된다. 어린아이가 엄마 얼굴을 그릴 때 동그라미부터 그리고 시작하는 것과 같다.

이렇게 직감, 직관으로 쓰기 시작하는 글이 있는가 하면 이미 있는 생각을 다듬어 쓰는 방법도 있다. 학창 시절 모르는 문제를 풀 때 생각하는 바로 그것이다. 이것이 왜 답이냐고 물어보면 나는 나에게 뭐라 답할까. 바로 내게 떠오른 생각을 고민한 것이다. 인간은 동물과 달리 자기 생각에 대한 생각을 한다. 내 생각을 확인하고 평가한다. 생각을 객관화하여 볼 수 있는 능력이 있다.

이 방식은 탐색, 확장, 평가, 선택의 과정을 거친다. 하나의 생각을 만들기 위해 이것저것을 보고 들으며 탐색한다. 그러면 무언가 떠오른다. 떠오른 생각에 새끼를 친다. 모든 가능한 생각을 소환한다. 생각을 확장하는 것이다. 확장해서 만들어진 생각을 목적, 가치, 수단의 측면에서 평가한 후 최선의 생각을 선택한다. 그리고 그렇게 선택한 근거, 이유를 붙인다.

글은 이때 써진다. 평가와 선택이라는 응축 단계에까지 이르러야 제대로 된 글이 나온다. 탐색 단계에서 쓰면 설익고, 확장 단계에서 쓰면 자기 생각이 아니어서 날아다닌다.

그러나 안타깝게도 우리 뇌는 생각하는 것을 싫어한다. 최대한 적게 생각해서 문제를 해결하려는 경향을 지니고 있다. 심리학에서는 이를 '인지적 구두쇠'라고 표현한다. 어떻게 하면 이런 뇌를 잘 다스려 생각하게 할 것인가.

먼저, 생각을 대하는 자세가 중요하다. ▲목표가 분명해야 한다. 답을 찾겠다는 절박함이 없으면 생각은 나지 않는다. ▲자기 문제로 여겨야 한다. 내 일이 아니라고 생각하면 내 생각은 없다. ▲나의 안과 밖에 내가 찾는 생각이 반드시 있다고 확신한다. ▲내가 알고 있는 것이 답이 아닐 수 있다고 인정한다. 그래야 편견에 빠지지 않는다. ▲내가 알고 있는 내용이 틀릴 수도 있다고 의심한다. 사실 확인 (Fact Finding)이 반드시 필요하다. 아무리 확신이 들어도 원점에서 확인해야 한다. 잘못하면 거꾸로 반격당한다. ▲인내한다. 생각은 시간을 먹고 자란다. 체력이 필요하다. ▲여유가 있어야 한다. 정신 없이 바쁘면 생각도 없다. ▲잠시 잊고 쉬는 것도 방법이다. 오히려 아무 생각 없이 쉬다가 좋은 생각이 떠오를 때가 많다. 휴식, 놀이, 수면은 생각의 보약이다. 잘 쓰는 사람은 생각이 잘 나는 상태를 알고, 그 상황에 스스로를 노출한다.

　내 경우 생각이 잘 나는 상황과 환경은 이렇다.

1. 산책할 때다. 걷다가 문득 서서 메모하기도 한다. 서 있기만 해도 앉아 있을 때보다는 생각이 잘 난다. 칸트가 늘 산책한 이유, 헤밍웨이가 서서 글을 쓴 까닭을 나도 경험으로 안다.

2. 누군가와 얘기할 때다. 아이디어, 해법이 필요하면 누군가와 만나 대화한다. 나는 관계가 생각을 만들어내고, 관계가 풍부하고 좋을수록 더 생각하는 뇌가 된다는 사실을 믿는다.

3. 생각이 필요하면 사물, 사람, 사건을 유심히 들여다본다. 공원에 가서 사람을 보고 포장마차에서 옆자리 대화를 듣는 것만으로도 좋은 생각이 날 때가 많다.

4. 내게 혹은 다른 사람에게 물어본다. 내게 하는 질문은 성찰이자 자문자답이고, 남에게 하는 질문은 취재이자 조사 활동이다. 물어보면 나의 뇌는 생각하기 시작한다.

5. 하나의 생각에 사흘 이상 몰두하면서 답을 찾는다. 그러면 꿈에서도 나온다. 몰입이 생각을 길어 올린다. 간절할수록 더 잘 생각난다. 에디슨이나 아인슈타인, 뉴턴 모두 몰입으로 통찰을 얻

어냈다는 말은 틀리지 않다.

6. 낙서한다. 긁는 느낌, 서걱이는 소리를 들으며 내 생각을 시각화해본다.

7. 낮잠 잔다. 잠들기 전 뒤척거릴 때와 잠 깨기 직전에 생각이 잘 난다. 다만, 편안하지 않은 잠자리에서 써야 할 것을 걱정하면서 자야 한다.

8. 검색한다. 포털 사이트에서 칼럼을 찾아 읽거나 온라인 서점에 가서 책의 목차를 본다. 혹은 내가 쓰고자 하는 주제어의 연관 검색어를 보거나 관련 이미지를 찾아본다. 사진이나 그림을 보다 보면 아이디어가 떠오르는 경우가 많다.

9. 메모해뒀던 글을 찾아본다. 이를 위해 늘 메모한다.

10. 다른 사람의 블로그나 페이스북에 찾아가 읽어본다.

11. 들떠 있을 때보다는 약간 우울할 때 생각이 잘 난다. 그래서 나는 기분이 안 좋을 때를 반긴다.

12. 시를 읽는다. 관련 없는 것이 연결돼 기발한 생각이 나온다. 시야말로 관련 없는 것을 연결 짓는 은유의 과정이기 때문이다.

13. 기차나 버스를 탈 때나 낯선 곳에 가면 생각이 잘 난다. 굳이 먼 곳까지 갈 필요도 없다. 아무 버스나 잡아타고 종점까지 가서 허름한 '옛날식 다방'에 들어간다. 왜 작가들이 여행을 좋아하고 한적한 곳을 찾는지 알 것 같다.

14. TV나 라디오에서 강연이나 토론을 보거나 들을 때다. 강의를 들으면서 '저 주제에 관해 나라면 뭐라고 얘기할까' 생각한다. '내가 토론 참석자라면 뭐라고 주장할까' 생각하며 토론을 본

다. 답을 못 찾겠으면 인터넷이라도 찾아본다.

15. 술 마실 때다. 대형 마트에서 작은 와인 한 병을 사서 빨대로 쪽쪽 빨면 천하무적이다.

뭐니 뭐니 해도 생각을 만드는 데 가장 좋은 방법은 독서다. 책을 읽을 때는 반드시 내 생각을 만들어야 한다는 강박으로 독서한다. 그래야 책 읽는 의미가 있다. 책을 읽었다는 것은 남의 생각을 읽은 것이다. 책 읽기가 진정한 의미를 갖기 위해서는 남의 생각을 바탕으로 내 생각을 만들어야 한다.

나는 먼저 텍스트를 읽는다. 책에서 저자가 전하고자 하는 메시지를 이해한다. 그러나 저자의 메시지, 즉 텍스트는 내게 영감을 주지 않는다. 다시 말해 내 생각을 만들어내지 못한다. 만들어졌다 해도 표절이 되기 십상이다. 텍스트를 넘어 콘텍스트를 파악해야 한다. 텍스트로 표현돼 있는 것 뒤에 큰 공간이 있다. 저자가 그렇게 말하는 배경, 의도, 목적, 취지, 원리 같은 것이다. 바로 이 공간이 영감을 주고 내 생각을 만들어준다. 콘텍스트에서 만들어진 내 생각은 저자의 것이 아니다. 내 것이다.

그러나 이것만으로는 반짝이는 아이디어에 불과하다. 한 단계 더 나아가야 내 생각이 완성된다. 떠오른 생각을 내 경험에 적용해보고, 내 관심사에 맞춰 재해석해보는 자기화 과정이 필요하다. 나는 관심사가 글쓰기이므로 저자의 생각이 글쓰기에 시사하는 바를 찾는다. 이렇게 텍스트 이해 → 콘텍스트 파악 → 자기화 과정을 거쳐 내 생각이 탄생한다. 그 생각은 새로운 것이다.

요즘 강의에 가면 '3기'를 갖춰야 한다고 말한다. **첫 번째는 기본이다.** 말 그대로 기본을 갖춰야 한다. 기반이 탄탄해야 한다. 기본에 해당하는 것은 많다. 글을 대하는 자세, 독자를 대하는 태도, 독자와의 관계, 독자 비판을 견디는 힘, 글 쓰고 메모하는 습관, 마인드컨트롤 능력, 글을 지속적으로 쓸 수 있는 기초 체력, 몰입하는 힘, 글을 써야 하는 확고한 이유, 글을 쓰는 목적과 목표, 자신에 대한 믿음 등이 모두 글을 쓰는 밑바탕이 된다. 이런 정신적 기초가 튼튼해야 한다.

두 번째는 기둥이다. 기둥에 해당하는 것은 생각, 자료, 퇴고 등 세 가지다. 생각이 가장 중요하다. 생각은 글의 주제이고 아이디어이며 발상, 착안, 구상의 대상이다. 무엇을 쓸 것인가에 대한 답을 얻으려면 생각이 있어야 한다. 좋은 글을 쓰려면 '기본'이란 주춧돌 위에 '기둥'을 잘 세워야 한다.

세 번째는 기술이다. 글쓰기 책이나 강연에서 말하는 대부분이 여기에 해당한다. 간결하게 써라, 두괄식으로 써라, 단문으로 써라, 부사 사용을 자제하라, 구체적으로 써라, 정확하게 써라, 한 문단에는 하나의 내용만 써라, 수식어나 접속사를 남용하지 마라, 동어 반복하지 마라, 명료하게 써라 등등 셀 수 없이 많다. 실제 글을 쓰는 데 염두에 둬야 할 내용이다.

글쓰기는 '기본'이란 기틀 위에 '기둥'을 세운 후 '기술'을 써서 지붕을 얹고 내부 인테리어를 하는 것이다. 기본이 튼튼하고 기둥이

굳건할수록, 또한 기술이 능숙할수록 좋은 글이 나온다. 그 가운데 하나만 말하라면 단연 첫 번째 기둥인 '생각'을 꼽는다.

회사와 청와대 다닐 적에는 읽는 것조차 많이 하지 못했다. 출판사에 다니면서 좀 읽고 나니 쓰고 싶었다. 무엇을 쓸까? 사람들이 읽기 원하는 것과 필요한 것을 써야 하지 않을까? 필요한 걸 쓰기 위해선 지식이 있어야 하고, 남들이 읽고 싶은 걸 쓰려면 지혜가 필요하지 않을까? 지식은 배워서도 알 수 있고 남의 것을 가져다가 쓸 수도 있다. 세상 지식은 포털 사이트에 다 있지 않은가.

문제는 지혜다. 결국 글쓰기에서 중요한 것은 지혜라는 이름의 생각이다. 지혜는 스스로 키우고 만들어갈 수밖에 없다. 매일 주제를 정해 생각해야 한다. 하루에 하나씩 내 생각을 정리해보자. 나만의 개똥철학이 생긴다.

나는 요즘도 매일 한 가지씩 생각을 쌓아나간다. 글쓰기에 관한 나의 생각을 블로그와 홈페이지에 차곡차곡 기록해두고 있다. 그 덕분에 글쓰기에 관해서는 글 쓰는 게 두렵지 않다.

편의점 남자를 보고 왜 눈물이 핑 돌았을까

- 당신의 공감 수준은?

마음이 사람을 향하면 공감, 사물을 향하면 호기심, 사건을 향하면 문제의식, 미래를 향하면 통찰, 나를 향하면 성찰이 된다. 이 모두가 글감이 나오는 통로다.

이 가운데 하나를 꼽으라면 단연 공감이다. '사람'이 글쓰기의 가장 중요한 대상이기 때문이다.

"할 얘기가 있는데 퇴근 후에 술 한잔 어때?"

동료의 제안에 반응은 두 갈래다.

"나 바빠. 내일 아침까지 작성할 보고서가 있어"라고 답하는 사람이 있는가 하면, 다른 동료는 이렇게 말한다.

"무슨 일 있어? 내일까지 보고해야 할 일이 있긴 한데, 맥주 한잔만 할까?"

이렇게 따라나선 사람이 맥주 한잔만 하고 돌아온 경우를 나는 보지 못했다. 이런 사람일수록 동료 얘기에 빠져든다. '이 친구 마음

고생이 심하겠는데?' 결국 "내가 살 테니까 2차 가자"고 손을 끈다. 그럼으로써 다음 날 상사의 불호령을 예약한다.

누구나 공감 능력을 타고난다. 갓난아기는 엄마가 울면 따라 운다. 무거운 짐을 양손에 든 어른이 발로 문을 열려고 애쓰면 5세 전후만 돼도 예외 없이 문을 열어준다. 초등학교 다닐 적 짝꿍이 책상 모서리에 발을 찧거나 연필 깎다 손을 베면 자신이 그런 일을 당한 것처럼 얼굴을 찡그리고 가슴이 쩌릿쩌릿하다. 그게 사람이다. 이 모두 신이 인간의 뇌에 장착해놓은 거울신경세포, 즉 공감 장치가 작동한 것이다. 맹자는 이를 '측은지심'이라 칭하면서 인간의 본심이라고 했다.

그러나 안타깝게도 이런 천부적 능력은 나이를 먹으면서 쇠퇴한다. 특히 힘 있는 자리에 갈수록 공감 능력이 떨어진다. 캐나다 토론토대학 연구진은 직장에서 승진할수록 부하 직원의 말과 글에 대한 이해가 떨어진다는 연구 결과를 내놓았다. 이는 《승자의 뇌》를 쓴 이안 로버트슨(Ian Robertson)에게서도 확인된다. 권력을 차지한 사람은 남녀 불문하고 테스토스테론이라는 남성호르몬 수치가 현저하게 올라갈 뿐만 아니라, 권력의 맛을 본 뇌는 도파민이 증가해 마약 중독과 같은 현상을 보이면서 점점 더 큰 권력을 탐하게 된다는 것이다.

우리 사회에서는 공감 능력이 약할수록 유리하다. 공감력이 부족하면 남의 이야기를 듣거나 타인의 어려움을 해소하는 데 자기 시간을 빼앗기지 않는다. 눈가리개를 한 경주마처럼 앞만 보고 달린다.

옆에서 사람이 죽어 나가도 신경 쓰지 않는다. 오로지 자신을 위해서만 시간을 쓴다.

또한 공감력이 없는 사람은 조직의 정당하지 않은 요구로 피해받는 사람의 처지를 고려하거나 배려하지 않는다. 어떡하든 지시를 이행하고 주어진 목표를 달성한다. 물불 가리지 않고 명령에 복종함으로써 승승장구한다. 그럴수록 공감 능력이 풍부한 사람을 보면 "저 친구는 사람만 좋아서 걱정이야. 자기 앞가림도 못하는 친구가 오지랖만 넓어"라고 비아냥댄다. 타인의 애환에 무뎌지는 것이 곧 자신을 죽이는 것임은 알지 못한다.

글 쓰는 사람이 흔히 범하는 잘못 중 하나는 자신에게만 신경을 곤두세운다는 점이다. 내 지식과 글솜씨를 보여주겠다는 마음의 절반만이라도 다른 대상에 할애해야 한다. 그 대상은 사람일 수도, 사물일 수도, 상황이나 문제일 수도 있다. 그것이 무엇이든 내가 그것을 모른다고 전제하는 게 좋다. 그래야 어림짐작과 설익은 추론, 성급한 결론에서 벗어날 수 있다.

그다음으로 필요한 것은 호기심이다. 알고 싶어 하는 것이다. 그런 상태에서 관찰, 질문, 학습, 조사로 대상을 파악한다. 궁극적으로는 대상에 푹 빠져야 한다. 관심을 넘어 사랑해야 한다. 무언가를 사랑하면 늘 그것만 생각하게 된다. 그리고 질문한다. '왜 그렇지?' 꿈에도 나타난다. 이렇게 대상에 빠져들면 그것의 원리, 패턴, 배경, 맥락, 본질을 꿰뚫게 된다. '아, 이거구나' 하고 깨닫는 순간이 온다. 대상에 완벽하게 공감한 상태다.

내가 좋아하는 배우 송강호에게 어느 기자가 물었다. "배우로서 힘은 어디서 나오느냐?" 그는 이렇게 답했다. "내가 극중 인물을 얼마나 진심으로 대하느냐에 달렸다." 극중 인물에 빠졌다는 뜻일 게다.

나는 공감 수준이 글의 수준을 결정한다고 믿는다. 글은 타인에 대한 관심과 애정에서 나오기 때문이다. 불쌍한 사람을 보면 도와주고 싶고, 아픈 사람을 보면 마음이 아프고, 힘들어하는 사람을 만나면 희망과 용기를 주고, 불의 앞에서 분노하고, 불합리나 부조리를 보면 개선하고 싶은 욕구가 끓어오를 때 좋은 글을 쓸 수 있다.

손님이 없는 썰렁한 식당에 갔다고 해보자. 반응은 여럿이다. '손님이 없으니 한가하고 좋네', '내가 식당 했으면 어쩔 뻔했어. 다행이다', '식당 주인이 참 안됐다. 어쩌면 좋나. 쯧쯧', '이대로 놔두면 안 되겠다. 정부 대책이 필요하겠어' 등. 이 가운데 누가 좋은 글을 쓸지는 굳이 설명하지 않아도 알 수 있다. 첫 번째와 두 번째는 글감이 떠오르지 않는다. 세 번째는 자영업자의 애환을 쓴다. 마지막 네 번째는 대책을 요구하고 대안을 제시하는 글을 쓴다.

공감 능력을 분류하면 크게 세 종류다. 먼저 감정을 이입하는 '정서적' 공감 능력이다. 이런 사람은 남의 마음과 심정을 잘 헤아린다.

다음으로는 역지사지하는 '이성적' 공감 능력이다. 처지를 바꿔 생각해보거나 남의 상황에 민감하게 반응한다. 나이 들어 정서적 공감 능력이 떨어지면 '사이코패스'가 되고, 이성적 공감, 즉 역지사지하지 못하면 '꼰대' 소리를 듣는다.

끝으로 '사회적' 공감 능력도 필요하다. 뇌신경학자 매튜 D. 리

버먼(Matthew D. Lieberman)은 《사회적 뇌 인류 성공의 비밀》에서 우리 뇌는 아무 일을 하지 않을 때에도 다른 사람과 관계를 생각하고, 틈만 나면 사회에 관심을 갖도록 설계돼 있다고 주장한다. 불의에 분노하고 사회적 약자를 배려하는 정의감 같은 게 있는 것이다. 사회적 공감 능력이 높은 사람은 사회를 변화시키고 많은 사람에게 영향을 주는 글을 쓴다.

공감 능력이 풍부한 사람의 글은 몇 가지 특징이 있다. **먼저 쓰려는 대상에 눈높이를 맞춘다.** 어린아이라면 무릎을 꿇고, 장애가 있으면 어깨 걸고 부축한다. 그뿐만 아니라 감탄, 환호, 비탄, 위무, 격려, 칭찬, 감사가 풍성하다.

내 생각을 강요하지 않는다. 사람의 마음은 쉽사리 움직이지 않는다. 일방적 주장은 다른 생각을 갖고 있는 사람을 결코 움직이지 못한다. 스스로 만족할 뿐이다. '내가 이 정도 얘기했으면 알아들었겠지?' 하지만 결과는 그렇지 않다. 상대의 마음을 움직이려는 의도를 보이는 순간, 독자는 한층 더 결사 항전의 투지를 불태운다. 내가 보수라면 진보는 어떻게 생각할까를 고민해봐야 한다. 내가 명분론자라면 실리론자의 관점을, 내가 찬성이면 반대를 생각해볼 수 있어야 한다. 적어도 내가 당신의 심정과 처지를 알고 있다는 것을 알려줘야 한다. 그래야 객관성과 설득력을 확보할 수 있다.

마지막으로 대상이 처한 상황과 기대하는 바가 파악됐으면 그가 되어 세상을 바라본다. 스스로 연탄재가 되어 보고, 꽃이 돼보는 것이다. 만약 내가 새라면, 내가 물이라면 생각해보는 것이다. 시인은 그렇게 시를 쓴다.

그러면 공감 능력은 어떻게 키울까. 독서가 지름길이다. 책을 읽다 보면 저자와 작중 인물의 관점에서 생각하고 바라보게 된다. 책을 읽을수록 타인에 대한 배려가 생기고, 약자와 소수자에 대한 편견과 고정관념은 줄어든다. 누군가가 돼서 다른 이의 눈으로 생각하고 바라보게 된다. 칼럼을 읽으면 칼럼니스트의 눈으로 그가 보는 방향을 본다. 꽃에 관한 시를 읽으면 시인이 되어 꽃을 바라본다. 소설을 읽으면 작중 인물이 된다.

대학 시절 이병주 선생의 소설 《지리산》을 읽고 주인공 박태영과 나를 동일시해서 거기서 빠져나오지 못하고 헤맨 기억이 있다. 마치 미니시리즈 주인공이 촬영을 마치고도 극중 인물에서 벗어나오지 못하는 것처럼.

독서와 함께 필요한 것은 사람에 대한, 세상을 향한 관심과 사랑이다. 아무리 하찮은 것이라도 가까이 보면 아름답다. 사랑하게 된다. 들여다보면 그곳에 어마어마한 우주가 있다. 이를 위해 나를 중심에 두고 세상을 보지 않아야 한다. 프랑스 철학자 자크 데리다가 말한 '탈중심화(decentering)'가 필요하다. 나만 보지 않고, 중심만 좇지 말고, 주변과 타인을 보려는 노력이 필요하다.

나는 공감 능력 없이 50년을 살았다. 앞만 보고 달렸다. 손톱만 한 열대어 구피가 굶어 죽을까봐 아내가 명절 때마다 어항을 싸들고 본가에 가는 것을 이해하지 못했다. 그렇다고 구피에게 밥 한번 줘

본 적도 없다.

　그러던 내가 쉰 넘어 출판사 평사원으로 입사했다. 출근 첫날 자기소개를 하라고 했다. 사장 빼고 전원이 여성인 직원들 앞에 서서 살아온 과정과 포부를 얘기했다. 자기소개가 끝나자 가장 고참인 듯한 분이 잠깐 보자고 했다. 나는 왠지 옥상으로 불려 나가는 심정으로 사무실 문을 열고 나갔다. 복도에 서 있던 그녀가 한마디 했다. "앞으로 그렇게 길게 말하지 마세요." 문을 쾅 닫고 들어갔다. 뒤따라 들어가니 직원들 눈빛이 하나같이 살벌했다.

　나이 쉰이 넘어 이게 무슨 일인가. 아내와 아들이 이 장면을 보기나 한 것처럼 얼굴이 화끈거렸다. 갈증이 났다. 터덕터덕 계단을 내려와 사무실 1층에 있는 편의점에 들어서려는 순간, 50대 중반의 한 남자가 눈에 들어왔다. 정장 차림의 그는 허공을 응시하며 보름달 빵과 딸기우유를 꾸역꾸역 목구멍에 밀어 넣고 있었다. 오전 11시가 다 된 시각이었다. 그에게 보름달은 아침일까 점심일까. 나는 눈물이 핑 돌았다. 그제야 사람이 보이기 시작했다.

절박함은 방탄유리도 뚫는다

- 그럼에도 당당하게 모방하자

대입 시험이 코앞인데 공부할 게 산더미다. 궁하면 통한다고 했던가. 선생님이 없는 문제를 만들 수는 없다는 생각에 미쳤다. 그들은 창조주가 아니므로. 여러 유형의 문제를 다 풀어보면 되겠지 싶어서 시중에 나와 있는 실전 모의고사 문제집을 모조리 샀다. 그래봤자 50여 개가 전부였다. 두 달 동안 하루 한 회씩 풀었다. 실제로 시험을 치르는 것과 똑같이 문제를 풀었다. 틀린 문제는 또 틀리지 않도록 단단히 준비했다. 대입 문제가 이 문제집에서 나온다는 생각으로 맞춰봤다. 그러고 나서 시험을 치렀다. 시험 당일에 깜짝 놀랐다. 이미 본 시험을 또 보는 줄 알았다.

"내가 아무것도 새로운 것을 말하지 않았다고 말하지 마라. 배치가 새로운 것도 새로운 것이다." _블레즈 파스칼

"독창적이란 말을 사람들은 쉽게 입에 올리지만, 내가 위대한 선인이나 동시대인들에게서 얼마나 많은 것을 얻고 있는지를 안다면

남는 것은 얼마 되지 않을 것이다."_프리드리히 니체

"오래된 생각이고 자주 쓰인 표현이라도 그것의 주인은 그것을 가장 잘 말하는 사람이다."_랠프 왈도 에머슨

내 주변에는 글 쓰는 사람들이 많다. 나의 직장 생활 대부분도 글 쓰는 사람과 함께했다. 돌이켜보면 크게 두 부류였다. 이름 하여 '영감형'과 '편집형'이다. 영감형은 곰곰이 생각하다 툭 써낸다. 글을 쉽게 쓰는 편이다. 즐기기까지 한다. 그러나 편차가 심하다. 어떤 글은 잘 쓴다. 아이디어도 좋고 기발하다. 하지만 어떤 글은 아예 못 쓰겠다고 포기한다. 잘 쓰기 아니면 못 쓰기다. 허점도 자주 노출한다. 결정적 실수를 하는 경우도 있다. 관찰과 사색을 글쓰기 무기로 쓴다.

그에 반해 편집형은 자료에 많이 의지한다. 진땀을 빼며 쓴다. 부지런하다. 어떤 경우에도 써낸다. 쥐어짜내 써낸다. 그러나 자칫하면 짜깁기가 될 수 있다. 글 쓰는 시간을 넉넉하게 줘야 가능하다. 평균 이상은 해내지만, 뛰어난 것은 기대할 수 없다. 글쓰기 무기로 모방과 독서를 활용한다.

나는 전형적인 편집형이다. 자료에 의존해서 글을 쓴다. 일종의 모방 글쓰기다. 회사에서 홍보 업무를 담당하던 시절, 매일 한두 개 기삿거리를 만들었다. 그 시절 인터넷은 없었지만 자료실이 있었다. 신문철이 내 기삿거리 창고였다. 신문에 모범답안이 있었다. 기사는 돌고 돈다. 작년 이맘때 기사는 지금도 뉴스 가치가 있다. 내용만 최신 것으로 바꿔주면 된다. 그러면 새것이다.

나는 여러 단계의 흉내 내기 과정을 거쳤다. 첫 단계는 써야 하는 주제와 형식에 맞는 글을 찾아 흉내 냈다. 특히 글의 시작과 마무리를 집중적으로 참고했다. 두 번째 단계는 남의 글을 참고하되 그 글을 흉내 내지 않기 위해 무진 애를 썼다. 나름 자존심이 허락하지 않았다. 차라리 안 보면 모르겠는데, 보고 나서 그 글과 다른 글을 쓰는 것은 어려웠다. 이미 본 글에 갇혀버려 새로운 글이 나오지 않았고, 그렇다고 그 글을 흉내 낼 수도 없는 노릇이었다. 이 단계가 가장 힘들었다.

세 번째 단계에선, 남의 글을 찾아보되 내 생각을 만들기 위해 봤다. 여전히 검색은 하는데, 용도는 두 가지다. 하나는 인용거리를 찾기 위함이요, 다른 하나는 영감을 얻기 위해서다. 남의 글을 읽다가 이것은 내 글에 갖다 써야겠다 싶으면 정식으로 인용한다. 남의 글을 읽다 보면 나는 이렇게 써야겠다는 아이디어가 떠오른다. 이런 아이디어는 남의 글을 볼 때 잘 떠오른다. 하지만 그렇게 쓴 글은 참고한 글과 다른 글이 된다. 인용이 아니다. 영감이 떠오른 것이다.

글은 전염성이 강하다. 옆자리에 있는 동료가 흥얼거리는 노래를 자기도 모르게 따라 하듯 우리는 좋은 글에 쉽게 감염된다. 인간은 모방하는 존재다. 글을 읽는 인간은 자연스럽게 남의 글을 모방한다. 자신도 모르는 가운데 읽는 책의 저자처럼 잘 쓰고 싶은 욕구가 발동한다. 그리고 책 속의 글을 흉내 내게 된다. 모방은 창조의 원천이요, 가장 훌륭한 학습 방법이다.

우리는 모방하면서 말과 글을 배웠다. 자기 글이 독창적이라고 확신하는 그 누구도 모방에서 자유롭지 못하다. 모방에 돌팔매질할 수 있는 사람은 태초의 창조자 말고는 없다고 단언한다. 어차피 좋은 말은 아리스토텔레스가 다 해버렸다. 좋은 음악은 베토벤이 다 만들어버렸다. 그나마 아리스토텔레스가 남겨놓은 것을 니체가 다 써먹었다. 하늘 아래 더 이상 새로운 것은 없다.

클리셰(판에 박은 듯한 문구 또는 진부한 표현)가 글의 무덤이라는 말에는 동의하기 어렵다. 진부한 표현을 삼가라면서, 역설적이게도 글쟁이들은 자기만의 클리셰를 갖고 있다. 즐겨 쓰는 표현과 전개방식이 있다. 자주 쓰는 어휘도 정해져 있다. 그러면서 클리셰를 삼가라고 한다. 이미 자신들이 구축한 클리셰는 넘보지 말라는 것이다. 자신들의 클리셰는 문체, 스타일, 패턴이라고 이름 붙인다. 내가 보기엔 그게 바로 클리셰다.

우리도 자기만의 클리셰를 갖자. 아니꼽더라도 그들이 선점한 클리셰를 흉내 내는 것으로 시작해보자. 어차피 그들도 처음엔 누군가를 모방했고, 그것은 그들의 전매특허가 아니다. 모든 글은 이미 있는 글의 변형이다.

나는 김대중 대통령 연설문을 쓸 때마다 어록을 찾아봤다. 김대중이란 거인의 글을 보좌할 수 있는 힘이 거기서 나왔다. '나는 난쟁이였지만 거인의 어깨 위에 무동을 타고 있었다.' 이 대목은 누구나 아는 아이작 뉴턴의 말, '내가 더 멀리 보았다면, 그것은 거인의 어깨에 서 있기 때문에 가능했다'에서 따왔다. 일종의 패러디다.

패러디는 단순히 다른 작품을 흉내 내거나 모방하는 것이 아니라 그 작품이 안고 있는 문제점을 폭로하거나 변주한다. 노래로 치면 같은 악보에 다른 가사를 붙인 것이다. 고상하게 말하면 리메이크다. 원전에 대한 존경을 담고 있다는 점에서 오마주다. 본뜬 것을 숨기지 않는다는 점에서 표절과는 구분된다. 약간 각색이 필요하다. 원본에 덧붙이거나 원본에서 빼거나 원본을 변형해야 한다. 원본에서 착상을 빌려와 창조적으로 재현해야 한다.

패러디는 여러 장점이 있다. 원작의 재생산, 재구성이기 때문에 손쉽다. 잘 알려진 문장이어서 친숙함을 먹고 들어간다.

모방에도 두 갈래가 있다. 형식을 빌려 쓸 수도 있고, 내용을 베낄 수도 있다. 형식을 모방하는 것은 어렵지 않다. 마음에 드는 글의 구조에다 내용만 자기 것으로 바꾸면 된다. 글이 어떤 요소로 구성돼 있는지 분석한 후 일화나 인용, 이론, 사례 등의 구성요소를 대체한다. 회사에서 보고서를 쓸 때 흔히 사용하는 방식이다. 중간 제목은 그대로 두고 내용만 교체하는 식이다.

내용을 베끼는 절차는 좀 더 까다롭다. 쓰고 싶은 주제와 관련된 글을 여러 편 읽는다. 혹은 이 사람 저 사람에게서 듣는다. 동영상 강의를 들을 수도 있다. 내 머릿속에서 내용이 섞이며 쓸거리가 만들어지면 그때 쓴다. 충분한 숙성이 필요하다. 한 가지만 조심하면 된다. 영감만 얻어 와야 한다. 글이나 말까지 가져와선 안 된다. 또 하나, 오래 읽거나 빠져들어선 안 된다. 언뜻 보고 퍼뜩 생각해서 얻을 게 없으면 다른 것을 찾아봐야 한다. 대개 언뜻 봐서 떠오르는 게 없으면 오래 봐도 마찬가지고, 만약 오래 봐서 생각나는 게 있으면 그것은 가져와선 안 된다. 표절이 될 수 있다.

프랑스 문학비평가 르네 지라르(René Girard)에 따르면, 인간은 다른 사람이 가진 것에 자극받아 그것을 갖고 싶다고 느끼는 '모방욕망'을 타고나며, 그 결과로 전쟁이나 혁명 같은 파국을 맞고, 욕망의 죄의식에서 벗어나기 위해 누군가를 '희생양'으로 만든다고 한다. 글쓰기에서 모방욕망은 많으면 많을수록 좋지만, 그 욕망이 지나쳐 표절하고 희생양을 만들어선 곤란하다. 그 선한 양은 나 자신이 될 수 있기 때문이다.

인용도 일종의 모방이다. 인용을 주저할 이유는 없다. 출처만 정확히 밝히면 된다. 자신이 완벽하게 소화한 것은 굳이 그럴 필요도 없다. 이미 자기 것이니까. 인용은 남의 권위를 빌려오는 효과가 있다. 설득력을 높인다. 내가 전하고자 하는 뜻을 좀 더 선명하게 표현해주기도 한다. 신문이나 잡지 기사처럼 인용을 잘 활용하는 글도 없다. 적어도 3분의 1 이상은 인용이다. 특히 전문가 의견을 취재하여 첨가한 '쿼트(quote)'가 그렇다.

독자는 정보를 원한다. 필자는 자신이 정보를 갖고 있어야 한다는 데 부담을 느낀다. 하지만 그럴 필요 없다. 독자로서는 굳이 필자 것이 아니어도 상관없다. 독자에게 도움이 되는 정보면 된다. 인용을 잘하려면 자료를 잘 찾아야 한다.

나는 내 머릿속 자료를 그다지 신뢰하지 않는다. 양이 많지 않기 때문이다. 그 대신 인터넷과 책에서 열심히 찾는다. 찾으면서 영감을 얻는다. 자료를 찾기 전에는 내 머릿속에 없던 생각이 떠오른다. 그래서 글의 주제가 바뀌기도 한다. 어떤 주제든 세 가지 혹은 다섯 가지로 정리된다. 정리되는 과정에서 내 머리 안팎의 자료가 섞이기 때문에 원래 내가 갖고 있던 생각이 무엇이었는지 헷갈리기도 한다. 그만큼 자료 찾는 과정에서 새롭게 얻는 게 많다.

좋은 표현도 얻는다. 자료를 찾다 보면 마음에 드는 문장을 많이 만난다. 메모해뒀다가 적절히 변형해서 쓰기도 한다. 자료에 의지하면 쓰지 못할 글이 없다. 자료를 몽땅 찾아놓으면 일단 든든하다. 글쓰기가 두렵지 않다.

흔히 글쓰기 자료 찾기는 5단계를 거친다. ▲자료를 찾는다(수집). ▲주제에서 벗어난 것을 버린다(선택). ▲남은 것을 관련 있는 것끼리 묶는다(분류). ▲묶은 것 중에 중요한 것과 덜 중요한 것을 나눈다(구분). ▲가장 중요한 것을 글 전체 또는 문단의 주제문이나 소주제문으로 쓰고, 나머지는 주제문을 뒷받침하는 용도로 쓴다(활용).

이때 주의할 게 있다. 어느 하나에 깊이 빠지거나 집착하지 말아야 한다. 자료를 옮겨가며 찾아봐야 한다.

미메시스(mimesis)는 그리스어로 모방이라는 뜻이다. 플라톤은 신이 창조한 이상적인 형태, 즉 '이데아'를 모방한 것이 예술이라고 했다. 머릿속에 그려지는 '집'이라는 이데아가 있고, 집을 지은 목수는 그것을 모방한 것이며, 집을 그린 화가는 그것을 다시 한 번 모방한 것이다. 화가나 작가는 허구를 좇는 존재라며 예술을 부정적으로 평가했다.

한편, 아리스토텔레스는 예술이 언어와 리듬을 매개로 자연과 인간 마음을 모방한 것이라고 했지만, 예술의 가치는 인정했다. 문학의 기원 이론 중 하나인 '모방 본능설'이다.

"인간은 모방하는 능력이 있으며 모방에서 기쁨을 느낀다. 이 점에서 인간은 동물과 구별되며, 모든 지식은 모방으로 습득된다."

그렇다. 흉내 내는 것에 기쁨이 있다. 나는 모방을 두려워하지 않는다. 아니 모방을 즐긴다. 그러나 모방할 때는 그 대상 뒤편에 있는 것을 찾는다. 예를 들어 글쓰기에 관해 말하려고 할 때, 글쓰기 책을 참고하기보다는 심리학이나 뇌과학 이론을 참조하려고 한다. 이것이 플라톤이 말한 이데아, 즉 진실 혹은 본질에 가까운 그 무엇이라고 생각하기 때문이다.

글쓰기는 인간 심리나 뇌 작용의 결과로 나타나는 현상에 불과하다. 심리학이나 뇌과학 관련 이론을 가져와 글쓰기 방법론으로 재현하는 것, 이것이 나의 미메시스다. 흉내 내는 것에 당당해지자. 적극적으로 모방하자. 그리하여 마침내 피카소의 명언대로 남의 것을 흉내 내는 유능한 글을 뛰어넘어 남의 것을 훔치는 위대한 글을 쓰자.

국민의 정부 시절, 싱가포르 순방 중에 김대중 대통령이 호텔 현관에서 기다리고 있었다. 행정관 한 사람이 행사 차량에 타지 않았기 때문이다. 나는 차 안에 앉아 있다 우리를 향해 돌진해 오는 그 행정관을 봤다. 머리는 부스스했고 정신이 나간 사람 같았다. 아마도 잠깐 눈을 붙였다가 깜빡 시간을 지나친 듯했다.

잠을 잔 것은 우발 사고였다. 대형 사고는 그다음에 일어났다. 그가 호텔의 대형 유리를 깨고 돌파하는 게 아닌가. 그는 눈에 뵈는 게 없었다. 대통령이 탄 차량만 보였을 뿐 유리는 보이지 않았다. 결국 중상을 입고 모국으로 후송됐다.

왜 이런 비극적인 얘기를 하는가. 절박함을 얘기하고 싶어서다. 내가 대학 입시를 앞두고 마음이 간절했던 것처럼 자료는 그런 마음으로 봐야 한다. 모방은 그리해야 한다. 그러면 방탄유리도 뚫는 기적이 일어난다.

지금 글을 못 쓰고 있는가? 아직 자료를 덜 찾아본 것이다.

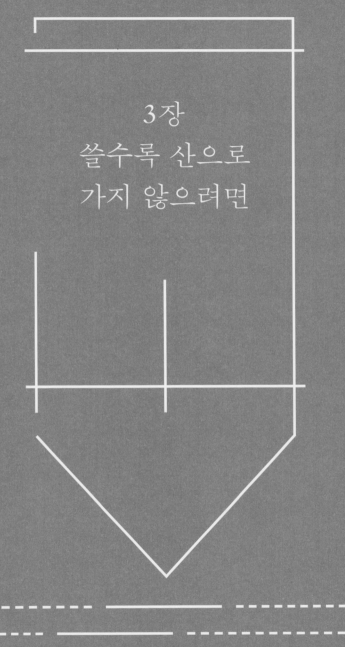

3장
쓸수록 산으로
가지 않으려면

소설 목차를 보며 가슴이 뛰었다

- 구성요소를 알면 글이 써진다

고모 집은 전주에서 가장 큰 서점이었다. 두 개 층이 서점이었는데, 서울의 대형 서점 못지않았다. 건물 맨 위층이 살림집이었다. 나는 고등학교 3학년을 그곳에서 보냈다. 밤 12시가 넘어 모두 잠들면 고양이처럼 서점으로 내려갔다. 이 책 저 책 목차를 봤다. 가슴이 뛰었다. 우연하게 한국 단편소설을 읽게 된 이후부터다.

국어사전을 찾아보며 성적 호기심을 충족하던 시절, 김동인의《감자》, 나도향의《물레방아》같은 소설은 에로티시즘의 극치였다. 단편소설로 시작한 독서(?)는 어느덧 장편소설로 이어졌다.《풀잎처럼 눕다》,《불새》등 제목만 봐도 내용을 파악할 수 있게 되더니 나중에는 목차만 봐도 어느 대목에 절정이 있는지 직감적으로 알아차리는 경지에 이르렀다.

요즘도 책의 목차를 보기 위해 서점에 자주 간다. 목차를 보면 얻는 게 많다. 목차는 호기심을 유발한다. 책의 흐름을 읽을 수 있다.

목차 안에는 배경지식도 있다. 목차 한 줄이 영감을 불러일으키기도 한다. 그 한 줄이 내가 써야 할 글의 주제가 된다.

무엇보다 목차는 책 전체를 한눈에 보게 한다. 내용 구성이 어떻게 돼 있는지 일목요연하게 정리해준다. 독자를 끌어당기기 위해서는 구성이 어떠해야 하는지도 알 수 있다. 목차야말로 독자의 마음을 움직이게 하고 책에서 떠나지 못하도록 붙들어두는, 치밀하게 짜인 각본 같은 것이다.

글의 설득력과 논리는 순서에서 나온다. 물론 순서를 세울 내용물이 먼저다. 그러나 순서를 알면 내용물을 채우기가 쉽다. 닭이 먼저냐 달걀이 먼저냐. 순서를 안다는 것은 목차가 나온 것이고, 목차가 있으면 내용물을 하나씩 채워나갈 수 있다. 틀만 있으면 내용은 채워진다. 쇠틀만 있으면 밀가루 반죽이 붕어빵도 되고, 잉어빵도 되고, 국화빵도 된다. 쇠틀에 달렸다.

그런 점에서 포맷, 플랫폼, 체계, 양식 같은 형식이 내용을 결정한다고도 할 수 있다. 과거엔 내용이 먼저이고 형식이 뒤따랐다. '무엇(내용)'이 우선이고 '어떻게(형식)'는 '무엇'에 종속되게 마련이었다. 이제는 형식이 '무엇'에 해당한다. 내용이 '어떻게'다. 글의 전개 형식을 '무엇'으로 할지 결정하면 내용은 '어떻게'라도 채울 수 있다. 콘텐츠는 차고 넘친다. 구슬이 서 말이다. 꿰는 게 문제다.

우리는 시대를 잘 만났다. 인터넷이 있지 않은가. 내용이 없어 글을 못 쓰진 않는다. 무엇을 가져다 쓸지 모르는 게 문제다. 목차가 떠오르지 않아서 못 쓸 뿐이다. 머릿속에 목차가 있는 사람은 자료를 눈으로 죽 보다가 필요한 것을 딱딱 가져와 조립한다. 무엇을 가져와야 하는지 아는 것이다. 반면 목차가 없는 사람은 자료를 모두 출력한다. 냅다 밑줄부터 긋는다. 밑줄 그은 것만 해도 엄청나다. 하지만 머릿속에 지도가 없어 결국 자료 안에서 길을 잃어버린다.

옷을 사러 동대문 패션타운에 갔다고 해보자. 어떤 사람은 죽 둘러보고 자신이 살 옷을 단박에 선택한다. 또 다른 사람은 주야장천 돌아다니지만 결국 아무것도 고르지 못한다. 혹은 이 옷도 좋은 것 같고 저 옷도 욕심이 나서 충동구매를 하고 만다. 이런 옷은 대부분 금세 질리게 마련이다. 그런 차이는 어디서 오는가. 첫 번째 부류는 사려고 하는 옷의 스타일, 색상 등이 머릿속에 있는 것이고, 두 번째 부류는 그것이 없는 경우다.

학교 다닐 때 글의 구성에 관해 배웠다. 서론-본론-결론(3단), 기-승-전-결(4단), 발단-전개-위기-절정-결말(5단) 등이다. 하지만 이것만으로는 글을 쓸 수 없다. 글을 쓰기 위해서는 좀 더 구체적인 구성요소를 알아야 한다.

우리는 일기가 오늘 한 일과 느낀 점, 다시 말해 사실과 느낌이라는 구성요소를 중심으로 쓴다는 사실을 알고 있다. 그렇기 때문에 일기 쓰는 일을 겁내지 않는다. 그리고 일기를 쓰면서 인터넷을 검색하지 않는다. 한 일과 느낀 점은 내 머릿속에 있지 인터넷이나 책에 있지 않다는 것을 알기 때문이다.

만약 일기를 처음 쓰는 사람이라면, 일기가 경험과 느낀 점으로 구성된다는 사실을 모른다면, 다시 말해 머릿속에 목차가 없다면 인터넷을 뒤질 것이다. 글을 쓸 때 인터넷에서 하염없이 허우적대는 것도 목차가 없기 때문이다. 구성요소를 모르는 탓이다. 구성요소를 안다는 것은 무엇을 써야 하는지 안다는 것이고, 그러면 글쓰기가 수월해진다.

회사에서 쓰는 모든 보고서에도 기본 구성요소가 있다. 문제점을 해결하는 보고서는 '현황 → 문제점 → 해법 → 기대 효과' 순이다.

A안 혹은 B안의 선택 여부를 놓고 의사결정을 할 땐, ▲A, B안의 비교 기준 제시 ▲비교 기준에 입각한 장단점 분석 ▲보고자의 의견 제안 ▲제안대로 했을 때 예상 결과 등이 들어가야 한다.

목표 달성을 위한 보고서는 ▲목표 제시 ▲현재 위치 진단 ▲목표와 현재 상태 차이를 줄이기 위한 전략 수립 ▲구체적 일정 계획 ▲어떤 상태에 이르렀을 때 목표를 달성했다고 할지 지표 제시 ▲달성 시 포상 계획 등을 순서대로 밝혀야 한다.

연설문도 축사, 격려사, 기념사 등 글의 종류별로 기본 구성요소가 있다. 행사에 참석해서 갑작스럽게 축사를 요청받으면 머릿속이 하얘지면서 아무 생각도 나지 않는다. 이때 마치 준비해온 것처럼 술술 이야기하는 사람이 있다. 축사의 구성을 꿰뚫고 있는 것이다. 첫째, 축하한다. 둘째, 행사의 의미를 부여한다. 셋째, 이런 행사가 더 잘됐으면 좋겠다는 기대를 표명한다. 넷째, 다시 한 번 축하한다. 다섯째, 건승을 빈다며 덕담으로 마무리한다. '축하 → 의미 부여 → 기대 표명 → 거듭 축하 → 덕담'이라는 구성이다.

좀 더 나은 축사 구성이 머릿속에 있는 사람도 있다. 의미 부여 뒤에 '이처럼 훌륭한 행사를 준비해주신 분들에게 고맙다'며 감사 표시라는 구성요소를 추가한다. 기대 표명 뒤에도 '저도 있는 힘껏 돕겠다'며 지원 의사 표명을 덧붙인다.

격려사도 마찬가지다. 첫째, 구성원이 이룬 업적이나 성과를 나열한다. 둘째, 고생했다며 치하한다. 셋째, 여기서 안주해선 안 된다고 한다. 넷째, 나아갈 방향을 제시한다. 다섯째, 역할을 당부한다. 여섯째, 자신도 가만히 있지 않겠다며 처우 개선과 복리 증진을 약속한다. 마지막으로 함께 잘해보자며 마무리한다. 이것이 격려사의 구성이다.

칼럼은 '현상 → 진단 → 해법'이란 구성요소로 쓴다. 부동산 가격 상승에 관한 칼럼을 쓴다고 해보자. ▲현상(모델하우스가 장사진을 이루고, '떴다방'이 기승을 부리며, 강남 집값이 얼마나 올랐다) ▲진단(공급 부족의 문제인가, 투기 세력이 개입했는가) ▲해법(공급 확대 정책 혹은 금융 및 세제 조치를 취해야 한다) 순으로 쓴다.

홍보하는 글은 '특징 → 장점 → 이익·혜택'으로 쓴다. 이 제품은 이런 특징과 장점이 있고, 이 제품을 썼을 때 이러이러한 이익과 혜택이 있다고 한다. 특징 앞에 주목을 끄는 미끼 문안을 넣고, 마지막에 구매 권유를 추가하기도 한다.

논증하는 글은 '주장 → 이유 → 근거와 예시 → 재주장'이 기본이다. '주장 → 반론 소개 → 반박'도 가능하다. 마케팅 문서는 '주의 → 흥미 → 욕구 → 기억 → 행동', 연구보고서는 '도입 → 연구 방법 → 결과 → 쟁점 → 결론'으로 쓴다. 사과하는 글은 '피해자에 대한 미안함 → 피해자 보상 및 복구 대책 → 재발 방지 약속', 거절하는 글은 '들어주지 못하는 안타까움 → 거절 이유 → 대안 제시', 꾸짖는 글은 '질책 사유 적시 → 혼내는 심경 → 싫은 소리 하는 이유 및 설명', 위로하는 글은 '어려운 처지 공감 → 희망과 용기 고취 → 지원 의사 표명' 순이다. 심지어 교회에서 하는 기도문에도 구성 틀이 있다. '찬양 → 은혜에 대한 감사 → 회개 → 간구 → 다시 감사 → 아멘'이다.

구성요소는 분화할수록 좋다. 그래야 구성이 치밀해진다. 궁금한 게 없는 글이 된다. 문제를 해결하는 보고서에서 '문제점'을 분화하여 '문제점의 본질', '문제점의 심각성 정도' 등을 넣어주고, '기대효과'만 쓸 것이 아니라 잘못됐을 때의 '부작용'을 추가하면 더 믿음이 간다.

일기도 오늘 한 일, 즉 '사실'만 쓰는 경우보다는 '느낌'을 덧붙이고, 나아가 사실과 느낌을 쓴 후 '다짐'으로 마무리하면 더 좋은 구성이 된다. '오늘 놀았다(사실)', '후회된다(느낌)', '내일은 공부해야지(다짐)'처럼. 이 경우는 구성요소가 세 개다. 구성요소가 '사실' 하나뿐인 일기보다는 더 나은 글이 된다. 독후감도 줄거리, 저자 소개, 느낀 점만 쓰기보다는 책에 대한 정보와 함께 같은 분야 책과 비교, 평가가 들어가면 서평 수준으로 격상한다.

커뮤니케이션 이론 중에 '구성주의'란 게 있다. 예컨대 갑은 '좋다', '나쁘다' 두 가지로 말하고, 을은 '매우 좋다', '좋다', '보통이다', '나쁘다', '매우 나쁘다'로 말한다면, 갑보다 을이 커뮤니케이션을 잘하는 사람이다. 이것을 구성주의에서는 '인지적 복잡성', 즉 '구성의 분화'라고 말한다. 구성이 복잡해지고 세분화됨으로써 의사 전달이 좀 더 명확하게 이루어졌다는 뜻이다.

나는 구성주의 이론을 발견하고 무척 기뻤다. 그동안 글쓰기 강의에서 강조했던 '글의 구성 틀'이 바로 여기에 해당하기 때문이다. 구성이 섬세할수록 좋은 글을 쓸 수 있다고 말해왔던 것이 틀리지 않았음을 이론적으로 검증받은 기분이었다.

구성 틀을 다양하게 갖고 있는 사람이 글을 빨리 잘 쓰는 것은 사실이지만, 그렇다고 기죽을 필요는 없다. 기본은 '사실 – 느낌'이다. 감상문 대부분이 이 틀을 쓴다. 감상문이 자신에게만 머물지 않게 하려면 느낌만 쓰지 말고 의미까지 넣어주면 된다. 나를 우리로 확장한다. 그리고 공동체와 사회에 던지는 메시지를 추가한다. 논술에서는 '느낌'을 이유와 근거로, 시에서는 비유나 은유로 나타낸다. 느낌을 '주장'으로 바꾸면 사설이나 연설문이 된다. 소설에서 '사실'은 묘사로 표현된다.

이처럼 대부분의 글은 사실 – 느낌을 기본 틀로 활용한다. 사실과 느낌의 마스터키를 갖추면 글의 문을 열 수 있다. 객관 – 주관의 구성도 사실 – 느낌의 연장선상에 있다. 세계와 나, 사회와 개인, 보편과 특수, 이론과 실제, 원칙과 실천 등도 맥락을 같이한다.

쉽게 얘기하면 '남과 나'다. 나는 이 틀을 자주 쓴다. 앞은 남의 얘기이고, 뒤는 내 얘기다. 앞은 공자 말씀이고, 뒤가 본론이다. 내가 하고 싶은 이야기는 나, 주관, 개인, 특수, 현실, 실제, 실천, 해석이다. 문제는 객관과 주관의 비중이다. 많은 사람이 내 생각, 의견,

주장, 즉 주관이 빈약하다는 이유로 글쓰기를 주저한다. 그러나 굳이 주관을 많이 쓸 필요는 없다. 객관적 사실만 잘 써줘도 독자는 주관까지 읽어낸다. 어떤 사실을 선택했느냐에 따라 글 쓴 사람의 주관이 들어 있기 때문이다.

구성 능력을 키우는 방법 역시 어렵지 않다. 칼럼을 잘 쓰고 싶으면 좋아하는 칼럼니스트의 칼럼 20~30편을 출력하여 구성요소가 무엇인지 파악해보면 된다.

2000년 초 전북대 강준만 교수가 쓴 칼럼을 분석해본 적이 있다. 시작은 어떤 구성요소로 했고, 끝은 무엇으로 맺었으며, 중간은 어떻게 전개했는지 따져봤다. 일화 소개로 시작해서 인용이란 구성요소로 끝맺기도 하고, 누군가의 대화로 출발해서 속담이나 고사성어로 마치기도 했다. 칼럼마다 구성요소를 일일이 적어서 한 장에 정리했다. 그리 많지 않았다. 종이 한 장에 강 교수가 활용하는 구성요소가 망라됐다. 정의 내리기, 비교와 대조, 구분과 분류, 예시, 인용, 비유하기 등의 구성요소를 주로 썼다. 이 가운데 마음에 드는 칼럼의 구성요소에 내용만 내 것으로 바꿔서 칼럼을 써보자.

연설문도 마찬가지다. 국가기록원, 청와대나 총리실 홈페이지에 가면 각종 연설문이 공개돼 있다. 연설의 종류별로 구성 틀을 정리해보자. 축사, 기념사, 격려사 등 구성 틀에 맞춰 연설문을 써보자. 어렵지 않다.

보고서에 들어갈 수 있는 구성요소도 정리해보자. 많아봤자 50개가 넘지 않는다. 보고서의 중간제목에 해당하는 것들이 바로 구성요소다. 이것만 있으면 기획안, 제안서, 품의문, 협조전, 회의·행사·출장 보고서 할 것 없이 무엇이든 쓸 수 있다. 구성요소의 조합이 보고 문서이기 때문이다.

포털 사이트에 가보면 직장에서 쓰는 글의 구성요소를 채집할 수 있다. 반나절만 시간 내면 종이 한 장에 정리가 가능하다. 책상에 붙여놓고 문서를 써야 할 때 한 번씩 읽어보자. 그중 몇 개를 조합하는 것이 문서 작성이다. 그것이 기획력이다.

대학에 들어가서 첫 여름방학을 맞아 고향 전주에 갔다. 방에서 뒹굴뒹굴하다 책꽂이에 꽂혀 있는 정치경제 교과서를 봤다. 불과 몇 달 전까지 끼고 살던 책이었다. 문득 내용이 궁금해서 목차를 봤다. 목차를 주의 깊게 본 것은 이때가 처음이었다. '아, 이런 내용이었구나!' 처음으로 숲을 봤다. 그 책이 어떤 내용으로 구성되었는지를 비로소 알게 됐다. 고등학생 시절 내내 더듬더듬 나무만 만지고 다닌 것이다.

책의 전체 윤곽을 파악하려면 목차를 봐야 하듯, 글을 쓰기 위해서는 먼저 목차가 떠올라야 하지 않을까. 나는 그런 감을 고등학생 시절 '야한 장면' 찾기에서 익혔고, 그 덕분에 미로를 헤매는 글쓰기는 면하게 됐다.

내가 운전할 때 아내가 짜증내는 이유

- 나만의 문제가 있는가

1986년부터 운전을 했다. 아내는 운전한 지 이제 5년 차다. 아내가 운전하는 차에 타면 불안하다. 아내도 마찬가지다. 운전을 배우기 전까지는 내 차 타는 걸 편안하게 생각했는데, 이제는 그렇지 않단다. 왜 그럴까.

아내에게 자기만의 운전 패턴이 생겼기 때문이다. 앞차와는 어느 정도 거리에서 브레이크를 밟고, 좌회전이나 우회전할 때는 어느 각도로 돌며, 주행 속도는 얼마를 유지하는지 자기만의 운전 감각이 생긴 것이다. 아내 감으론 이 정도에서 브레이크를 밟아야 하는데, 그렇지 않으니 괜히 발에 힘이 들어간다. 차선에 바짝 붙여 회전하니 중앙선을 넘을까 불안하다. 속도도 마음에 들지 않는다. 한마디로 불편하다.

글도 그렇다. 자기만의 패턴이 있다. 자기 패턴과 비슷한 사람의 글은 술술 읽힌다. 그렇지 않으면 삐걱대고 턱턱 걸린다. 각자의 패턴과 취향이 있으니 모든 사람을 만족시킬 순 없지만, 그래도 좀 더 많은 사람에게 편안하게 읽히는 글이 좋은 글이다. 이러한 패턴은 문체에서 나온다. 문체는 그 사람만의 스타일이자 캐릭터다.

중학교 이후 줄곧 국어시간에 문체라는 걸 배웠다. 단원마다 무슨 체의 글인가부터 외웠다. 그 덕분에 지금도 잊히지 않는다. 강건체와 우유체, 만연체와 간결체, 화려체와 건조체. 이태준 선생이 《문장 강화》란 책에서 이렇게 여섯 가지 문체를 소개한 이후 습관적으로 분류해왔다.

과연 어느 글이 한 문체로 규정할 수 있는지 의문이다. 또 그렇게 분류해서 무엇을 얻고자 했는지 모르겠다. 글을 쓰는 데 도움이 되지 않는다. 쓰다 보면 화려체도 되고 건조체도 되며, 만연체와 간결체가 섞여 있게 마련이다. 차라리 구어체와 문어체로 나누는 것이 실익이 있다. 아니면 무겁고 진중하게 쓰는 문체와 가볍고 발랄하게 쓰는 문체로 나누는 것이 실질적이라고 생각한다.

조선 정조 때, 연암 박지원의 《열하일기》가 선풍적인 인기를 끌었다. 이에 정조는 연암의 새로운 문체를 불순한 잡문으로 규정하고 전통적인 고문으로 바로잡고자 했다. 이른바 문체반정(文體反正)이다. 도도한 흐름에 역행하고 실익도 없는 시도였다. 아직도 초중고에서 문체를 배우는지 모르겠지만, 만약 그렇다면 문체반정과는 다른 의미의 '문체재고(文體再考)'가 필요하지 않을까.

유려한 글이 좋은가, 담백한 글이 좋은가? 단문으로 써야 하나,

장문으로 써야 하나? 에둘러 표현하는 것이 좋은가, 직설적 표현이 좋은가? 이와 유사한 질문은 얼마든지 만들 수 있다. 글쓰기는 이에 답하는 것이다. 바로 그 점이 글쓰기를 어렵게 한다. "엄마가 좋아? 아빠가 좋아?"처럼 대답하기 난처하다.

어느 경우든 한쪽만 지향하는 것은 좋지 않다. 그렇다고 산술적으로 중간을 찾는 것은 더 안 좋다. 양쪽 모두를 추구해야 한다. 양쪽을 유연하고 균형 있게 왔다 갔다 해야 한다. 그러면서도 어느 한쪽 손을 들어줌으로써 내 글의 정체성, 즉 문체를 만들어가야 한다.

문체를 결정짓는 요인은 많다. ▲문장 길이 ▲존대의 정도 ▲수사법 사용 빈도 ▲문단 안에서 문장 배열 ▲장문과 단문 혼합 비율 ▲어투(Tone & Manner) 등 다양하다. 자신의 문체를 만들려면 어찌해야 하나. 많이 쓰는 것이 첫 번째 요건이다. 그리고 진솔하게 써야 한다. 자기 생각과 느낌을 그대로 드러내는 글을 쓸 때 문체가 만들어진다. 문체는 자신의 성격이고 기질의 반영이기 때문이다. 또한 글을 고치면서 문체가 만들어지기도 한다. 누구나 글을 고치면서 중점을 두는 게 있다. 단어를 바꾸거나 문장을 손보는 기준이 있다. 그것이 문체를 만든다.

내 문체는 어떠한지 생각해봤다. 가급적 단문으로 쓴다. 접속부사, 정도부사 사용을 자제한다. 우리말이 있으면 굳이 한자어를 쓰지 않는다. 결론을 앞에 쓴다.

한번은 술자리에서 논쟁이 붙었다. 구어체가 좋은가, 문어체가 좋은가. 문어체 편에 서 있는 사람이 이렇게 말했다. 구어체는 경솔하고 천박하다, 글이 아니라 말에 가깝다, 함축이 없고 심오함이 없다, 배설에 불과하다……. 이 무슨 망언이란 말인가. 글이라는 게 알아먹기 좋게 쓰는 것이 가장 중요한 일 아닌가? 구어체가 문어체보다 자연스럽고 이해하기가 쉽지 않은가?

문체는 또한 글쓴이의 캐릭터이기도 하다. 모든 글에는 글 쓴 사람의 캐릭터가 묻어난다. 웃기는 캐릭터, 진중한 캐릭터, 터프한 캐릭터, 자상한 캐릭터 등. 독자가 글을 읽으면서 글쓴이의 이미지나 기질을 떠올릴 수 있으면 캐릭터 창조에 성공한 것이다. 책이나 칼럼을 읽으면 저자나 필자가 어떤 사람일 것이라는 추측이 가능하다. 지적이거나 감성적이거나, 가볍거나 무겁거나, 인간적이거나 권위적이거나 저마다 자기만의 이미지가 있다.

나는 내 글을 읽는 사람에게 어떻게 비칠까. 독자는 나를 어떤 사람이라고 생각할까. 바로 이런 캐릭터를 만드는 것이 중요하다. 만약 '웃기는 캐릭터'로 확고하게 자리 잡으면 어떤 이야기를 해도 그 방향으로 해석하게 되며, 그 사람 이름만 봐도 일단 웃을 준비를 한다. 글을 쓸 때는 캐릭터를 염두에 두고, 이를 적극적으로 만들어가는 게 필요하다.

캐릭터는 내용과 문체, 두 방향에서 만들어진다. 내용은 글에서 자신의 가치관, 생각, 취향, 취미, 성격, 역량 등을 드러내는 것이다. 문체는 장문과 단문, 경어체와 평어체, 문어체와 구어체, 글의 길이와 호흡으로 나타난다. 캐릭터를 만들기 위해 먼저 할 일은 자신을 파악하는 것이다. 나는 어떤 사람인가. 어떤 사람으로 보이길 원하는가. 기대하는 반응이 무엇인가. 절로 웃음이 나오게? 애틋한 마음이 들게? 믿음이 가게? 쿨해 보이게? 즉 이미지 목표를 잡아야 한다.

나는 페이스북을 열심히 할 때는 '웃기는 사람'으로 보이는 것이 목표였고, 블로그에 글을 쓸 때는 '성실한 사람'을 지향했다. 목표를 잡았으면 내용 측면에서 콘셉트를 잡고, 문체 측면에서 자기만의 개성을 만들어 일관되게 추구하는 게 중요하다. '웃기는 사람'이 되고자 한다면 '웃기는 사건'을 중점적으로 소개하고, 글의 전개도 기－승－전－웃음이 되도록 노력해야 한다. 문체가 가볍고 간결해야 함은 물론이다.

글쓰기는 어떤 의미에서 자신의 캐릭터를 창조하는 과정이라고 할 수 있다. 글이라는 무대에 자신을 주인공으로 올려놓고 연출함으로써 자신의 정체성을 구축하고, 개성을 발산하며, 아우라를 형성하는 장이다. 그것이 글쓰기의 매력이다. 글에서는 무엇이든 될 수 있다. 영웅도 될 수 있고, 신화의 주인공도 가능하다.

연암 박지원 선생은 "꽃, 풀, 벌레 등 사소한 것도 저마다 지극한 경지가 있다"고 말했다. 하물며 만물의 영장인 인간이야 두말할 나위가 있겠는가.

이제는 글을 보면 그 사람의 성격을 대충 알 수 있다. 적어도 자기 성격을 글에서 숨기려는 사람과 당당하게 내보이는 사람을 구분할 수 있다. 캐릭터를 만들려면 후자가 돼야 한다. 캐릭터에는 좋고 나쁨이 없다. 분명한가, 희미한가만 있을 뿐이다. 당연히 분명한 게 좋다. 만약 독자를 속일 자신이 있으면 전혀 다른 인물을 창조해도 된다. 그러기는 쉽지 않겠지만, 그걸 해내는 게 고수다. 하지만 그럴 자신 없으면 있는 그대로 솔직하게 내뱉어라. 독자가 호감과 매력을 느끼는 지점도 바로 그곳이다.

메시지는 메신저가 투명할 때 잘 드러난다. 자기 캐릭터를 갖는 것은 작가만의 영역이 아니다. 글을 쓰는 모든 사람에게 해당하는 일이다.

스타일도 문체를 만든다. 대부분 조직에는 번개형과 엉덩이형이 있다. 번개형은 빨리 쓰는 걸 미덕으로 생각한다. 이들은 평소에 논다. 아니 노는 척한다. 머리는 복잡하고 분주하지만, 겉으로는 그까짓 것 맘먹으면 언제라도 쓸 수 있는 게 글이라고 말한다. 앉아서 끙끙대는 건 치욕이라고 생각한다. 한편, 엉덩이형은 모자람을 인정하고 표방한다. 끙끙대는 게 부끄럽지 않다. 자료건 사람이건 의존하는 걸 당연하게 생각한다. 그러나 발전이 더디다. 번개형은 글이 간결하고 번득인다. 독자보다 스스로 만족하는 글을 쓴다. 엉덩이형은 길고 치밀하다. 독자 친화적이다. 친절하게 설명한다. 나는 엉덩이형이지만 번개형을 지향하며 글을 쓴다.

스프린터형과 마라토너형도 있다. 모든 글에는 분량이란 족쇄가 있다. 길게 쓰는 것도 부담이지만, 짧게 잘 쓰기는 더 어렵다. 짧은 글을 짧은 시간에 잘 쓰는 스프린터형이 있고, 긴 글을 오랜 시간 버티면서 잘 쓰는 마라토너형이 있다. 광고 카피라이터나 기자는 스프린터형이어야 하고, 소설가나 책을 쓰는 집필자는 마라토너형이어야 한다.

그러나 직장 생활을 하는 사람은 선택의 여지가 없다. 때로는 스프린터가 되어야 하고 때론 마라토너가 돼야 한다. 어느 때는 300자 안에 하고 싶은 얘기를 다 담아야 하고, 또 어느 때는 억지로라도 원고지 10매를 채워야 한다. 언제 어떤 분량의 글을 요구받을지 모른다. 회사에서는 짧은 한 장짜리 보고서를 요구하고, 승진 시험 같은 경우는 광활한 지면을 메워야 통과한다. 책을 쓰려면 원고지 1,000매 가까이 써야 한다.

글은 또한 쓰는 주기에 따라 호흡과 내용도 달라져야 한다. 언론 매체에 비유하면 이렇다. 통신사는 속도가 중요하다. 사실 확인만 되면 무조건 빨리 쓰는 게 장땡이다. 일간지는 사실이 기본이다. 의미와 해석까지 담아야 한다. 주간지는 이슈를 잡아내고 트렌드를 읽는 능력이 필요하다. 월간지는 심층 분석 역량이 핵심이다. 긴 글을 쓰는 데에도 익숙해야 한다.

글 쓰는 사람은 이 모두가 필요하다. 글은 통신의 속도, 일간지의 정확성, 주간지의 감각, 월간지의 분석력을 요구한다. 이 모두를 다 갖출 수는 없지만, 적어도 내가 어느 스타일인지, 어디에 잘 맞는지 정도는 알고 있어야 한다.

증권사에 다니던 시절, 어느 후배의 문서 작성 방식이 유행했다. 모두가 그를 따라했다. 서체, 자간, 행간, 좌우 여백 모두 그가 즐겨 쓰는 방식으로 통일됐다. 직원들 사이에서 모방을 통한 학습이 이루어졌고, 그 결과가 문화로 자리 잡았다.

문체도 세 단계를 거쳐 형성되는 게 아닐까 싶다. 누군가를 따라 하는 개인적 학습이 먼저이고, 선호하는 문체에 대해 암묵적 합의가 이뤄지고 나면 그것이 사회 문화로 정착되는 과정을 밟는다. 그런 점에서 메신저나 SNS에서 급여체나 급식체가 유행하는 것은 씁쓸하다.

남북정상회담 위기를 이렇게 극복했다

- 어휘력이 문제라고요?

2007년 제2차 남북정상회담 때 대통령을 수행해 평양에 갔다. 전날까지도 걱정이 앞섰다. 그곳에서는 인터넷 접속이 어렵기 때문이다. 연설문 쓸 시간도 턱없이 부족했다. 그래서 미리 '말하다'의 유의어 30여 개를 준비해 갔다. 연설문에 가장 많이 쓰일 것 같은 단어가 '말하다'이기 때문이다.

'대화를 나눴다', '얘기했다', '언급했다', '표명했다', '피력했다', '강조했다', '희망했다', '설명했다', '밝혔다', '반박했다', '뜻을 같이했다', '토로했다', '설득했다', '공감했다', '주장했다', '권유했다', '호소했다', '합의했다' 등 연설문을 작성하면서 '말하다'가 들어가야 할 자리마다 준비해 간 유의어를 봤다. 가장 어울리는 단어를 찾아 써넣었다.

'주장'과 '설명'은 다르다. '표명'과 '강조'도 차이가 있다. 그 덕분에 큰 문제없이 대통령 연설문을 마무리할 수 있었다. 단어 30여 개로 위기를 모면했다.

글은 단어의 나열이다. 글을 쓴다는 것은 적절한 단어를 내 머리에서 뽑아내는 과정이다. 단어가 모여 문장을 이루고, 문장이 모여 문단을 만들고, 문단이 모여 글이 한 편 완성된다. 그러므로 글을 잘 쓰려면 단어를 잘 써야[用] 한다. 단어가 신속하게 생각나면 글을 빨리 쓰고, 단어가 다양하게 떠오르면 글이 유려하며, 정확한 단어를 찾아낼 수 있으면 명료한 글이 된다. 단어가 생각나지 않으면 글쓰기가 지체되고, 같은 단어를 되풀이하게 되며, 문맥에 맞지 않는 단어를 남발하게 된다. 한마디로 글이 허접해진다.

그렇다면 어휘력이란 무엇인가. 단어의 뜻이 무엇인지 아는 능력이다. 나아가 나의 생각이나 느낌을 표현하고, 사물이나 현상을 묘사할 때 떠올릴 수 있는 단어의 숫자가 얼마나 많은가 하는 것이다. 그리고 떠오른 것 중에 어느 것이 가장 적합한지 고를 수 있는 능력이다. 어휘는 낱말뿐만 아니라 숙어, 관용구, 속담, 고사성어도 포함한다.

흔히 어휘와 개념을 혼동한다. 달걀과 계란은 다른 어휘지만, 개념은 같다. 어휘에 비해 개념은 더 본질적이고 추상적이다. 글은 어휘와 개념으로 쓴다. 개념이 내용물이라면, 어휘는 운반수단이다. 개념은 어휘로 표현된다. 이 둘이 갖춰지면 못 쓸 글이 없다.

글쓰기에는 원천기술과 응용기술이 있다. 원천기술이 제대로 갖춰져야 그 토대 위에 응용기술을 잘 구사할 수 있다. 원천기술의 핵심이 어휘력이다. 어휘력은 쓸 수 있는 단어의 숫자다. 집짓기에 비유하면 모래, 시멘트, 철근이다. 이것이 글쓰기 기반이다. 응용기술은 문장력, 수사력 같은 것이다. 어휘라는 토대가 튼튼하면 저절로 해결되는 문제다. 그런데 우리는 학교에서 응용기술만 배웠다. 이제라도 원천기술을 제대로 익혀야 한다.

먼저 다양한 어휘를 떠올릴 수 있어야 한다. '발전'이란 뜻을 나타내는 유사한 단어를 몇 개나 알고 있는가. 발달, 진전, 진보, 융성, 도약, 성장, 성숙, 번영, 번성, 향상, 약진, 신장, 개화, 흥성 등과 같은 단어 중에 몇 개를 글에 사용하고 있는가. 혹시 발전과 발달만 쓰고 있지는 않은가.

젊은이들을 보면 모든 면에서 우리 세대보다 낫다. 아쉬운 것은 어휘력이다. 그것만은 우리만 못하다. 그들은 '대박'과 '헐' 혹은 '노잼' 아니면 '꿀잼' 두 단어로 세상을 표현한다. 극단적인 예이긴 하지만 걱정이 되는 건 사실이다.

단순히 유의어를 많이 아는 차원에만 국한할 일도 아니다. 자신이 글을 쓰고 일하는 곳을 중심으로 그 분야에 관해 구사할 수 있는 단어가 얼마나 되는지 아는 것도 중요하다. 철학에 관심이 많은 사람은 철학 용어를, 그림을 그리는 사람은 미술 용어를 많이 알아야 하듯이, 자신이 몸담고 있는 분야의 언어를 얼마나 많이 알고 있는지 스스로 점검해보자. 내가 아는 어느 분은 정치학에 심취해 있어 그것과 관련한 개념어를 보통 사람의 다섯 배 정도 알고 있다. 그것이 곧 글쓰기 능력이고, 그런 사람은 자기 분야 글쓰기가 쉽다.

의미와 뉘앙스 차이를 알아야 한다. 모든 단어는 다른 단어로 대체할 수 없는 본연의 의미가 저마다 있다. 그래서 그 단어가 존재한다. 1990년 신입사원 연수 때, 첫 시간에 인사부장이 '개발과 계발'의 차이를 물었다. 대답을 못하자 '보전과 보존', '부분과 부문', '운영과 운용', '파장과 파문', '회고와 회상'의 차이를 연달아 물었다. 아무도 자신 있게 답하지 못했다. 그분이 일갈했다. "나는 농고 나온 사람입니다. 여러분 중 대다수는 일류대를 나왔습니다. 부끄러운 줄 아세요."

그날 이후 나는 이런 차이에 관심을 갖게 됐다. 강의, 강연, 강좌, 강습, 강론, 강독의 차이는 무엇일까. 유머, 위트, 해학, 기지, 재치, 익살, 풍자, 조크의 차이는? 군중과 대중과 민중은 어떻게 다른가? 초월, 초극, 초탈, 초연의 차이는 무엇일까. 자신감, 자존감, 자긍심, 자존심은? 고민, 고뇌, 고심의 차이는 뭘까. 사전을 찾아보고 스스로 개념도 정립해봤다.

단어마다 고유의 뉘앙스가 있다. 부자, 갑부, 거부, 벼락부자, 부호, 백만장자, 자산가는 어감도 다르고 뜻에도 미묘한 차이가 있다. 배, 복부, 배때기는 같은 뜻이지만 뉘앙스는 다르다. 이런 차이에 관심을 가지면 두 가지를 얻는다. 하나는 개똥철학이 생긴다. 그래서 단어의 의미와 뉘앙스 차이를 갖고 글을 쓰게 된다. 예를 들면 '자존감은 키우고 자존심은 죽여라', '우리는 왜 부자보다 자산가가 되려고 할까' 같은. 또 다른 하나는, 글 쓸 때 상황에 맞는 단어를 구사하게 된다. 적재적소에 단어 쓰기가 수월해진다. 뜻이 같은 단어라도 품격 있다고 인정받는 것과 그렇지 않은 것이 있다. 또한 생생하게 느껴지는 단어가 있고 그렇지 않은 단어가 있다. 이왕이면 품격 있고 생생한 단어를 쓰는 게 좋다. 일반적으로 많이 쓰는 단어가 아니면 더욱 좋다.

연상해서 떠올릴 수 있는 단어가 많아야 한다. 가을에 관한 글을 쓴다면 단풍, 천고마비, 귀뚜라미, 쓸쓸함, 낙엽, 독서…… 여름 하면 휴가, 무더위, 소나기, 바다, 태양, 젊음, 아이스크림…… 겨울은 눈, 빙판길, 추위, 잿빛 하늘…… 봄에 관한 글을 쓴다면 새싹, 아지랑이, 희망, 새로운 시작 등을 연상할 수 있다.

그러나 처음 떠오른 것으로 쓰면 독창적인 글은 나오지 않는다. 세계적인 애니메이션 제작사인 픽사나 월트디즈니에서는 처음 그린 초안은 대부분 버린다고 한다. 그것은 누구나 생각하는 것이기 때문이다. 남들도 생각하는 봄나물, 봄나들이, 봄처녀와 같은 단어만이 아니라 자기만의 것이 생각나면 더 좋은 글을 쓸 수 있다.

김유정의 단편소설 〈봄봄〉, 이상화의 시 〈빼앗긴 들에도 봄은 오는가〉, 영화 〈봄날은 간다〉, 한자성어 '춘래불사춘(春來不似春)' 등 관련 연상이 많이 되면 그만큼 내용이 풍부해진다. 그것을 늘리는 게 관건이다.

어휘력을 키우려면 어떻게 해야 할까. **첫째, 어휘력을 높이겠다는 각성이 먼저다.** 영어 단어 외우듯, 아니 그 10분의 1만이라도 정성을 들이자. 영어 단어 모르는 것은 부끄러워하면서 우리말 뜻을 헷갈리는 것에는 무덤덤하다. 창피하기는커녕 당당하기까지 하다. 어휘력이 향상될 턱이 없다.

둘째, 단어를 유념해 글을 읽는 것이다. 나는 독서량이 풍부하지 못하다. 글을 쓰다 보면 어휘력의 한계를 절감한다. 그래서 글을 읽을 때마다 단어를 눈여겨본다. 칼럼 하나를 읽으면 색다른 단어 3~4개 정도는 챙긴다. 챙긴다는 뜻은 기억해둔다는 의미다. 나도 언젠가 써먹어야지 생각한다. 새로운 단어와 친해지는 기쁨과 글감을 얻는다.

셋째, 글을 쓸 때 국어사전을 가까이한다. 대통령이나 회장의 글을 쓸 때 두 가지 일을 했다. 그 하나는 수정한 단어의 이력을 관리하는 것이다. 내가 '발전'이라고 썼는데 '진보'라고 고쳤으면 다음번 그 문맥에서는 '진보'란 단어를 써야 하기 때문이다. 다른 하나는, 내가 모르는 더 좋은 단어가 있는지 국어사전에서 찾아보는 것이다. 나보다 어휘력이 풍부한 그분들이 덜 고치게 하기 위해 나는 국어사전에 의존할 수밖에 없었고, 그것이면 충분했다.

글을 쓰다가 '참여'란 단어를 써야 할 일이 생기면, 곧장 쓰지 말고 사전을 찾아보자. 뜻이 비슷한 다른 단어가 보일 것이다. 개입, 참가, 출석, 참견, 간섭, 참석이란 단어다. 이 가운데 '참여'보다 문맥에 더 잘 어울리는 단어를 쓰면 글이 좋아진다. 같은 단어의 반복을 피하기 위해서도 유용하다.

A4 용지 한 장 정도 글을 쓰면 적어도 세 단어는 국어사전을 찾아보라. 더 어울리는 단어가 있다. 평소 안 쓰던 단어가 눈에 띈다. 이런 단어로 수정해보라. 짜릿하다. 안 쓰던 근육을 쓰는 것 같은 뻐근함을 느낀다. 새로운 어휘력 근육이 생긴 것이다.

넷째, 자기만의 단어장을 만들어보자. 직장인이라면 자신이 몸담고 있는 조직에서 자주 쓰는 단어를 30개 정도 정리해보자. 직장마다 반드시 알아야 하고 반복해서 쓰는 핵심 개념어가 있다. 인터넷에 개념 정의 사전이 있다. 그것을 참고해보라. 보고서나 기획안 쓰는 일이 덜 힘들다. 자신만의 뜻으로 단어를 정의해보는 것도 좋다. 단어의 본래 뜻이 아니라 자신의 생각과 체험에서 나온 의미로 규정해보는 것이다.

예를 들어, '결혼'은 청춘의 무덤이다? 해도 후회 안 해도 후회하는 것이다? 종족 번식을 위한 사회적 의무이다? 등등. 평소 이런 정리를 많이 해놓으면 글 쓸 때 활용할 수 있다. 또한, 어느 단어 하면 떠오르는 연관 단어를 최대한 끌어모아 차곡차곡 정리해두자. 지금 당장 '여행', '독서' 하면 떠오르는 단어를 써보자. 이런 단어 채집 놀이를 하다 보면 자신도 모르게 어휘력이 일취월장한다.

다섯째, 단어의 어원에 관심을 가져보자. 나는 도서관에 가면 사전 코너를 즐겨 찾는다. 《우리말 어원 사전》도 있고 《순우리말사전》도 있다. '을씨년스럽다', '터무니', '너스레', '산통', '도무지', '야단법석' 모두 재밌는 어원이 있다. 알고 나면 신기하다. 단어마다 얽혀 있는 이야기를 찾아보자. 그와 관련된 전설, 신화 등 별의별 얘기가 많다.

예를 들어 '하늘'과 관련된 단어인 우주, 무지개, 은하수, 구름 같은 몇몇 단어를 국어사전에서 찾아보자. 굳이 외울 필요는 없다. 필요할 때 검색하면 된다. 그런 것이 있다는 정도만 알고 있어도 나중에 글 쓰는 데 요긴한 소재가 된다.

여섯째, 키워드 중심으로 글을 써보는 것도 방법이다. 글쓰기를 시작할 때 개요를 작성하지 않고, 그 글에 반드시 들어가야 하는 핵심 단어 3~4개를 써보는 것이다. 그리고 그 단어를 넣어서 문장을 만들고, 그렇게 만들어진 문장을 기반으로 글을 써보자. 자기소개서를 쓴다면, 나를 표현하는 데 필요한 단어 5개를 먼저 꼽아보면 수월하게 쓸 수 있다.

어휘와 생각은 긴밀한 관계 속에 서로 영향을 주고받는다. 우리나라 사람은 무지개색을 '빨주노초파남보'로, 미국인은 남색을 제외한 여섯 가지 색으로, 멕시코 원주민은 '흑백적황청' 다섯 가지 색으로 표현한다. 이런 어휘 사용으로 한국인은 무지개 색깔이 일곱 가지라고 생각하고, 미국인은 여섯 가지, 멕시코 원주민은 다섯 가지라고 생각한다. 어휘가 생각을 지배하고 생각에 영향을 준다는 걸 알 수 있다.

이러한 이유로 풍부한 어휘력이 악용되기도 한다. 조지 오웰은 '더블 스피크(double speak)'를 경계해야 한다고 했다. 더블 스피크란 사실을 호도하기 위해 쓰는 모호한 표현을 일컫는다. 예를 들어, '해고'를 '전직 기회 제공'이나 '비자발적 고용계약 해제', '인력 구조 혁신' 등으로 쓰는 것이다.

미국 부시 정부가 부자 감세 정책을 내놓으면서, 가난한 사람의 반발을 의식하여 '세금 구제 정책'이라고 명명한 것도 비슷한 경우다. 세금을 구제해주겠다고 하니 '슈퍼맨'이 떠오르고 왠지 구세주 같은 느낌이 든다. '노동 유연성'이란 말도 같은 맥락이다. 유연성은 얼마나 부드럽고 따뜻한 말인가. 그러나 좀 거칠게 말하면 '해고를 마음대로 하겠다'는 것 아닌가. '비정규직'을 '시간선택제'로, 아파트나 오피스텔 '미분양분'을 '회사 보유분'으로, '주차시설 없음'을 '자율주차'로 표현하는 것도 마찬가지다.

어휘는 생각을 들여다보는 창과 같다. 더욱 뚜렷하게 해주거나 흐릿하게 한다. 어휘를 잘 선택하되, 의미를 왜곡해선 안 된다.

우리말은 어휘가 풍부하다. 이는 축복이자 재앙이다. 어휘력이 풍부한 사람에게는 좋은 글을 쓸 수 있는 첨단무기가 되지만, 어휘력이 부족한 사람에게는 글쓰기를 힘들게 하는 요인이다. 그러나 무엇이 걱정인가. "단어 몇 개 고치면 글이 금세 윤기가 돌고 부드러워진다"고 말한 조정래 선생처럼 더 어울리는 단어를 찾아 고치면 된다. 마크 트웨인도 그랬다. 적당히 맞는 단어와 딱 맞는 단어는 반딧불과 번갯불 차이라고. 이 모든 게 국어사전에 있다. 국어사전을 열어놓고 글을 쓰는 순간 나는 김훈 작가보다 어휘력이 풍부한 사람이 된다.

박정희, 이명박, 박근혜 전 대통령의 공과

- 좋은 문장 쓰는 법

고등학교 3학년 국어 교과서에 '한국의 현대시'라는 단원이 있다. 선생님은 여기 실린 시를 모두 암기하라고 했다. 열심히 외우다 보니 시를 쓰고 싶은 욕구가 생겼다. 끼적여보니 시가 써졌다. 친구들이 야간 자습하려고 저녁 먹으러 간 사이 칠판에 시를 썼다. 나중에 보니 창작이라기보다 외운 시의 조합이었다. 그때 알았다. 외우면 써진다는 사실을.

인공지능도 개와 고양이 사진을 넣어주면 스스로 구분한다고 한다. 개는 어떻게 생겼고, 고양이는 어떻게 생겼는지 '형'이나 '틀'을 학습하기 때문이다. 하물며 만물의 영장인 인간이야 두말할 나위가 있겠는가.

축구선수는 골을 잘 넣어야 한다. 요리사는 맛있는 음식을 만들어야 한다. 그것이 훌륭한 축구선수요, 요리사다. 하지만 이건 결과적으로 그렇다는 얘기다.

그렇다면 축구선수나 요리사가 되기 위해서는 어떻게 해야 하는 가. 축구선수는 패스 능력, 슈팅력, 지구력, 스피드 등이 좋아야 한다. 요리사는 간을 잘 보고 칼질을 잘해야 한다. 이런 것이 기초이고, 기초가 모여 역량이 된다. 글쓰기도 기초가 탄탄해야 한다. 그런 기초 가운데 중요한 하나가 문장력, 즉 문장을 잘 쓰는 능력이다.

그렇다면 좋은 문장을 쓰는 방법은 무엇인가. **첫째, 단문으로 쓰는 것이다.** 잘 쓴 문장의 기본 조건은 좋은 내용과 쉬운 이해다. 그러나 내용을 충실히 하다 보면 문장이 길어지고 어려워진다. 진퇴양난이다. 두 마리 토끼를 잡는 방법은 문장을 짧게 하되 개수를 늘리는 것이다. 단문으로 쓰면 문법에 어긋날 확률이 낮다. 복잡하지 않아 이해하기도 쉽다. 늘어지지 않아 강력하다. 쓰기도 쉽다. 미사여구를 넣어 길게 쓰는 게 훨씬 어렵다.

글을 잘 쓰는 사람은 단문으로 쓴다. 글을 못 쓰는 사람일수록 장문으로 쓴다. 그것이 더 어려운데도 말이다. 고등학교 국어 교육 영향이 크다. 국어 교과서에서 완성도 높은, 긴 문장을 배웠다. 그래서 긴 문장을 모범으로 여긴다. 그러나 작가가 긴 문장을 쓰기 위해 얼마나 많은 단문을 연습했겠는가. 피카소가 추상화를 그리기 이전에 비둘기 발을 수백 수천 장 그린 것처럼.

나는 문장을 쪼갤 수 있는 데까지 쪼개 쓴다. 예를 들어, '나는 예쁜 그녀를 사랑한다'는 '나는 그녀를 사랑한다'와 '그녀는 예쁘다'로 쪼개 쓴다. 한 문장 안에 전하고자 하는 메시지를 하나만 담는다. 메시지가 두 개면 문장을 둘로 나눈다.

문학에서는 긴 문장으로 멋을 부릴 수 있다. 그러나 실용 글에서는 가급적 단문으로 쓰는 게 좋다. 물론 단문이 정답은 아니다. 짧게 치면 숨 가쁘다. 유려한 멋도 없다. 단문과 장문을 섞어 쓰는 게 좋다. 7대 3이나 8대 2로 어우러져 리듬감 있는 글이 바람직하다.

왜 단문으로 써야 하는지 2014년 12월 경북창조경제혁신센터 간담회에서 박근혜 전 대통령의 연설이 잘 보여준다.

"살다 보면 이런저런 어려움도 있고 그렇지만 사람은 그런 것을 극복해나가는 열정이 어디에서 생기느냐면 이런 보람 나라와 지역이 발전해가는 한 걸음을 내딛었구나 그런데서 어떤 일이 있어도 참 기쁘게 힘을 갖고 나아가는 에너지를 얻게 되는 것이 아닌가 하는 생각을 했습니다."

둘째, 문장성분 간 호응은 필수다. 우리글의 문장성분은 일곱 가지밖에 없다. 주어, 서술어, 목적어, 보어, 관형어, 부사어, 독립어가 전부다. 이 가운데 관형어는 주로 명사를 꾸미고, 부사어는 동사와 형용사를 꾸민다. 가장 염두에 둬야 할 것은 주어와 서술어의 호응이다. 영어는 주어와 동사가 가깝게 붙어 있다. 우리말은 주어와 서술어가 가장 멀리 떨어져 있다. 호응 관계에 문제가 생길 확률이 그만큼 높다.

이명박 전 대통령은 박경리 선생 빈소를 찾아 방명록에 "이 나라 강산을 사랑하시는 문학의 큰 별께서 고이 잠드소서"라고 썼다. 주술이 맞지 않는다.

목적어와 서술어의 호응도 중요하다. "오늘 아침 샌드위치와 우유를 마셨다.""글을 잘 쓰려면 신문과 TV 뉴스를 열심히 시청해야 한다."

부사어와 서술어의 호응도 챙겨야 한다. "도대체 알겠다(→도대체 알 수가 없다).""절대 하고야 말겠다(→절대 해서는 안 된다)."

호응과 함께 열거하는 내용이 대등한지도 주의 깊게 봐야 한다. "한류 열풍이 중국, 일본, 파리에서도 거세다.""아들은 우등생이고 딸은 미술을 좋아한다." 응당 이래야 맞다. "한류 열풍이 중국, 일본, 프랑스에서도 거세다.""아들은 체육을, 딸은 미술을 좋아한다."

셋째, 수식어는 절제한다. 꾸미는 말이 많으면 꾸밈 받는 말과 조응하지 않을 가능성이 커진다. 무엇보다 수식어가 많으면 글이 담백하지 않다. 《유혹하는 글쓰기》를 쓴 스티븐 킹은 "지옥으로 가는 길은 부사로 덮여 있다"고 말했고, 볼테르는 "형용사는 명사의 적이다"라고 말했다. 그 뜻이 여기에 있지 않을까. 수식어를 써야 하는 경우에는 피수식어 가까이 쓰는 게 좋다. 최대한 붙여 써야 오해가 없다. 긴 수식어는 앞에, 중요한 수식어는 뒤에 놓는다. 무엇이 수식을 받는 말인지 모호한 경우에는 콤마(,)를 사용한다. "실직한 친구의 아버지는 하루하루가 버겁다"에서 실직한 사람이 친구인지 친구 아버지인지가 모호하다. 친구 아버지가 실직한 것이라면 "실직한, 친구의 아버지는 하루하루가 버겁다"라고 해야 한다.

넷째, 주어에 신경 쓴다. 우리말은 주어를 생략해도 되지만, 주어가 실종되면 안 되는 경우도 있다. 읽어보고 어색하거나 의미가 전달되지 않으면 주어를 찾아서 넣어줘야 한다. 그렇다고 '나는', '내가' 등의 주어를 반복하는 것도 피해야 한다. 주어 앞의 수식은 없애거나 최대한 짧게 한다. 주어는 가능한 사람으로 하는 게 좋다. 주어가 사람이 아니면 피동문이 되기 쉽다.

다섯째, 피동문은 가급적 피한다. 피동문을 쓰면 이런 단점이 있다. 주체가 분명하지 않다. 문장에 힘이 없다. 문장이 길어지고 이해하기 어렵다. 사돈 남 말하듯 한다. "신중한 선택이 요구된다", "모인 성금은 유용하게 쓰일 것으로 보여진다" 같은 문장은 "신중하게 선택해야 한다", "모은 성금은 유용하게 쓰겠다"로 고쳐 써야 한다.

여섯째, 수사법에 관심을 갖는다. 수사법은 56가지나 있는데, 그중 대구법과 은유법이 중요하다. 좋은 문장은 대구, 대조, 반복, 비유, 직유가 많다.

일곱째, 어미를 다양하게 써보자. 어미는 여러 종류가 있지만, 연결어미와 종결어미만 주목하면 된다. 종결어미에는 평서형, 의문형, 감탄형, 명령형, 청유형이 있다. 이 가운데 '이다', '있다', '것이다' 같은 평서형을 가장 많이 쓴다. 여기에만 머물지 말고 의문형, 감탄형, 청유형 등을 다채롭게 써보자. 문장의 맛이 달라진다. 연결어미도 '~이고', '~이며', '~이랑' 등으로 다양하게 변주해보자.

여덟째, 가급적 동사형 문장을 쓴다. 문장은 명사형, 형용사형, 부사형, 동사형이 있다. 명사형은 개념 중심의 관념적인 문장이다. 형용사형은 수식이 많고 감성적인 문장이다. 부사형은 느낌을 강요하는 문장이다. 동사형은 힘과 생동감이 느껴지는 살아 있는 문장이다. 어느 문장도 하나의 유형에만 해당하지는 않는다. 이것저것이 섞여 있다. 비중의 문제다.

나는 동사형 문장을 많이 쓴다. 명사형 문장을 동사형으로 바꾸면 생동감이 생긴다. '승리의 기쁨을 안아봅시다'보다는 '이깁시다'가 낫다. '슬픔을 거두세요'보다는 '슬퍼하지 마세요'가 더 와닿는다. '회사 일과가 끝남과 동시에'보다는 '회사 일이 끝나자마자'가 생생하다.

나는 한때 명사형 표현이 좀 있어 보이는, 다시 말해 잘 쓴 글이라 생각했다. 그러나 명사형 표현은 '명사'라는 말 그대로 정지해 있다. 죽어 있는 표현이다. 반면 동사형 표현은 역동적이다. 살아 있다. 살아 있어야 사람의 마음을 움직인다. 명사형 문장이 필요한 경우도 있다. 규정할 때다. "강원국은 겁이 많다"보다는 "강원국은 겁쟁이다"라고 하는 게 더 강하다. 일종의 낙인 효과다.

끝으로, 문장을 쓰고 나면 소리 내 읽어보자. 읽다가 어색하면 그 부분을 고치자. 글은 연결이다. 관계가 어울려야 한다. 어울리려면 어절과 어절, 문장과 문장 사이의 관계가 적절해야 한다. 관계가 적절해야 문맥이 통한다. 글에 혈관이 잘 이어져 피가 돈다.

'나는'이라는 단어로 시작했으면 여기에 맞는 그다음 단어를 연결해서 쓰고, 그렇게 해서 한 문장이 만들어졌으면, 그 문장에 맞는 다음 문장이 나와야 한다. 연결이 자연스러워야 잘 쓴 글이다. 술술 읽히지 않으면 연결이 매끄럽지 못한 것이다. 그런 부분은 문법에 맞지 않는 비문인 경우가 많다.,

반대로, 운율을 타면서 술술 읽히면 문제가 없는 문장이다. 어릴 적 우리가 교과서에서 읽은 글은 문법에 충실한 문장이었다. 그렇기 때문에 우리 뇌는 문법에 맞지 않는 문장을 읽으면 이상하다고 알아챈다.

나도 요즘에는 글을 쓸 때 내 안에서 나는 목소리를 듣고 글로 옮긴다. 그리고 글을 다 쓰면 출력해서 다시 한 번 소리 내어 읽어본다. 글에는 내재돼 있는 운율이 있고 이것은 소리 내어 읽었을 때 비로소 알 수 있다. 읽으면서 리듬이 타지지 않으면 바로 고친다.

흔히 문장력을 기르려면 독서를 많이 하라고 한다. 과연 독서를 많이 하면 문장력이 좋아질까. 그럴 개연성이 높다. 그렇지만 반드시 그런 것은 아니다. 독서를 많이 한 사람 중에는 문장력이 형편없는 경우도 있다. 문장을 읽는 것과 쓰는 것은 같으면서도 다르다. 좋은 문장을 읽으면 잘 쓰고 싶고, 많이 읽으면 좋은 문장의 패턴을 학습할 수 있다. 그러나 우리나라 국어 교육은 문장을 분석하는 데 치중했다. 복문인지 단문인지, 1형식인지 2형식인지, 문장에서 쓰인 수사법이 은유법인지 대구법인지 아는 것이 과연 문장력을 키우는 데 도움이 될지 의문이다.

독서보다 빠른 방법이 있다. 필사, 즉 베껴 쓰는 것이다. 초등학교 1학년 국어시간에 많이 했다. 원고지에 같은 문장을 여러 번 쓰는 것이 숙제였다. 이렇게 하면 독서보다 짧은 시간에 문장력을 키울 수 있다. 신경숙 소설가는 필사를 많이 한 대표적인 작가다. 문장력을 키우기 위해 그랬다고 한다. 그러다 표절을 의심받게 됐다. 필사하다 보면 우리 뇌는 문장 구조를 자연스레 학습하게 된다. 잘 쓰고 싶은 욕구가 클수록 학습도 잘된다. 여기에 멋진 글을 재현하고픈 모방 욕구가 가세하기도 한다.

나와 비슷한 연배는 요즘같이 다양한 검인정 교과서가 아니라 국정 국어 교과서 한 권을 되풀이해서 봤다. 그런 연유로 문학청년, 문학소녀 꿈을 꾸는 경우가 많았다. 책이나 영화 대사 가운데 멋있는 말을 뽑아 자기만의 사전을 만들어보라. 또한 그것을 페이스북이나 트위터에 공유해보라. 역으로, 페이스북이나 트위터의 멋있는 말을 초서해보라. 그렇게 1년만 하면 자기만의 거대한 문장 창고를 갖게 될 것이다.

암기는 더욱 강력하다. 대형 서점에 가면 필사하기 좋은 책을 모아놓은 코너가 있다. 그곳에서 마음에 드는 책을 한 권 골라 읽어보라. 읽다가 가슴에 손이 올라가거나, 머리를 망치로 맞은 것 같은 느낌이 드는 문장을 암송해보자.

우리글에는 문장 형식이란 게 있다. "나는 학생이다." "나는 학교에 간다." "나는 학교에 가서 공부를 한다." "나는 학교에 가서 오전에는 공부하고 오후에는 친구들과 논다." 이런 식으로 기본 문형에서 복잡한 문형으로 변형된다. 이렇게 만들 수 있는 문장 형식이 많지 않다. 기껏해야 20~30개 전후일 것이다.

나는 초등학교 1학년 때 좋은 문장 20~30개는 외우게 해야 한다고 생각한다. 그 정도 좋은 문장만 알고 있어도 그 안에 우리가 쓰는 모든 문장 형식과 수사법이 포함되어 있다. 그것만 외우면 다양한 문장을 구사할 수 있다. 구구단을 외워 무의식적으로 셈하듯 말이다. 우리 뇌에 패턴 인식 기능이 있기 때문이다. 문장이라는 데이터를 넣어주면 우리 뇌는 문장 형식이나 수사법을 재현할 수 있다. 그 문장이 포유문인지 중문인지, 대구법인지 은유법인지는 몰라도 그런 문장을 재현하고 수사법을 구사할 수 있다.

내가 이렇게 확신하는 이유가 있다. 중학교 때 영어 선생님이 한 단원을 통째로 외우라고 했다. 희한하게 영어가 됐다. 조선 시대 선비들은 글을 암송했다. 과거시험 작문을 그 힘으로 썼다. 이를 독서백편의자현(讀書百遍義自見)이라고 한다. 백 번 읽었으니 외울 수 있고 쓸 수 있었을 것이다.

그런 점에서 박정희 전 대통령의 공이 있다. 전 국민에게 '국민교육헌장'을 외우게 한 것이다. 씁쓸하지만 우리 국민의 문장력을 향상하는 데에는 적잖게(?) 공헌했다고 생각한다.

젖은 낙엽처럼 산다

- 표현의 기술

고등학교 입시에 떨어지고 후기 고등학교를 다녔다. 교복이 학교마다 달랐다. 여학생들에게 후기 고등학생은 안중에 없었다. 적어도 내 느낌엔 그랬다.

가을철이면 학교마다 문학의 밤 행사 같은 것을 했다. 글을 매개로 여학생과 만날 수 있는 합법적(?) 기회였다. 시를 썼다. 여학교나 교회 문학의 밤 행사에 가서 발표할 시였다. 결국 거사는 실패했지만, 아직도 그때 쓴 시를 갖고 있다. 어쩌다 읽어보면 상투적 표현, 자신 없는 표현, 과한 표현, 의례적 표현, 느끼한 표현, 추상적 표현의 집합체다. 오그라들지 않을 재간이 없다.

글쓰기는 두 가지 문제를 해결하는 일이 아닌가 싶다. 하나는 내가 말하고 싶은 한 줄을 찾는 것이다. 다른 하나는 찾은 한 줄을 문장으로 표현하는 일이다. 글에서 말하고 싶은 한 줄을 잡아내는 과정을 착안, 착상, 구상, 발상이라 하고, 그 결과물을 아이디어, 생각이라고 한다. 대개는 핵심 메시지나 주제라는 한 문장으로 표현된다. 그리고 나서 이 한 줄을 풀어내는 과정이 필요하다. 한 줄이 왜 맞는지 이유를 들어 설명하거나 근거를 가지고 증명하는 단계다. 실제로 글을 쓰는 과정이다.

학교 다닐 때 보면 유독 별명을 잘 짓는 친구가 있다. 그가 지은 별명이 생김새나 품성과 기막히게 어울린다. 별명만 들어도 그 사람이 연상된다. 특징을 잡아내는 능력과 그것을 표현하는 역량이 뛰어난 것이다.

'표현력이 좋다'고 말할 때 가장 먼저 떠올릴 수 있는 것이 다양한 표현이다. 같은 상황을 다르게 표현할 수 있는 역량이다. 예를 들어 라디오 교통정보를 듣다 보면 '정체'를 표현하는 말이 참 많다. '가다 서다를 반복한다', '답답한 흐름을 이어 간다', '차량 진행이 더디다', '도로가 주차장을 방불케 한다', '신호 두 번 받아야 건널 수 있다', '거북이걸음을 한다', '뺑튀기 노점상까지 눈에 띄기 시작한다', '명절 귀경행렬을 보는 듯하다', '평소보다 일찍 출발해야 낭패를 면할 수 있다' 등이다.

'열심히 하겠다'는 표현도 많다. '소임을 다하겠다', '맡은 바 역할에 충실하겠다', '분골쇄신하겠다', '올인하겠다', '최선을 다하겠다', '전심전력하겠다', '혼신의 노력을 다하겠다', '이 한 몸 다 바치겠다', '일로매진하겠다', '죽을힘을 다하겠다' 등.

표현력이 좋은 사람은 서술어도 다양하게 쓴다. 평서형(공부한다)

만 사용하지 않고 의문형(공부하니?), 감탄형(공부하는구나), 청유형(공부하자), 명령형(공부해라)을 쓴다. 평서형도 '~한다, ~이다, 것이다'만 쓰지 않고, '~요, ~죠, ~아닐까' 등으로 변화를 준다. 서술어가 변화무쌍해야 글이 지루하지 않다.

판에 박은 듯 진부한 표현도 삼가는 게 좋다. 예를 들면 '경종을 울린다', '썰물처럼 빠져나간다', '입추의 여지가 없다', '간담이 서늘하다', '잔뼈가 굵다', '공사다망하신 가운데' 등이다.

여기서 좀 더 나아가 여러 가지 다양한 표현 도구를 활용해보자. 이를테면 정의, 비교, 대조, 분류, 구분, 분석, 종합, 비유, 가정, 유추, 입증, 예시, 강조, 일화, 인용, 요약, 해석, 묘사, 서사, 단계, 열거 같은 표현 도구 등이 있다. 이 가운데 가장 많이 사용하는 것은 비교와 대조다. 비교는 유사점을, 대조는 차이점을 가지고 설명한다. 어찌 보면 우리의 일상이 비교와 대조다. 옆집 아들과 우리 아들을 비교하고, 이 식당과 저 식당을 견줘보며, 우리나라와 다른 나라의 차이점을 따져본다. 글도 마찬가지다. 과거와 현재를 비교하고, 동양과 서양을 대비해본다.

독자는 무엇과 무엇을 견주어 평가하는 걸 즐긴다. 비교와 대조만 잘 활용해도 글 하나를 뚝딱 쓸 수 있다. 지식, 지성, 지혜를 비교하는 글을 살펴보자.

· 지식은 남이 깨우친 것이고, 지성은 내가 깨우친 것이며, 지혜는 경험이 깨우친 것이다.

- 지식은 아는 것이고, 지성은 아는 것을 사용하는 것이며, 지혜는 스스로 아는 것이다.
- 지식은 머리로 익히고, 지성은 가슴으로 배우며, 지혜는 연륜으로 쌓는다.
- 지식은 자료에서 찾고, 지성은 현장에서 찾으며, 지혜는 체험에서 찾는다.
- 지식은 책을 읽어서 얻고, 지성은 세상을 읽어서 얻으며, 지혜는 자신을 읽어서 얻는다.
- 지식은 자랑하고, 지성은 겨루며, 지혜는 침잠한다.
- 지식은 빌려오는 것이고, 지성은 지식을 창조하는 능력이며, 지혜는 진리에 이르는 길이다.
- 지식은 밋밋하고, 지성은 날카로우며, 지혜는 부드럽다.
- 지식이 자연과학이라면, 지성은 사회과학이고, 지혜는 인문과학이다.
- 지식은 이해와 인식의 대상이며, 지성은 판단과 실천의 대상이고, 지혜는 자각과 통찰의 대상이다.
- 지식은 과거의 축적이고, 지성은 현재의 의미이며, 지혜는 미래에 대한 예견이다.
- 지식이 잡은 고기라면, 지성은 고기 잡는 도구이며, 지혜는 고기 잡는 법이다.
- 지식이 읽기라면 지성은 쓰기이고 지혜는 퇴고다.
- 지식은 독자의 이해를 구하고, 지성은 독자의 실천을 기대하며, 지혜는 독자를 성찰하게 한다.

- 독자는 지식을 얻으면 똑똑해지고, 지성을 접하면 사리에 밝아지며, 지혜와 만나면 조용히 생각한다.

비유는 비교의 일종이지만 그것보다 한 수 위다. 비유는 우회하는 넛지(nudge)다. 글에서 넛지는 독자로 하여금 스스로 깨닫게 한다. 마치 엄마가 딸에게 "방 청소해"라고 말하는 것보다 "방이 더 럽지 않니?"라고 물어보는 것과 같다. 독자는 시시콜콜 설명해주면 짜증낸다. '사람을 어떻게 보고…… 내가 그것도 모를 줄 알아?'

오히려 다소 불친절하게 써서 행간에 여백을 둘 필요가 있다. 독자는 비유의 의미를 알아채고 뿌듯해한다. 글쓰기를 운전에 비유해보면 쉽게 이해할 수 있다.

- '운전은 출발지가 있다.' 글쓰기도 단어 하나, 문장 하나에서 시작한다.
- '운전은 도착하고자 하는 지점이 있다.' 주제, 핵심 메시지가 글쓰기의 목적지다.
- '운전하려면 차와 운전면허가 있어야 한다.' 글쓰기는 펜과 종이만 있으면 된다.
- '운전자와 승객이 있다.' 필자와 독자가 있다.
- '운전자의 최대 임무는 안전하게 목적지까지 가는 것이다.' 전하고자 하는 내용을 충실히 담아 마지막 마침표를 찍는 것이다.
- '어느 차를 운전할까 고른다.' 글쓰기의 장르에 해당한다.
- '도심을 관통할까, 외곽을 이용할까.' 글의 전개 방식은 자유다.

- '신호와 차선을 지킨다.' 문법과 맞춤법 등 지켜야 할 게 많다.
- '방향을 전환할 때는 좌우측 깜빡이를 잘 넣어야 한다.' 단락 나누기를 잘해야 한다.
- '교차로 꼬리 물기는 금물.' 문장은 가급적 짧게 끊는 게 좋다.
- '도로 여건에 따라 운행 속도를 조절해야 한다.' 글도 흐름을 타줘야 한다.

사례나 사실을 죽 늘어놓는 열거는 두 가지 방식으로 쓸 수 있다. 하나는 단순 나열이다. '첫째, 둘째, 셋째' 하는 방식이다. 다만 백화점식으로 나열해서는 안 된다. ▲어느 것은 강조하고, 어떤 것은 간략히 건너뛰면서 강약을 줘야 한다. ▲나열하는 것이 각각의 구슬로 따로 놀지 않게, 관통하는 하나의 실로 꿰어야 한다. ▲주장하는 것들 사이에 위계가 있어야 한다. 대주제문 아래 소주제문, 소주제문 아래 이를 뒷받침하는 문장 등으로 입체적으로 이어주어야 한다.

열거 방식의 다른 하나는 여러 대안을 죽 나열한 후 그중 하나를 골라 자기 의견이라고 맺는 식이다. 예를 들어, 교육 문제를 해결하는 방법에 관한 글을 쓸 때, 통상적으로 언급하는 방안을 서너 개 열거한 후 그중 하나를 선택하고 그 이유를 말한다.

분류와 분석도 많이 쓴다. 동물을 어류·양서류·파충류·포유류로, 자동차를 대형차·중형차·소형차로 나누는 것은 '분류'다. 분류해서 나뉜 것은 그 자체로 전체가 된다. 어류는 동물이며, 대형차도 자동차다. 이에 반해 곤충을 머리·가슴·배로, 혈액의 구성 성분을 적혈구·백혈구·혈소판·혈장이라고 하는 것은 '분석'이다. 분석해서 나뉜 것은 그 자체로 전체가 아니다. 머리는 동물이 아니며, 적혈구는 혈액이 아니다. 분석 방법은 개념적·인과적·기능적·연대기적 분석 등 다양하다.

구분, 대조, 열거도 유용한 틀이다. 예를 들어, 우리 교육이 나아가야 할 방향에 관한 글을 쓴다고 하자. 우리 교육이 해야 할 일과 하지 말아야 할 일을 '구분'한다. 왜 해야 하고, 하지 말아야 하는지를, 그런 일을 했을 때 나타나는 장단점을 '대조'함으로써 설명한다. 그 결과를 '열거'한다.

하나의 글을 쓸 때 이러한 표현 도구를 하나만 쓰진 않는다. 여러 개를 섞어 쓴다. 사교육 문제를 지적하는 글을 쓴다고 하자. 여러 문제를 개인 차원, 학교 차원, 사회 차원으로 '분류'한다. 이를 미국, 유럽과 '비교'한다. 미국 학교 교육이나 유럽의 학벌에 관한 사회적 인식을 우리의 그것과 비교하는 것이다. 그 결과를 '열거'한다. 첫째, 둘째, 셋째 식으로 평면적으로 열거할 수도 있고, 사교육 문제－개인 차원－육체적·정신적 문제－육체적 문제의 구체적 양상과 같이 위계를 세워 입체적으로 열거할 수도 있다.

표현의 마지막 단계는 수사법의 구사다. 상징의 차원이 높을수록 글의 수준이 올라간다. 설명적이고 직설적이기보다는 함축적이고 우회적일수록 좋다. 그러면서도 직관적으로 이해할 수 있게 만드는 게 수사법이다. 수사법을 활용해 문장 쓰기를 익히는 것도 효과적인 글쓰기 연습이 될 수 있다.

▲반전의 묘미를 살려라(억양법). ▲비틀어라(역설법, 반어법). ▲나열하고 반복하라(반복법). ▲상징을 써라(환유법, 제유법). ▲점차 강도나 수위를 높이거나 낮춰라(점층법, 점강법). ▲사물과 풍경을 살아 있는 것처럼 묘사하라(활유법, 의인법). ▲속담을 활용하라(풍유법). ▲의성어, 의태어를 많이 구사하라(의성법, 의태법). ▲빗대어 표현하라(직유법, 은유법).

수사법은 직유와 은유가 대표적이다. 직유는 쉽다. 학교에서 배운 대로 '~처럼', '~같이', '마치 ~듯이'가 붙은 표현이다. 예를 들어 '그대의 눈은 별과 같다'라는 문장에서 아는 것(별)에 빗대어 모르는 것(빛남)을 설명한다. 원관념(빛남)의 모호함을 익숙한 보조 관념(별)을 들어 이해시킨다.

은유는 직유보다 은밀하다. 그래서 은유(隱喩)이고, 암유(暗喩)라고도 한다. 대체로 'A는 B다'라고 표현한다. "세상의 소금이 되어라"에서 '소금'은 '없어선 안 될 것'을 의미한다. 특히 이야기 전체가 은유로 되어 있는 것을 알레고리라고 하는데, 이솝우화가 그런 경우다.

은유의 확장으로 환유와 제유도 있다. 이 역시 상징과 큰 차이가 없다. 차이가 있다면 환유와 제유는 가리키고자 하는 대상과 관련이 있지만, 상징은 전혀 관계가 없다는 점이다. 비둘기가 평화와 아무런 관계가 없듯이 말이다. 환유는 대상의 속성과 특징을 들어 대상 전체를 나타낸다(왕관＝왕위, 별＝장군, 청와대＝권부, 백의천사＝간호사). 제유는 대상의 일부로 대상 전체를 나타내는 수사법이다(돛＝배, 빵＝음식, 칼＝무력).

흔히들 '디자인' 하면 예쁘게, 아름답게 꾸미는 작업이라고 생각한다. 하지만 꼭 그 기능만 있는 건 아니다. 생활을 좀 더 실용적으로 편리하게 만들어주는 역할도 한다. 글도 그렇다. 유려하고 멋진 글이 있는 한편 가슴에 와닿는 글, 의미 있는 글도 있다.

하루는 고교 동창이 그런다.

"너 젖은 낙엽처럼 산다며? 고3 야간자습 시간에 시 쓰고 그러더니……."

'젖은 낙엽'이라니, 내게 딱 어울리는 표현이다. 나는 아내 곁에 찰싹 붙어산다. 밟히는 게 무슨 대수겠는가. '등쳐 먹고 산다', '피빨아먹고 산다'는 표현보다 낫지 않은가. 젖은 낙엽은 쓸어도 쓸어도 안 쓸리는 강인함이 있다. 그러다 거름으로 남는 거룩함이 있다.

말은 '거시기'가 통해도 글은 통하지 않는다

- 문법 공부에 하루만 투자해보라

글을 읽다 헷갈리는 경우는 두 가지다. 하나는 글쓴이가 무슨 말을 하는지 잘 모르겠는 경우고, 다른 하나는 무슨 말을 하는지는 알겠는데 그 뜻이 모호한 경우다.

첫 번째 경우는 왜 일어나는가. 글 쓴 사람조차 자신이 무슨 말을 할 것인지 명확하게 서 있지 않아서다. 할 말이 분명하지 않은 것이다. 두 번째 경우는 문법에 어긋나게 썼기 때문이다. 문법이란 약속을 지키지 않으면 말하는 내용과 그것의 해석 사이에 괴리가 생긴다. 필자는 '아'라고 말하는데 독자는 '어'로 읽는 경우가 그렇다. 해법은 간단하다. 독자와 제대로 소통하는 글을 쓰려면 첫째, 할 말이 분명해야 하고, 둘째, 그 말을 문법에 맞게 써야 한다.

나는 글 쓸 때 작은 목표를 세운다. 분량만 채우자, 마감 내에만 쓰자, 문법에 맞게만 쓰자. 이 가운데 앞의 두 가지는 독자와 관계없다. 세 번째가 독자를 염두에 둔 목표다. 독자가 이해 못하는 글은 쓰지 말자는 생각이다. 그러려면 문법에 맞게 써야 한다. 문법은 쓰고 읽는 사람끼리의 약속이니까.

글쓰기의 기본은 문법이다. 합의된 규칙을 따라야 한다. 그래서인지 영어를 잘하고 싶은 사람은 문법을 열심히 공부한다. 그러나 국어 문법을 공부하는 사람은 많지 않다. 그러면서 글은 잘 쓰고 싶어 한다. 이유는 있다. 글쓰기를 말하기 연장선상에서 생각하기 때문이다.

말은 문법이 맞지 않아도 통한다. 말을 하는 '상대'가 앞에 있고, 말을 하는 '상황'이 있다. "거시기가 조금 거시기하잖아" 해도 통한다. 그러나 글은 그렇지 않다. 그럼에도 글도 말처럼 통할 것이라고 착각한다. 말하듯이 글을 쓰는 SNS 영향으로 이런 경향은 더욱 심화되고 있다. 문법 파괴가 정당하다는 잘못된 믿음도 있다. 심지어 그것을 멋이라고 생각하기까지 한다. 말하자면 정상적인 운전법도 배우지 않은 채 곡예 운전부터 하려고 한다.

국어 문법을 익히는 것은 그리 어렵지 않다. 시간도 많이 필요하지 않다. 이미 학창 시절에 많이 배웠다. 서너 시간 짬을 내서 공부하면 된다. 그러나 공부한 사람과 그렇지 않은 사람의 차이는 크다. 국어 문법에 관심을 갖고 잠시라도 본 사람은 글을 대하는 자세가 다르다.

국어 문법은 크게 세 파트다. 음운론, 형태론, 통사론이다. 모음조화나 구개음화, 두음법칙 등이 있는 음운론, 단어에 어떤 종류가 있으며 어떻게 만들어지는지를 배우는 형태론, 문장의 종류와 구성

성분 등을 익히는 통사론이 그것이다.

'막일'이 '망닐'로 발음된다고 하면 음운론적 접근이고, 어근 '일' 앞에 닥치는 대로 뜻인 접두사 '막'이 붙어 만들어진 파생어라고 하면 형태론적 접근이다. '그는 막일을 해서 근근이 살아간다'는 맞는 문장이지만, '그는 막일이 자유롭다'는 틀린 문장이라고 하면 통사론적 관점에서 접근한 것이다.

《글쓰기를 위한 4천만의 국어책》에 이 세 가지를 알기 쉽게 비교해놓았다. 훈장님이 춘향이, 몽룡이, 방자에게 '국물'이라는 글자를 보여주고, 쓰고 싶은 것을 아무거나 쓰라고 했다. 춘향이는 글자는 '국물'인데 소리는 '궁물'로 난다고 썼다. 몽룡이는 '국물'은 '국'과 '물'을 합해서 만든 말이라고 썼다. 방자는 '국물'이라는 글자로 '국물이 뜨겁다'는 말이 되는데, '국물이 공부한다'는 말이 안 된다고 썼다. 춘향이는 음운론, 몽룡이는 형태론, 방자는 통사론이라는 관점에서 답을 쓴 것이다.

이 가운데 글쓰기에 직접적으로 도움이 되는 것은 통사론이다. 아홉 가지 품사와 일곱 가지 문장성분에 관한 기본 지식을 키울 수 있기 때문이다. 글쓰기는 문장성분이 조금 더 어울리게 관계를 맺어나가는 과정이다. 문장성분이 어울리려면 어절과 어절, 문장과 문장 사이의 관계가 적절해야 한다. 관계가 적절해야 문맥이 통하고 글이 잘 읽힌다. 문법에 맞게 쓴 글이란 그런 글이다.

우리말은 조사와 어미가 발달했다. 글쓰기가 관계를 맺어 새끼를 치거나 연결을 통해 가지를 뻗어나가는 과정이라고 할 때, 새끼치기나 가지 뻗기를 하는 데 쓰는 핵심 도구가 바로 조사와 어미다.

논리적으로 탄탄하고, 수사적으로 매끈하면 좋은 글이다. 논리는 뼈대이고, 수사는 겉포장이니 이 둘이 괜찮으면 좋은 글이 된다. 그래서 학교에서는 개요 짜기와 수사법을 열심히 가르쳤다.

그런데 간과한 게 있다. 뼈대를 연결하는 '거멀못'과 같은 조사와 어미다. 나는 글쓰기야말로 조사와 어미를 얼마나 잘 쓰느냐의 승부라고 생각한다. 조사와 어미를 얼마나 적절하고 다양하게 구사할 수 있느냐에 따라 글쓰기 성패가 갈린다. 조사와 어미 사용은 부적절하면서 포장만 그럴싸한 글은 겉만 번지르르한 부실 건물과 같다.

먼저, 조사에는 격조사, 보조사, 접속조사가 있다. 격조사는 자격을 부여하고, 보조사는 뜻을 더해주며, 접속조사는 이어준다.

격조사는 다시 여덟 가지로 나뉜다. 문장성분 7요소인 주어, 서술어, 목적어, 보어, 관형어, 부사어, 독립어에서 독립어를 빼고 호격과 인용격을 추가하면 된다. 주격조사(이, 가), 목적격조사(을/를), 서술격조사(이다), 보격조사(~이 되다/~가 아니다), 관형격조사(의), 부사격조사(에게, 에서, 으로, 처럼), 호격조사(야, 여), 인용격조사(라고, 고)가 격조사다. 보조사는 도/역시(포함), 만(단독), 까지(한정), 마저/조차(극단), 은/는(차이), 부터(시작) 등 다양하다. 접속조사는 와/과, 하고, 랑/이랑 등이 있다.

김훈의 《칼의 노래》 첫 문장 "버려진 섬마다 꽃이 피었다"는 애초 "버려진 섬마다 꽃은 피었다"라고 썼다가 '꽃이 피었다'로 고쳤다. 글에 관심 있는 사람은 대부분 아는 이야기다. 왜 고쳤을까. 주격조사 '이'와 '은'의 차이는 뭘까. 무엇보다 느낌이 다르다. '꽃은 피었다'는 왠지 째를 부리는 투다. 이에 반해 '꽃이 피었다'는 담담하다. 이런 느낌의 차이는 어디서 올까. '학생은 공부한다'와 '학생이 공부한다' 차이를 보면 알 수 있다. 전자는, 학생은 응당 공부해야 한다, 학생은 공부해야 하는 신분이라는 뉘앙스를 풍긴다. 이에 반해 후자는 그저 학생이 공부하는 모습을 보여준다. 전자는 느끼하다. 후자는 담백하다. 조사를 어떻게 쓰느냐에 따라 느낌이 확연히 달라진다.

'꽃이'는 일반적인 서술이고, '이'는 주격조사이며, '꽃은'은 차이나 대조의 의미로서 '다른 게 핀 것이 아니고'를 나타내며, '은'은 보조사다.

이 밖에도 '이/가'와 '은/는'을 구별해 쓰는 두 가지 경우가 있다. 문장 전체의 주어에는 '은/는'을, 문장 일부의 주어에는 '이/가'를 쓴다. 다음 예문에서 '사람'과 '사실'이 문장 전체의 주어다. "글쓰기'가' 즐겁다는 사람'은' 좀 이상하다." "가을'이' 오고 있다는 사실'은' 내 마음을 설레게 한다."

또한 주어가 처음 나올 때는 '이/가'를, 다음에 나올 때는 '은/는'을 쓴다. "책이 있다. 그 책은 내 책이다."

보조사인 '도, 또한, 역시, 까지, 조차, 마저'도 의미는 비슷하지만 미묘한 뉘앙스 차이가 있다. "모범생인 원국이도 술을 마셨다." "모범생인 원국이 역시 술을 마셨다." "모범생인 원국이 또한 술을 마셨다." "모범생인 원국이까지 술을 마셨다." "모범생인 원국이조차 술을 마셨다." "모범생인 원국이마저 술을 마셨다."

접속조사도 다양하게 구사해보자. 형과 내가 만났다(과/와). 선생님이 형하고 나하고 부르셨다(하고). 형이랑 나랑 학교에 갔다(이랑/

랑). 휴지며 병이며 쓰레기로 가득했다(며/이며).

어미는 여러 종류가 있지만, 연결어미와 종결어미만 주목하면 된다. 종결어미에는 평서형, 의문형, 감탄형, 명령형, 청유형이 있다. 이 가운데 가장 많이 쓰는 평서형 어미로는 '이다', '있다', '것이다'가 있다. 이 가운데 '것이다'가 문제다.

'것이다'는 문단의 첫 문장에는 쓰지 못한다. 마지막 문장에 주로 쓰인다. 그것도 가급적 쓰지 않는 게 바람직하다는 의견이 많다. '할 것이다', '될 것이다', '있는 것이다'는 '한다', '된다', '있다'로 쓰는 게 바람직하다. 꼭 써야 할 때는 '것이다'만 쓰지 말고 '점이다', '사실이다'와 번갈아가며 써보자.

조사, 어미 활용에서 한 걸음 더 나아가 글에 맛을 넣고 싶다면 부사를 잘 쓰라고 말하고 싶다. 부사는 어떻게 쓰느냐에 따라 약이 될 수도 있지만 독이 될 수도 있다. 오죽하면 "지옥으로 가는 길은 부사로 덮여 있다"는 말이 있겠는가.

우리말에 부사는 성분부사와 문장부사가 있다. 성분부사는 문장 안의 일부 성분을 꾸며주며, 문장부사는 문장 전체를 꾸민다. 먼저 성분부사부터 살펴보면 ▲성상부사(매우, 열심히, 가끔, 가까이) ▲지시부사(이리, 저리) ▲부정부사(안, 못) ▲상징부사(의태어, 의성어)가 있다. 성상부사는 다시 ▲정도부사(매우, 대단히) ▲상태부사(열심히, 깨끗이) ▲시간부사(가끔, 자주) ▲장소부사(가까이, 멀리)로 나뉜다.

부사 사용에 관한 내 생각은 이렇다. 성상부사 가운데 우리가 많이 쓰는 정도부사는 안 쓸수록 좋다. 정도부사 '매우, 대단히, 아주' 등은 글의 품위와 신뢰를 떨어뜨린다. 말할 때도 마찬가지다. 지시부사와 부정부사는 쓰던 대로 쓰면 된다. 상징부사에 해당하는 의태어, 의성어를 많이 쓰면 글이 생생하다. 현장감과 생동감을 준다. 우리말이어서 어렵지 않고, 글에 리듬감과 재미를 불어넣어준다. 또한 미세한 감정 차이를 표현해준다. 같은 웃음소리도 '껄껄', '깔깔', '낄낄' 모두 다른 느낌이다.

문장부사는 ▲양태부사 ▲접속부사 두 가지밖에 없다. 양태부사는 글 쓰는 사람의 상태를 나타내준다. 글의 조미료 같은 역할을 한다. 과연, 어찌, 설마, 하물며, 결코, 조금도, 제발, 정말, 모름지기, 응당, 설령, 실로, 아마도, 부디, 만일, 가령 등이 그것이다. 적당한 자리에 넣으면 글을 맛깔나게 해준다. 양태부사만 잘 써도 글을 잘 쓰는 것처럼 보인다.

접속부사는 가급적 자제한다. 안 쓸 수는 없다. 써야 할 경우에는 '그러나, 그리고, 그러므로, 그런데' 등 '그' 자 돌림보다는 비슷한 의미의 다른 접속부사를 찾아보자. 찾아보면 의외로 많다. 학교 다닐 때 배운 접속부사를 책상에 붙여놓고 다양하게 써보는 훈련을 할 필요가 있다. 접속부사 다음에 쉼표를 찍는 경우가 있는데, 이것은 좋지 않다.

· 순접: 게다가, 더욱이, 더구나, 아울러, 뿐만 아니라, 동시에, 그런 점에서, 어쩌면, 하물며, 이처럼, 이같이, 바로
· 역접: 하지만, 그렇지만, 그럼에도, 반면에, 도리어, 오히려, 반

대로

· 인과: 따라서, 그러니까, 그리하여, 그렇기 때문에, 그러면, 그러니, 급기야, 마침내, 왜냐하면
· 전환: 다른 한편, 그렇기는 해도, 다만, 바꿔 말하면
· 보완: 즉, 곧, 말하자면, 예를 들면, 일례로, 사실상, 예컨대, 덧붙여, 구체적으로, 왜냐하면, 이를테면, 다시 말하면
· 종결: 끝으로, 결국, 결론적으로, 마지막으로, 요컨대, 결과적으로, 분명한 것은, 종합하면

우리말 품사는 아홉 가지(명사, 대명사, 형용사, 부사, 동사, 관형사, 조사, 감탄사, 수사)다. 이 가운데 주로 쓰는 품사는 명사, 형용사, 부사, 동사다. 글도 명사형, 형용사형, 부사형, 동사형이 있다. 명사형은 개념 중심의 관념적인 문장이다. 형용사형은 수식이 많고 감성적인 문장이다. 부사형은 느낌을 강요하는 문장이다. 동사형은 힘과 생동감이 느껴지는 살아 있는 문장이다. 다만 어느 문장도 이 가운데 하나의 유형에만 해당하지는 않는다. 이것저것이 섞여 있다. 비중의 문제다.

나는 동사형 문장을 주로 쓴다. 동사형 글은 생생하고 구체적이다. 기(氣)가 느껴진다. 명사형은 아는 체하고 논리적이고 글이 딱딱하다. 형용사형은 잘하면 감동을 주지만 자칫하면 예쁘기만 하다. 부사형 글은 느끼하다. 중·고등학교 영어시간에 조동사, 비(Be)동사 등은 열심히 배웠다. 하지만 우리 동사에 대해서는 별로 배운 바가 없다. 우리말도 동사 종류가 다양하다. 동사를 많이 쓴 글이 생생하

다. 또한 독자를 움직이려면 동사로 제안해야 한다.

그러나 '동사' 하면 생각나는 것이 '~하다'밖에 없다. 많은 사람이 몸의 움직임만 동사로 생각하기 일쑤다. 그러나 머리를 쓰는 동사가 더 많다. 《한국민족문화대백과사전》에 나와 있는 동사 종류 중 일부를 소개하면 아래와 같다.

· 심리동사: 좋다, 나쁘다, 즐겁다, 싫다
· 지각동사: 보다, 듣다, 맡다, 느끼다
· 인지동사: 알다, 모르다
· 기원동사: 원하다, 바라다
· 경험동사: 알다, 느끼다, 깨닫다
· 이동동사: 가다, 오다, 다니다, 나가다
· 수행동사: 말하다, 명령하다, 제안하다, 주장하다, 단언하다
· 수혜동사: 주다, 받다, 드리다, 얻다, 잃다

결론은 동사를 다양하게, 많이 쓰자는 얘기다. 하나만 첨언하면, 자동사와 타동사를 구분하지 않아 문법에 맞지 않게 쓰는 경우가 있다. 자동사는 목적어가 필요 없는 동사다. 타동사는 목적어가 필요하다. 예를 들어, '인상하다'와 '상승하다'를 보자. 인상하다는 반드시 목적어가 필요한 반면(타동사), 상승하다는 목적어가 필요 없다(자동사).

물가를 인상하다(×) → 물가가 상승하다(○)

공공요금이 상승했다(×) → 공공요금을 인상했다(○)

문법에 빠져보라. 글을 잘 쓸 수 있는 방법이 거기에 있다. 우리는 학교 다닐 때 글 쓰는 문법을 공부하지 않았다. 그러고도 어떻게 글을 잘 쓸 수 있겠는가.

끝으로 진심을 말하자면, 솔직히 문법 공부는 재미없다. 그리고 미국에 가서 깨달은 사실이 하나 있다. 영어를 잘하는 방법은 미국인과 대화하는 것이다. 영어 문법을 잘 안다고 되는 일이 아니다. 글도 부딪쳐 쓰는 수밖에 없다. 다른 왕도는 없다.

암 선고 받으면 누구나 이런 생각을 한다

- 내가 몰입하는 여섯 가지 사례

그러니까 벌써 8년 전이다. 아내 성화에 못 이겨 종합검진을 받았다. 검진을 마치고 옷을 갈아입고 있는데, 내과 전문의가 호출했다.

"암인 거 아셨어요?"

그는 마치 '식사는 했느냐'고 묻듯 아무렇지도 않게 물었다. 나는 의사 가운에 눈길이 갔다. 때 끼고 실오라기가 풀려 너덜너덜해진 소매가 에어컨 바람에 파르르 떨고 있었다. 마치 나처럼. 나는 간절히 기도했다.

'이번 한 번만 봐주세요. 잘할게요. 정말 잘할게요.'

살 수만 있다면 못할 게 없었다. 무엇이든 가능했다. 하물며 글 쓰는 일쯤이야.

미하이 칙센트미하이(Mihaly Csikszentmihalyi)란 이름을 한 번쯤 들어봤을 것이다. 몰입과 긍정심리학의 개척자로 유명하다. 그는 창조적인 사람의 요건으로 세 가지를 들었다. 창의적 사고, 전문 지식,

몰입이 그것이다. 이 세 가지는 글쓰기에도 필요하다. 글감을 찾는 데는 창의적 사고가, 쓰는 데는 전문 지식과 몰입이 필요하다. 글쓰기야말로 창조적 행위이기 때문이다.

이 가운데 칙센트미하이 교수의 주특기는 몰입이다. 그는 몰입의 조건으로써 적절한 난이도, 구체적 목표 그리고 피드백을 제시했다. 이를 글쓰기에 대입해보면 이렇다. 몰입이 일어나려면 써야 할 글의 난이도가 자기 역량 수준에 맞아야 한다. 그런 상태에서 작은 시도와 작은 성공을 반복한다. 남의 시선을 의식하지 않고, 나의 성취에 의미를 두고 쓴다. 목표를 메시지 전달에 두고, 전하려는 주제에 집중한다. 그러고 나서 누군가에게 긍정적인 피드백을 받는다.

나도 글을 쓰면서 몰입을 경험한다. 몰입은 글쓰기에 매우 효과적인 방법이다. 그 방법은 여섯 가지다.

첫째, 간절할 때다. 간절함이 몰입으로 이끈다. 청와대에서도 기업에서도 늘 간절하고 절실했다. 쓰지 않으면 안 되었기 때문이다. 하나의 쓸거리가 끝나면 다음 쓸거리만 생각했다. 밥 먹을 때도 걸을 때도 그것만 생각했다. 써야 할 글에 관해 몇 날 며칠을 걱정하고 근심해보라. 꿈에 나타난다. 나는 꿈에서 연설문을 완벽하게 세 번 써봤다. 내가 한 번도 생각하지 않은 내용이었다.

미치면(狂) 미친다(及)고 하지 않는가. 간절하면 뇌가 안다. 내가 다른 일을 할 때도 뇌는 궁리한다. 그리고 어느 순간 답을 준다. 사흘간만 집중적으로 생각해보라. 못 쓸 글이 없다. 반드시 써진다. 에디슨이 수많은 발명을 할 수 있었던 힘도 몰입에서 나왔고, 뉴턴이나 아인슈타인, 빌 게이츠 업적도 몰입의 결과였다.

몰입 전문가인 서울대 황농문 교수에 따르면, 72시간만 한 가지 주제에 관해 절박하게 생각하면 뇌가 응답한다고 한다. 나는 그의 말을 믿는다. 그가 말하는 몰입의 조건은 이렇다. ▲몰입을 위해선 최선을 다해 도전해야 풀 수 있는 문제가 주어져야 한다. ▲해답을 봐선 안 되며 스스로 풀어야 한다. ▲자나 깨나 1초도 쉬지 않고 그 문제에만 집중한다. ▲포기해선 안 된다. 이것이 가장 중요하다. ▲결국 답을 찾는다.

이러한 황 교수 생각은 나의 글쓰기 경험과 정확히 일치한다. ▲대통령 연설문 쓰는 일은 혼신의 노력을 다해야 가능한 수준의 과제였다. ▲대통령조차 처음부터 답을 갖고 있지는 않다. ▲꿈속에서도 연설문 쓰는 일만 생각했다. ▲포기는 불가능했고, 죽기 살기의 선택만 있었다. ▲불현듯 쓸 내용이 떠올랐고, 선잠을 자다 연설문이 써지기도 했다.

둘째, 위기감 조성이다. 몰입을 일으키려면 공포감이 필요하다. 인간은 위기감을 느끼거나 두려운 순간에 집중한다. 초인적인 능력을 끌어올린다. 살기 위한 본능이다. 공포감은 어떻게 불러오는가. 글을 못 썼을 때 내가 짊어져야 할 부담과 나쁜 상황을 떠올린다. 못 썼을 때 내게 닥칠 위기 상황을 상정한다. 두려움이 밀려온다. 뇌에 비상이 걸린다. 그런 상태에서는 내게 글 쓸 시간이 남아 있다는 것이 다행스럽다. 뇌에서는 세로토닌과 도파민이 나온다. 안정감을 주고 의욕을 불러일으키는 호르몬이다. 그때 집중해서 쓴다.

대통령 연설문을 쓸 때다. 무슨 일이 있어도 아침 7시에는 대통령께 연설문을 보고해야 한다. 새벽 2시가 됐는데도 다 못 썼다. 7시까지 쓰지 못했을 때의 상황을 상상해본다. 대통령 앞에 가서 "아직 못 썼습니다"했을 때 대통령의 반응을 머릿속으로 떠올려본다. 공포감이 엄습해온다. 그때 시계를 본다. 아직 5시간이 남았다. 쓸 시간이 있다는 사실에 감사한다. 그리고 몰입해서 쓴다.

사람은 위기에 처하면 없는 힘까지 찾아낸다. 엄마가 차에 깔린 아이를 구하기 위해 차를 번쩍 들어 올리는 것과 같다. 고등학교 때 시험 감독 선생님이 들어오셔서 책상 위에 있는 것들 다 치우라고 했을 때, 바로 그 10여 초 동안 평소 1시간 이상 공부해야 하는 분량을 학습한다. 마지막이라는 위기감이 불러온 몰입 상태다. 스스로를 위험한 생각 속으로 몰아넣으면 누구나 자연스럽게 몰입한다.

셋째, 마감 시한을 정해놓는 것도 방법이다. 두 번째 책《회장님의 글쓰기》를 쓸 때 원고지 1,300매가량을 써야 하는데, 이 분량을 채울 엄두가 나지 않았다. 그래서 온라인 매체에 기고하기로 했다. 매주 일정 분량을 반드시 써야 하는 상황으로 스스로를 내몰았다. 회사에서 쓰는 글은 마감 시한이 있다. 그 시간에서 앞당겨 자신이 정한 마감을 만들어놓고 써보라. 회사 일이 아니고 내 일이 된다. 글쓰기가 훨씬 수월하다. 쥐어짜듯 쓰지 않게 된다. 조금 과장해서 말하면 즐겁기까지 하다. 며칠간의 여유가 가져다준 즐거움이다.

또한 마감 시한 내에 썼을 때는 작게나마 자신에게 보상해줘라. 좋아하는 음식을 먹어도 좋고, 친구를 만나도 좋다. 마감 시한 안에 일을 처리한 데 대해 스스로를 칭찬하고 격려해주는 의식이 필요하다.

나는 요즘에도 써야 한다는 부담만 갖고 있다가 초읽기에 몰려 마감 하루 전에 쓰기 시작한다. 피할 수 없는 벼락치기 상황을 만드는 것이다. 그날은 무조건 써야 한다. 고등학교 시험 때도 그랬고, 청와대에서 연설문 쓸 때도 그랬다. 그래도 못 쓴 적은 없다. 창의적이거나 임기응변이 필요한 글은 이렇게 쓸 때 더 잘 써지기도 한다.

넷째, 관심 분야를 갖는다. 우리는 죽고 못 사는 연인이 생기면 앉으나 서나 그 사람만 생각한다. 자신이 좋아하는 대상이 생기면 거기에 빠져든다. 나는 3년 전부터 글쓰기 하나만 생각한다. 무슨 말을 들어도, 무슨 글을 읽어도 글쓰기와 연관 짓는다. 그러면 모든 것이 글쓰기와 관련이 된다.

사람은 관심 갖는 분야가 있고, 그것에 몰입할 때 시간 가는 줄 모른다. 연애편지를 쓰면서 고통스러워하는 사람은 없다. 게임 마니아는 게임에 관해 말할 때 가장 신이 난다. 독서 삼매경도 그 한 예다. 관심 분야를 만들어보라. 그리고 거기에 빠져보라. 그것에 관해 쓰는 데에는 어려움이 없을 것이다.

다섯째, 글과 노는 것이다. 어린아이가 장난감을 갖고 놀 때, 연주자가 악기를 가지고 놀 때 무아지경에 빠진다. 주변 시선을 의식하지 않고 자신이 하는 일에 온전히 빠진다. 프랑스 사회학자 로제 카이와(Roger Caillois)는 《놀이와 인간》에서 네 종류 놀이가 있다고 했다. '아곤(Agon)'은 바둑, 장기와 같이 경쟁하는 놀이다. 이를 통해 인간은 스스로 우월성을 나타내고 싶어 한다. '알레아(Alea)'는 윷놀이, 주사위놀이와 같이 우연과 운이 좌우하는 놀이다. 이를 통해 운명을 시험한다. '미미크리(Mimicry)'는 소꿉장난, 연극놀이와 같은 모방과 재현 놀이다. 이를 통해 역할을 대행해본다. '일링크스(Ilinx)'는 그네타기, 회전목마 등과 같이 아찔함을 즐기는 놀이다. 이를 통해 짜릿함을 경험한다. 글쓰기는 이 모두를 포괄한다. 표현함으로써 유능함을 인정받고, 자신의 창의성과 운을 시험하며, 역할을 대신해보고, 짜릿함을 체험한다.

글을 갖고 놀아보자. '아크로스틱(Acrostic)'이란 놀이가 있다. 재미 삼아 하는 삼행시의 외국 버전이다. 그리스어로 '맨앞'을 뜻하는 아크로스(acros)와 '어구'를 의미하는 스티코스(stichos)가 합쳐진 말이다. 글자의 앞머리나 특정 부분을 따서 맞춰보면 의미 있는 단어나 어구가 나오도록 쓴 짧은 시가 아크로스틱이다. '인문계 졸업생의 구십 퍼센트가 논(론)다'는 의미의 신조어인 '인구론'도 일종의 아크로스틱이다.

연상되는 단어 쓰기도 있다. 예를 들어, '가을' 하면 떠오르는 단어 쓰기다. 독서, 귀뚜라미, 여행, 낙엽, 추남, 가을동화, 야구 경기 등. 그 밖에도 이야기 이어쓰기, 아는 이야기 결론 바꿔 쓰기, 주어진 단어 넣어 글쓰기, 광고 문안 쓰기, 광고 패러디하기, 장면·그림 보고 느낌 쓰기, 반박문 쓰기, 영화 보고 줄거리 이야기하기, 영화·드라마 리뷰 쓰기, 노래 가사 쓰기 등 많다. 이런 놀이를 즐기는 사람에게 글쓰기는 얼마나 축복인가. 그저 놀기만 해도 써지는 게 글이니까. 노는 게 글쓰기니까.

여섯째, 프로페셔널을 지향한다. 그것이 베스트셀러 작가일 수도 있고, 파워 블로거일 수도 있다. 프로는 자기 이름을 걸고 쓴다. 빨간펜을 자기 손에 들고 있다. 이를 통해 자기만의 스타일을 가지려고 노력한다. 그런 사람은 깊이 파고 몰입한다.

19세기 중반에 어느 러시아 남자가 사형 집행을 앞두고 있었다. 형 집행을 5분 앞두고 죽음의 문턱에서 가까스로 살아난 그는 시베리아 수용소에서 4년을 보냈다. 5킬로그램이나 되는 족쇄를 차고 강제노동에 시달리면서도 글을 썼다. 글 쓰는 게 금지돼 있었지만, 심장의 피를 찍어 머리로 쓰고 외웠다. 모든 순간을 신이 준 선물로 생각하고 쓰고 또 썼다. 그는 러시아의 대문호 도스토옙스키다.

순백의 뇌에 감사한다

- 글은 기억과 상상의 산물

글의 재료는 두 군데서 나온다. 상기와 상상이다. 과거 경험, 어디선가 보고 듣고 읽은 기억을 떠올려야 한다. 이른바 상기다. 상기는 과거의 것이다. 반면 경험하지 않은 것, 바라는 미래, 벌어질 수 있는 일을 추측하거나 계획하거나 예상하는 것은 상상이다. 상상은 미래의 것이다. 그런 점에서 글은 기억과 상상으로 쓰는 것이기도 하다. 과거의 일은 기억하고, 미래의 일은 상상하면서 말이다.

나는 기억력이 심하게 나쁘다. 갔던 곳을 또 가도 처음 온 것 같다. 봤던 영화를 또 봐도 중간쯤까지는 봤는지 모른다. 남의 글을 표절하려고 해도 기억이 안 나서 못한다. 아내는 늘 그런다. 당신은 청순한 뇌를 갖고 있어서 좋겠다고.

뇌에서 기억을 담당하는 부분은 해마다. 하루에도 수많은 정보가 해마에 들어온다. 해마는 이 모든 정보를 수용할 능력이 없다. 그래서 인상 깊은 것, 반복해서 들어오는 정보만 기억한다. 그런 정보도

압축해서 저장한다. 압축된 정보는 제목 정도에 불과하다. 기억한다는 것은 바로 이 압축된 정보를 꺼내 쓰는 것이다. 나머지는 다른 정보로 채워 넣는다. 그런 점에서 기억력이란 스토리텔링 능력인지도 모른다.

문자가 만들어지기 전까지는 기억이 중요했다. 말하는 사람은 기억에 의존해 말하고, 듣는 사람에게도 기억에 남게 말해야 했다. 플라톤은 소크라테스의 입을 빌려, 문자로 남겨두면 사람들의 기억력이 떨어질 것이라는 이유로 문자를 사용하는 것에 부정적이었다. 그정도로 기억력을 중요하게 생각했다.

글쓰기에서도 기억은 중요하다. 기억력이 좋은 사람일수록 글을 잘 쓸 확률이 높다. 우리는 과거의 경험, 기억, 생각의 축적을 쓴다. 글은 과거의 소산이다. 글이란 게 무엇인가. 과거를 반추하는 것이다. 과거에 겪은 사실, 사건, 경험을 쓰는 일이다. 물론 경험하지 않은 것을 쓰기도 하지만, 그런 상상도 경험에 기초한다. 아는 사실, 겪은 사건과 100% 무관한 내용을 쓰는 건 불가능하다. 결국 글쓰기는 얼마나 풍성한 과거를 갖고 있느냐, 그리고 그것을 얼마나 기억하고 있느냐에 달렸다. 내 머리에 있는 기억을 뒤섞고 합해서 풀어내는 과정이 글쓰기이기 때문이다.

우리의 의견, 주장, 인상, 이미지, 감정, 느낌, 관념, 사상은 기억형태로 저장돼 있다. 기억하지 못하는 생각은 쓸 수 없다. 없는 생각이다. 그러므로 우리는 기억을 기록한다. 문학뿐 아니라 미술, 음악모두가 기억하고 기억으로 남기기 위해 하는 행위라고 보면 된다.

모든 순간은 지나간다. 기억으로 남을 뿐이다. 아직 오지 않은 미래는 내 것이 아니다. 기억만이 내 것이다. 기억의 축적이 내 인생이다. 기억이 없으면 나는 없다. 기억이 곧 나의 정체성이다. 기억은 의식에도 있고, 무의식에도 있다. 더 중요한 것은 무의식에 있는 기억이다. 의식 속 기억은 그것에 비할 바가 못 된다. 양이 무한하다. 무의식 속 기억이 백사장이라면, 의식 속 기억은 한 줌 모래알에 불과하다.

또한 의식 속 기억은 왜곡이 심하다. 가면을 쓴 기억이다. 페르소나에 불과하다. 무의식 속 기억이 진짜 나다. 불교에서 말하는 '참나'이다. 진짜 나는 분명 있다. 기억은 상징으로 압축돼 내 머릿속, 아니 마음속 어딘가에 있다. 은폐되고 억압돼 있다. 내가 오감으로 느낀 것, 부끄러워 감추고 있는 것이다. 그것이 자국처럼 새겨져 있다.

기억은 어떤 식으로든 정체를 드러낸다. 그러나 단순한 모습으로 드러내지 않는다. 재구성되어 나타난다. 연관돼 있고, 인과관계로 맺어진 것들끼리 상호작용해서 나타난다. 또한 드러내고 싶지 않은 기억은 전혀 다른 모습으로 나타난다. 그래서 알아채기가 어렵다. 그것을 잘 알아채는 사람이 글을 잘 쓴다. 시인이 그렇고 소설가가 그렇다.

예전에 신경정신과에서 강박증 치료를 받은 적이 있다. 의사 선생님의 치료는 별게 아니었다. 내 안의 내가 말하고 싶은 것을 끄집어내주는 것이었다. 나도 몰랐던 내 안의 내가 하고 싶은 말을 하고 나자 병이 나았다. 저마다 자기 안에는 내가 모르는 내가 존재한다. 바로 그 사람을 불러내 내면의 목소리를 듣고, 내 안의 이야기를 완성하면 글이 된다. 그런 글은 배움의 깊이와 관계없이 누구나 쓸 수 있다.

　그렇다면 어떻게 해야 기억을 잘 불러내 내 속의 나와 잘 마주할 수 있을까. **내가 사용하는 기억력 향상 방법은 첫째, 반복이다.** 뇌는 반복된 정보를 주요 정보로 인식하기 때문이다. **둘째, 말해보기다.** 읽거나 들은 내용은 누군가에게 말해보면 더 오래 기억나게 마련이다. **셋째, 그리기다.** 겪은 일이나 공부한 내용을 그림으로 그려본다. 도식화하면 뇌가 훨씬 잘 기억한다. **넷째, 적용이다.** 이미 알고 있던 사실과 관련 지어보거나 내 상황에 적용해본다. 자기화한 것은 쉽게 잊히지 않는다. **다섯째, 반추다.** 머릿속에서 숙성시키면서 되새김질하는 것이다. 산책하며 되뇌어보면 매우 효과적이다.

　글을 쓴다는 것은 기억을 되살리는 과정이다. 살아 있는 것만이 거슬러 올라간다고 했다. 죽은 것은 그저 떠내려간다. 깨어 있는 사람은 기억을 거슬러 글을 쓴다. 기억은 또한 죽은 것도 살려낸다. 니코스 카잔차키스가 그랬다. 사랑하는 사람은 무덤이 아니라 내 기억 속에 묻혔으니 내가 죽지 않는 한 그들도 죽지 않고 살아간다고. 인생에서 남는 것은 기억뿐이다. 글로 쓴 추억만 남는다.

　기억 못지않게 상상력도 중요하다. 당신은 지난 일을 많이 쓰는가, 앞으로 다가올 일을 많이 쓰는가. 대부분이 과거의 경험과 기억을 많이 쓴다. 미래에 관해 쓴다는 것은 상상력이 필요한 일이다. 나는 군대 생활을 하는 내내 상상했다. 통닭이 먹고 싶으면 언제라도 닭다리를 뜯었다. 제대하고 싶으면 언제든지 자유로운 몸이 돼 거리를 활보했다.

우리는 하늘에서 눈이 내리는 것과 상관없이 마음속으로 눈 오는 세상에서 살 수 있다. 사실을 재해석하고, 허구를 창조하고, 환상의 세계로 나아가면 된다. 사실에 자신 있으면 사실을 많이 쓰고, 느낌이 충만한 사람은 느낌을 많이 쓰면 된다. 상상력은 완전히 새로운 게 아니다. 있는 것에 보태는 것이다. 누구나 모방에서 영감을 얻는다. 당연한 얘기지만, 고정관념을 버려야 한다. 머릿속에 가진 게 많을수록 제약이 많다. 없을수록 자유로운 게 상상이다.

무엇보다 당연한 것에 의문을 가져야 한다. 으레 그래야 하는 것은 없다. 상상력은 여기서 나온다. 정돈에 기대지 말고 혼돈으로 파고들어야 한다. 분석하거나 판단하지 말고, 엉뚱한 생각이나 공상, 망상을 즐겨보자.

글쓰기에서 가장 기본적인 첫 번째 상상은 시각, 청각, 후각, 미각, 촉각을 동원하여 머릿속에 그려보는 것이다. 어렸을 적 추운 겨울날, 심지가 있는 난로(당시엔 '곤로'라고 했다)에 가래떡을 구워 호호 불면서 조청에 찍어 먹으면서 두런두런 얘기를 나누던 장면을 떠올려보자. 곤로 주변에 둘러앉아 있던 아버지, 형과 동생이 생생하게 그려지고, 가래떡 톡톡 튀는 소리와 함께 기분 좋은 석유 냄새가 코끝을 스친다.

이렇게 만들어진 '심상(心想)'은 누구나 구체적으로 상상하면 상세하게 그릴 수 있다. 그러나 오감으로 만들어진 심상은 한계가 있다. 경험하지 않은 것은 떠올리지 못한다. 재생은 가능하지만 창조할 수는 없다.

두 번째 상상은 앞으로 일어날 일을 예측해보는 것이다. 일종의 '예상' 혹은 '구상'인데, 회사 다닐 적에 많이 해봤다. 대개는 걱정에서 출발한다. 이 일이 잘못됐을 때 어떤 결과가 나타날지 짚어보는 것이다. 이를 통해 일어날 수 있는 위험을 회피하거나 예방할 수 있게 된다.

걱정을 넘어 의욕과 열정 단계로 가면, 상상은 아이디어를 만들어낸다. 지금 진행하고 있거나 계획하는 일이 잘되려면 어떻게 해야 할지 생각해보는 것이다. 위험을 회피하는 상상이건 아이디어를 만들어내는 상상이건 관건은 다양한 형태의 '만약'을 떠올리는 것이다. 얼마나 많은 '만약'의 수를 생각해낼 수 있느냐에 상상의 성패가 달렸다. 당연히 이런 상상을 잘하는 사람이 보고서나 기획안을 잘 쓴다. 과거에 일어났을 법한 일을 떠올려보는 것도 좋은 방법이다.

초등학교 3학년 때 백일장에 나갔다. '즐거운 우리 집'이란 제목으로 글을 썼다. 난데없이 최우수작에 선정됐다. 행사를 주최한 신문에도 실린단다. 덜컥 겁이 났다. 거짓말로 글을 썼기 때문이다. 혼날 각오를 하고 신문 나오는 날만 기다렸다. 그런데 웬일로 아버지가 칭찬을 해주시는 게 아닌가. 거짓말이 아닌 '상상력'으로 글을 봐준 것이다. 글이 반드시 논픽션일 필요가 없다는 걸 그때 알았다.

글 쓰는 사람이 이런 상상력을 키우는 방법이 있다. 누구나 알고 있는 동화나 소설, 영화의 결말을 자신의 상상력으로 새롭게 만들어 보는 것이다. 월트 디즈니 사고법도 참고할 만하다. 상상 – 현실 – 비평의 3단계 사고법이다. 1단계 무한정 상상의 나래를 편다. 2단계 현실에 접목해본다. 3단계 비판적으로 거른다.

세 번째는 상상이라는 본연의 뜻에 가장 충실한, 말 그대로 '상상'이다. '심상'이 있던 것을 재현하는 것이고, '예상' 혹은 '구상'이 있는 것의 연장선상에 놓여 있는 것이라면, '상상'은 그야말로 무에서 유를 창조하는 것이다. 이런 상상은 현실이란 한계를 뛰어넘어 새로운 변화에 도전하게 한다. 미래를 꿰뚫어보게 한다는 측면에서 흔히 '통찰' 혹은 '혜안'이라고도 한다.

이 단계의 상상력을 키우는 것은 쉬운 일이 아니다. 어느 한 분야에 미쳐야 가능하다. 변화에 대한 간절한 꿈을 꿔야 한다. 그런 사람의 뇌는 상상과 현실을 구분하지 못한다. 잠을 자면서 '상상을 초월'하는 생각을 꿈으로 꾼다. 아이디어와 가설을 꿈을 통해 점검하고 체험해보는 것이다. 실제로 에디슨이 그랬고 비틀스가 그랬다. 그러나 실현 가능성이 없는 상상은 공상, 망상이 된다. 어렸을 때 친구들에게 우리 집 지하에 있는 비행기지를 그림으로 보여준 적이 있다. 몽상을 그린 것이다.

아내가 조언한다. 사람을 만나 인터뷰할 땐 일일이 메모하지 말라고. 이름이나 연도 같은 수치를 제외하곤 말이다. 들어보니 일리가 있다. 대상은 연속적인데, 텍스트는 불연속적이다. 텍스트는 세계를 보여주지 못한다. 세계 자체가 아닌 일부분일 뿐이다. 이미지로 기억해야 전체를 그릴 수 있다. 그런데 메모를 하면 텍스트 하나하나에 얽매이게 된다. 그러므로 받아 적지 말고 스토리와 느낌으로 기억하라는 것이다. 텍스트가 아니라 콘텍스트를 머릿속에 담으라는 것이다. 그래야 흐름이 자연스러운 글을 쓸 수 있다. 글에 상상력이 들어간다. 마찬가지로 글자로 메모해놓는 것보다 관련 이미지를 찾아 저장해놓으면 나중에 글을 쓸 때 훨씬 많은 생각을 끄집어낼 수 있다.

내 뇌는 깨끗하다. 순수하다. 텅 빈 백지 상태다. 순백의 뇌는 확장성이 있다. 기억과 상상을 넘나든다. E. H. 카가 말한 것처럼 과거를 상상하고, 미래를 기억한다. 상상으로 과거를 재구성하고, 기억을 통해 미래를 그린다. 그 덕분에 쓸거리가 무궁무진하다. 백지 위에 뭐든지 그릴 수 있다. 특히 술에 취하면 무한 상상이다. 글쓰기에 참 좋은 뇌를 가지고 있다. 얼마나 고마운지 모른다.

왼손잡이가 글을 잘 쓴다?

– 뇌과학과 심리학을 공부하며 얻은 글쓰기 팁

내가 뇌에 관심을 갖게 된 계기는 글이 어떤 과정을 거쳐 나오는지 궁금해서다. 글을 쓰는 뇌에 관해 알지 못하고 글쓰기를 운운하기는 어렵다. 뇌를 잘 다스려야 잘 쓸 수 있다. 심리 역시 뇌 작용의 결과다. 뇌가 일으키는 현상이다. 심리학 이론을 가져와 글쓰기 방법론을 찾는 일은 꽤 재미있다. 실제로 심리학은 글쓰기에 많은 영감을 준다.

글쓰기는 심리가 절반이다. 글쓰기는 마음먹기에 달렸다. 아니, 뇌에 달렸다. 뇌가 마음을 먹어야 글을 잘 쓸 수 있기 때문이다.

프랑스 약사 에밀 쿠에(Emile Coué)에게 한 사람이 찾아와 약을 달라고 했다. 그 약은 나온 지 오래되어 약효가 없을 것이라고 했으나 손님은 막무가내로 그 약이면 틀림없이 나을 거라며 약을 사 갔다. 며칠 뒤 손님이 다시 찾아와 병이 나았다며 인사했다. 쿠에는 이 경험을 바탕으로 연구를 거듭하여 '자기암시법'의 창시자가 됐다.

자기암시법은 자신이 주는 자극에 반응하여 이성이 아닌 무의식이 작동한다는 이론이다. 한마디로 자기가 생각한 것이 현실이 된다는 것이다. 자기암시법의 핵심 키워드는 믿음, 집중, 반복이다. 믿고 집중해서 반복하면 무한한 가능성의 세계가 열린다는 것이다. 이런 언어 암시를 '쿠에이즘' 또는 '쿠에법'이라고 한다.

2014년에는 이를 과학적으로 입증하는 결과도 나왔다. 독일의 뇌과학자 헨릭 월터(Henrik Walter) 연구팀은 배고픈 상태의 참가자들에게 '과자는 몸에 해롭다'는 자기암시를 하게 하고, 특정 브랜드의 과자를 반복적으로 보여줬다. 이후 과자를 구입하게 했는데 영상에서 보여줬던 과자의 가치를 낮게 평가했다.

나는 쿠에의 자기암시법을 믿는다. 자기 안에 좋은 글감이 있다고 생각하면 있고, 없다고 생각하면 없다. 내 주변에 글 쓸 자료가 있다고 믿고 찾으면 있고, 없다고 믿으면 없다. 글을 쓴 후 고칠 게 있다는 마음으로 보면 있고, 없다고 생각하면 실제로도 없다.

자기가 확신한 만큼 보인다. 확신 강도가 높을수록 잘 보인다. 똑같은 책을 읽어도 그 안에 인용할 만한 내용이 있다고 생각하고 보면 희한하게 눈에 띄는 게 많다. 나는 글을 쓰기 전에 스스로를 독려하기 위해 이런 주문을 왼다.

'내 안에 틀림없이 쓸거리가 있다.'

'나만 힘든 것이 아니다. 원래 글쓰기는 어려운 것이고, 남들도 어렵다.'

'이전에도 썼으니 이번에도 쓸 것이다.'

미국 생태심리학자 제임스 J. 깁슨(James J. Gibson)이 쓴 《지각 체계로 본 감각》에 따르면, 사물이나 이미지, 환경은 어떤 특정한 행위를 하도록 하는 힘이 있으며, 이러한 힘을 가리켜 '어포던스(Affordance)'라고 했다. '행동유도성'이라 명명된 이 힘은 견물생심(見物生心) 같은 것이라고도 할 수 있다. 예쁜 휴대전화나 노트북을 보면 왠지 사용하고 싶은 마음이 바로 그것이다.

글 쓰는 사람도 이런 행동유도성을 활용할 수 있다. 마음에 드는 필기도구를 장만하는 것이다. 멋진 만년필을 사면 글을 쓰고 싶다. 예쁜 노트를 구입해도 마찬가지다. 발터 베냐민이 《일방통행로》에서 밝힌 '작가의 기술에 관한 13개 테제'에서 "필기도구를 아무거나 쓰지 마라. 까탈을 부려라. 그것은 사치가 아니라 반드시 필요한 일이다"라고 한 것도 이런 이유에서였을 것이다. 소설가 박범신도 교직을 그만두고 소설가가 되기로 마음먹은 날, 공책을 사서 표지에 '소설'이라고 쓴 그날부터 소설가가 됐다. 우리는 학창 시절에 누가 이런 사실을 가르쳐주지도 않았는데 이렇게 행동했다. 이러한 행위는 글을 쓰기 위한 준비운동이자 성스러운 의식이었다.

2007년 미국 심리학자 폴 슬로빅(Paul Slovic)이 기부에 관한 인간 심리를 실험했다. A그룹에는 "말라위에서 기아로 죽어가는 어린이 300만 명을 위해 기부해달라"는 메시지를 던졌고, B그룹에는 "굶주림으로 고통받는 일곱 살 말라위 소녀 로키아를 위해 기부해달라"고 했다. B그룹의 기부금이 두 배 이상 많았다. 사소함의 힘이다.

과거 소련의 정치인 스탈린은 이렇게 말했다. "한 명의 죽음은 비극이지만, 백만 명의 죽음은 통계다." 글쓰기도 그렇다. 미국 수필가 E. B. 화이트(E. B. White) 말대로, 인류가 아니라 한 인간에 관해 써야 한다. 그래야 마음을 움직인다.

1955년 심리학자 조셉 러프트(Joseph Luft)와 하리 잉햄(Harry Ingham)은 사람의 마음에는 네 가지 창이 있다는 논문을 발표했다. 그들의 이름을 딴 '조하리의 창'이다. 나도 알고 상대방도 아는 '열린 창', 나는 알지만 상대방이 모르는 '미지의 창', 나는 모르는데 상대방은 아는 '장님의 창', 나도 상대방도 모두 모르는 '암흑의 창'이 그것이다. '열린 창'과 '암흑의 창'은 글쓰기에서 관심 밖이다. 나도 알고 독자도 아는 내용은 흥미로운 얘기일 수 없다. 나도 모르고 독자도 모르는 내용은 모르기 때문에 쓸 수 없다.

글쓰기에서 주목해야 할 영역은 '미지의 창'이다. 나는 알고 있지만 독자가 모르는 부분이다. 내가 알고 있으니 쓸 수 있고, 독자는 모르니 흥미로울 수 있다. 그것은 이야기일 수도, 사실이나 해석·이론일 수도 있다.

1935년 미국의 심리학자 존 리들리 스트룹(John Ridley Stroop)은 색깔을 나타내는 단어 '빨강', '파랑'이란 단어를 검은색으로 쓴 뒤 실험자에게 읽게 했다. 그들은 지체하지 않고 단어를 읽었다. 다른 실험자에게는 색깔을 나타내는 단어에 그 단어와 상관없는 색을 입힌 후, 단어에 입혀진 색깔을 말해보라고 했다. 예를 들어 '빨강'이란 단어를 파란색으로 쓰고 '파랑'을 말해보라고 한 것이다. 앞의 실험자보다 많은 시간이 걸렸다.

사람들은 단어의 의미를 읽는 행위에 익숙하다. 그러나 단어의 의미가 아닌 색깔 자체를 읽어야 하는 행위는 의식적으로 수행해야 하기 때문에 시간이 지체된다. 자동적 처리 과정과 의식적 처리 과정 사이에 충돌이 발생하여 정보 처리에 시간이 걸리는 것이다. 이를 '스트룹 현상'이라고 한다.

글쓰기에는 양방향으로 적용이 가능하다. 사람들의 고정관념이나 배경지식에 부합하는 방향으로 광고 문안을 써서 수용성을 높게할 수도 있고, 소설이나 시에서는 역으로 활용할 수도 있다. 해는 강렬하고 달은 은은하다. 청년은 열정적이고 노인은 지혜롭다. 이는 검정 글씨로 쓴 것이어서 술술 읽힌다. 반대로, 여성이 억세고 남성이 섬세하다면? 낮은 고요하고 밤이 시끄럽다? 이는 낯설음을 유발한다.

교육심리학에 '체계적 둔감법'이란 게 있다. 불안, 긴장, 공포를 단계적으로 줄여나가는 기법이다. 방법은 간단하다. 불안이나 공포를 덜 일으키는 자극에서 시작하여 점차 더 강한 자극에 자신을 반복 노출하는 것이다.

먼저 불안을 느끼게 하는 일이나 사건을 떠올리도록 한다. 불안 상태를 보이기 시작하면 떠올리던 것을 멈추고 안정을 취하도록 한다. 이완 상태에 놓이면 다시 불안을 느끼는 장면을 떠올리게 한다. 다시 불안 상태가 보이면 생각을 멈추고 안정을 취한다. 불안의 정도가 약한 것부터 강한 것까지 순서를 정해, 불안을 적게 일으키는 사건부터 차근차근 떠올린다. 이를 통해 특정 자극을 익숙한 상황으로 만들어 불안과 공포 반응을 제거한다. 남아프리카 출신 조셉 울프(Joseph Wolpe)가 개발한 이 방법은 언어 불안, 폐쇄공포증 극복 등에 활용되고 있다.

이를 글쓰기에도 적용할 수 있다. 아는 것, 쉬운 것부터 쓰기 시작한다. 조금만 쓰겠다고 마음먹고 시작해서 조금씩 분량을 늘려간다. 한꺼번에 많은 분량을 쓰겠다고 들이대면 뇌가 겁을 낸다. 겁을 내는 뇌는 잘 쓸 수 없다. 이렇게 상상해보자.

1단계, 내가 지금 글을 쓰지 못하는 상황을 상상해본다. 나는 지금 손가락이 부러졌을 수도 있고, 중병에 걸려 병원에 입원해 있을 수도 있으며, 심지어 살아 있지 못할 수도 있다. 그러나 지금 이렇게 글을 쓰고 있으니 얼마나 감사한 일인가.

2단계, 지금 써야 하는 글이 인생에 한두 번 주어지는 관문을 통과하는 시험이다. 나는 이 시험에 반드시 통과해야 한다. 그러나 실제로 잘 쓰지 못한다고 죽고 살 일이 아니니 얼마나 다행인가.

3단계, 글을 다 쓴 후 다른 사람에게 보여줬는데 혹평 일색이다. 나는 벌거벗은 것처럼 얼굴을 들 수가 없다. 그러나 실제로 다른 사람은 내 글에 그다지 주의를 기울이지 않으며, 그럴 만큼 나는 중요한 사람이 아니다. 내가 중요한 사람이라 해도 나의 실수는 언제든 바로잡을 기회가 있다. 설사 바로잡지 못하고 실수가 드러나도 별 문제가 안 된다. 사람들은 내 실수를 오래 기억하지 않기 때문이다.

《국어는 기술이 아니다》(남충희 지음)라는 책에서 감각과 직관이 글쓰기와 관련이 있다는 내용을 본 적이 있다. 글을 읽을 때 감각형은 꼼꼼하게 읽는 편이고, 직관형은 설렁설렁 읽는다. 감각형은 좌뇌형, 즉 오른손잡이에 많고, 직관형은 우뇌형, 즉 왼손잡이에 많다. 우리나라는 감각형이 70%, 직관형이 30%이다. 그런데 글 잘 쓰는 상위 30%는 대부분이 직관형이라고 한다. 어째서 직관형이 감각형에 비해 글을 잘 쓸까. 글을 꼼꼼하게 읽는 감각형이 설렁설렁 읽는 직관형보다 글을 더 잘 쓸 것 같은데 말이다.

내 생각은 이렇다. 글을 설렁설렁 읽는 직관형 스타일에겐 여백이 있다. 그 여백을 자신의 생각과 상상력으로 메운다. 글에 매몰되지 않고 글을 장악한다. 그런 성향이 글 쓰는 힘으로 발휘되지 않았을까? 당신은 감각형인가, 직관형인가. 참고로 나는 왼손잡이에 글도 설렁설렁 읽는 편이다.

현생 인류의 조상인 호모사피엔스는 20만 년 전에 출현했다. 그리고 7만 년 전부터 생각하기 시작하고, 불과 6천 년 전부터 문자를 사용했다. 글을 쓰지 않은 19만 4천 년 동안 글쓰기를 담당하는 뇌 부위는 따로 없었다. 보고 듣는 것을 관장하는 부위가 원래부터 뇌에 있었다. 반면 글쓰기는 다른 일을 해오던 뇌 부위를 빌려서 쓰고 있다. 한마디로 셋방살이하고 있는 것이다. 눈치 보이고 언제 쫓겨날지 불안하다. 그래서 보고 듣는 것보다 쓰기가 어렵다.

희망은 있다. 글쓰기 좋은 뇌를 만드는 것은 자신의 노력으로 충분히 가능하다. 노력하기에 따라 글쓰기 뇌가 좋아지고, 글쓰기 역량도 향상된다. 그동안 뇌를 쓰지 않았다면 더욱 그러하다. 고기도 먹어본 사람이 잘 먹듯, 쓰면 쓸수록 기능이 향상되는 게 우리 뇌다. 그런데 쓰기를 싫어하는 사람은 읽지도 않는다. 쓰지 않으면 읽기라도 하고, 읽지 않으면 쓰기라도 하면 좋으련만. 잘 읽는 사람이 쓰지 않거나, 읽지 않는 사람이 잘 쓰는 경우는 없다. 다시 말해 읽는 사람은 더 잘 읽고 쓰는 사람은 더 잘 쓴다.

이에 따라 세상은 둘로 나뉜다. 읽는 사람과 안 읽는 사람, 혹은 쓰는 사람과 안 쓰는 사람. 더 심각한 문제가 있다. 읽는 사람은 읽는 사람끼리 어울리면서 서로 자극을 주고받는다. 쓰는 사람도 쓰는 사람끼리 모여 잘 쓰려고 노력한다. 안 읽고 안 쓰는 사람은 그들끼리 모인다. 유유상종이다. 그러면 어떻게 되나. 신약성경 마태복음 25장 29절에는 다음과 같은 구절이 있다. "무릇 있는 자는 받아 넉넉하게 되되, 없는 자는 그 있는 것도 빼앗기리라."

인간은 뇌다. 뇌가 인간이다. 서글프지만 어쩔 수 없는 사실이다. 뇌는 물질에 불과하다. 마음도 정신도 물질의 지배를 받는다. 고귀한 생명이 물질의 영향으로부터 자유롭지 못하다니.

하지만 너무 슬퍼하지 말자. 내 뇌는 내가 관리할 수 있다. 뇌를 잘 다스리면 잘 쓸 수 있다.

4장
실제로 글은
어떻게 쓰는가

두 사람을 울린 첫 문장과 끝 문장

- 글의 시작과 마무리

초등학교 3학년 어머니날(당시엔 어버이날이 아니었다) 글짓기 대회. 불과 몇 개월 전 기억을 썼다. 엄마가 돌아가시고 곧이어 맞은 신학기에 담임선생님이 반장이 된 나에게 엄마를 학교에 모시고 오라고 했다. 나는 엄마가 안 계시다는 말을 차마 할 수가 없었다. 왠지 부끄러웠다. 밤새 고민하다 방법이 없어 다음 날 이실직고했다. 사실은 엄마가 안 계시다고. 그 얘기를 글로 썼고, 내 글을 교장선생님이 운동장 조회 시간에 전교생에게 읽어주셨다. 그리고 우셨다. 그 글의 첫 문장이 '엄마가 돌아가셨다'였다.

한참 세월이 흘러 알베르 카뮈의 《이방인》을 읽었다. 첫 문장이 '오늘 엄마가 죽었다. 아니 어쩌면 어제'였다.

이런 말이 있다. "글을 쓰기 시작하는 일은 영하 30도 시베리아 벌판에서 몇 달씩 묵혀둔 자동차에 시동을 거는 것과 같다. 손은 꽁꽁 얼어 굳어 있고, 차창 밖에서는 북극곰이 덮칠 기세로 달려들고 있다."

머릿속은 굳어 있고, 과연 내가 쓸 수 있을지 공포감이 엄습한다. 그러나 내 앞에 놓인 백지는 가능성이자 기회이기도 하다. 그런 점에서 첫 문장을 쓰는 것은 두려움이자 용기이고 설렘이다.

나는 글을 쓰기 전에 다음 세 가지를 떠올리며 첫 문장의 부담과 욕심에서 벗어나려 애쓴다. ▲용두사미 하지 말자. ▲처음부터 악 쓰면 목이 쉰다. ▲클라이맥스는 뒤에 있다.

글깨나 쓰는 사람은 시작하는 방법을 10여 개는 갖고 있다. 돌려막기 하듯 이번에는 이것, 다음에는 저것을 쓴다. 이들의 시작 방식을 유형별로 나눠 기억해뒀다 써먹어보자. 어차피 그들도 처음엔 누군가를 모방했고, 그것들은 그들의 전매특허가 아니다.

흔한 방식이지만, **글을 쓰게 된 배경을 설명한다.** 글을 쓰게 된 동기, 쓰는 목적, 취지를 설명한다. 배경 설명으로 시작하면 마음 편하게 시동을 걸 수 있다. 독자를 예열시키는 효과도 있다. 주제에 집중해서 시작할 수도 있다. 하고자 하는 얘기의 요점과 주제를 명확히 밝힌다. 논문이나 딱딱한 글에 적합하다.

개인적인 경험이나 일화로 시작하는 것도 좋은 방법이다. 나이 서른만 넘으면 주제와 관련한 기억이 뭐라도 한두 가지는 떠오른다. 가장 좋은 소재는 누구에게도 밝히고 싶지 않은 이야기다. 예를 들어, 어린 시절 도둑질한 일을 고백하는 것이다. 다만 '나'로부터 시작하되, 나에 그쳐서는 안 된다. '우리'로 확장해야 한다. 그래야 독자는 자기 이야기로 받아들인다.

시작과 끝을 일거에 해결하는 방법도 있다. 바로 수미상관이다.

시작에서 암시만 하고 끝에서 정체를 드러낼 수도 있고, 시작에서 쓴 말을 끝에서 반복함으로써 강조할 수도 있다. 바로 시작과 끝의 대구이다. 수미상관은 영화에서도 자주 쓰인다. 수미상관을 잘 활용하면 독자에게 잔잔한 미소와 여운을 선물할 수 있고, 메시지를 각인하는 효과를 얻을 수도 있다.

평범하고 담백한 시작도 가능하다. 노무현 대통령 재임 중 가장 감동적인 연설인 '한일관계 입장 발표문'은 이렇게 시작한다. '독도는 우리 땅입니다.' 진부함이 오히려 진정성으로 다가온다.

핵심 개념을 정의 내리는 것으로 출발할 수도 있다. 개념, 용어의 뜻을 풀어주거나, 관련 이론과 트렌드를 소개한다. 정의를 내려놓고 시작하면 글의 실마리가 풀리기도 한다. 정의는 또한 글을 어떤 방향으로 어느 수준까지 다룰지 정하는 역할도 한다. 정의하기에 따라 글의 방향이 정해지고 논의 수준이 한정된다.

뜬금없는 시작, 예상 밖의 시작도 좋다. 누구나 예상할 수 있는 시작은 피할수록 바람직하다. **하고자 하는 말에 복선을 깔아주는 방법도 있다.** 독자에게 질문하거나 대화 내용을 보여줌으로써 앞으로 무슨 내용이 전개될지 궁금증을 유발하는 것이다.

또 일어나지 않은 미래를 상상해서 시작할 수도 있다. 이야기를 늘어놓고 이것은 상상이라고 밝히는 것이다.

첫 문장을 공부하기 좋은 것은 소설이다. 서점이나 도서관에 가서 소설의 첫 문단만 이것저것 읽어보자. 명작 소설의 첫 문장만 모아놓은 책도 있다. '나도 이렇게 한번 써봐야지' 하는 생각으로 공부해보자. 자기만의 시작 필살기를 갖춰야 글쓰기 부담에서 해방될 수 있다.

소설 가운데 참고할 만한 첫 문장을 추려봤다. 성찰, 묘사, 규정, 모호함, 서늘함, 기억, 고백 등 다양하다.

"버려진 섬마다 꽃이 피었다."_김훈, 《칼의 노래》

"9등 문관 야코프 빼뜨로비치 골랴드낀이 긴 잠에서 깨어나 하품을 하고 기지개를 켜고 마침내 눈을 번쩍 치켜뜬 시각은 아침 여덟시쯤이었다."_도스토옙스키, 《분신》

"사람들은 아버지를 난장이라고 불렀다."_조세희, 《난장이가 쏘아올린 작은 공》

"국경의 긴 터널을 지나자 설국이었다."_가와바타 야스나리, 《설국》

"내가 왜 일찍부터 삶의 이면을 보기 시작했는가. 그것은 내 삶이 시작부터 그다지 호의적이지 않다는 것을 알았기 때문이다."_은희경, 《새의 선물》

"이곳으로 사람들은 살기 위해 온다. 하지만 내 생각에는 이곳에 와서 죽어가는 것 같다."_라이너 마리아 릴케, 《말테의 수기》

"여자 형제들은 서로에 대해 모든 것을 알고 있든지 혹은 아무것도 모르고 있든지 둘 중 하나다."_루이제 린저, 《삶의 한가운데》

"나는 고양이다. 이름은 아직 없다. 어디서 태어났는지 도무지 짐작이 가지 않는다."_나쓰메 소세키, 《나는 고양이로소이다》

"내 아버지는 사형집행인이었다."_정유정, 《7년의 밤》

"엄마를 잃어버린 지 일주일째다."_신경숙, 《엄마를 부탁해》

"어느 날 아침 그레고르 잠자가 불안한 꿈에서 깨어났을 때, 그는 자신이 침대 속에 한 마리의 커다란 해충으로 변해 있는 것을 발견했다."_프란츠 카프카,《변신》

"그는 걸프 해류에서 조각배를 타고서 혼자 낚시하는 노인이었고, 고기를 단 한 마리도 잡지 못한 날이 이제 84일이었다."_어니스트 헤밍웨이,《노인과 바다》

"그 일은 잘못 걸려온 전화로 시작되었다."_폴 오스터,《뉴욕 3부작》

"지금보다 어리고 쉽게 상처받던 시절, 아버지는 나에게 충고를 한마디 해주셨는데 나는 아직도 그 충고를 마음속 깊이 되새기고 있다."_F. 스콧 피츠제럴드,《위대한 개츠비》

"최고의 시절이었고, 최악의 시절, 지혜의 시대이자 어리석음의 시대였다."_찰스 디킨스,《두 도시 이야기》

"행복한 가정은 모두 모습이 비슷하고, 불행한 가정은 제각각의 불행을 안고 있다."_레프 톨스토이,《안나 카레니나》

"당연히 이것은 수기이다."_움베르토 에코,《장미의 이름》

"박제가 되어버린 천재를 아시오?"_이상,《날개》

"재산깨나 있는 독신남은 아내를 꼭 필요로 할 것이라는 것은 누구나 인정하는 보편적 진리이다."_제인 오스틴,《오만과 편견》

"나를 이스마엘이라 부르라."_허먼 멜빌,《모비딕》

글은 시작만큼 마무리가 중요하다. 때론 마무리가 더 중요하기도 하다. 시작은 만회할 기회라도 있지만 마무리에는 그것이 없다. 그야말로 모든 것이 끝이다. 연애도 영화도 연설도 끝이 좋으면 다 좋다. 누구나 마무리에 공을 들이는 이유다.

　나는 글을 마무리할 때가 되면 다섯 가지를 생각한다. 첫째, 내가 글에서 전하고자 하는 내용은 무엇인가. 주제에 대해 다시금 생각해보고 이를 마무리에서 어떻게 강조할까 고민한다. 둘째, 글의 시작과 얼마나 일관성이 있는지 따져본다. 시작과 일맥상통하면 잘 쓴 글처럼 보이기 때문이다. 셋째, 길게 쓰려는 충동을 억제한다. 마지막이 되면 글줄이 터지기도 하고, 독자가 이해하지 못했을 것 같은 노파심에서 장황해지기 십상이다. 주례사처럼 끝날 듯 끝나지 않는 글은 최악이다. 넷째, 기발하게 끝내고 싶은 욕심을 자제한다. 독자의 박수를 받고, 심금을 울리겠다는 강박에서 자유로워지려고 노력한다. 다섯째, 에너지 고갈을 핑계로 흐지부지 끝내고 싶은 유혹을 물리친다. 축구는 선수들이 지쳐 있는 마지막 인저리 타임(injury time)에서 승부가 많이 갈린다. 글쓰기 승부처도 마지막 끝맺음이다. 용두사미야말로 가장 피해야 할 경계 대상이다.

　그럼에도 마무리할 말이 생각나지 않으면 아래 열 가지를 차례대로 떠올려보라.

1. 주제를 다시 한 번 강조하거나 전체 내용을 요약 정리한다.
2. 뜻밖의 반전을 꾀할 수는 없는지 고민한다. 독자의 허를 찌르는 반전은 잔잔한 여운을 남긴다.
3. 제안하거나 호소, 당부하면서 끝낸다.
4. 향후 과제, 전망, 청사진을 제시하거나 기대감을 표시함으로써 시야를 미래로 확장한다.

5. 개인적 약속, 다짐을 하며 마무리한다.

6. 남의 말이나 통계 등을 인용하면서 무난하게 마친다.

7. 격언, 명언, 경구, 속담과 같은 아포리즘을 활용한다.

8. 시작 부분을 가져와 수미상관으로 맺는다. 이는 시작과 마무리를 한꺼번에 해결하는 '일거양득' 효과가 있다.

9. 질문함으로써 독자에게 결론을 맡긴다.

10. 연설문의 경우 행복, 행운, 건강, 건승을 기원하는 덕담을 한다.

　　1999년 대우 회장비서실에서 일할 당시, 김우중 회장의 부인 정희자 여사가 신사임당상을 받게 됐다. 배우자가 축사하는 것이 관례였다. 내게 특명이 떨어졌다. 정 여사가 회장의 축사를 듣고 울게 만들라는 것이었다. 그때처럼 긴장한 적이 없다. 심혈을 기울여 썼다. 그러나 결국 실패했다. 정 여사가 울지 않았다. 그 대신 회장께서 엉엉 소리 내 우셨다. 그때 마지막 문장이 기억나지 않는다. '다시 태어나도 당신만을 사랑하겠다'는 그런 상투적인 끝맺음이 아니었길 바랄 뿐이다.

하루키가 자동차 모델명까지 쓰는 까닭

- 묘사는 눈에 그려지게, 귀에 쟁쟁하게

'서번트 증후군'이란 게 있다. 좌뇌의 손상을 보완하기 위해 우뇌가 비범하게 발달하면서 나타난다. 주로 음악, 미술, 암기, 수학 분야에서, 그리고 여자보다 남자에게서 네 배 이상 더 많이 나타난다. 좌뇌의 논리적 사고와 추상화 능력에 문제가 생김으로써 우뇌의 감각적 사고와 구체화 역량이 극대화되어 발현된다. 혹시 위대하다는 작가들은 그런 서번트 증후군이 있었던 게 아니었을까.

마음을 움직이는 글을 쓰라고 한다. 마음은 어디에 있는가. 심장? 아니다. 뇌에 있다. 뇌가 움직이면 마음이 움직인 것이다. 뇌를 움직이려면 어떠해야 하는가. 오감을 자극해야 한다. 뇌는 두개골 안에 갇혀 있는 1.4킬로그램의 단백질 덩어리다. 오감을 통해 밖과 교신한다. 시각과 청각이 대표적이다.

러시아의 소설가 겸 극작가인 안톤 체호프는 말한다. "달이 빛난다고 하지 말고 깨진 유리조각에 반짝이는 한 줄기 빛을 보여줘라."

단순히 '예쁘다'고만 하면 잘 그려지지 않는다. 코가 어떻게 생겼고, 눈이 어떻게 생겼고, 입이 어떻게 생겼다고 구체적으로 말해야 한다. 그러면 독자는 머릿속으로 떠올린다. 그러고 나서 '아, 정말 예쁘겠다'고 생각한다. 그러면 마음이 움직인 것이다.

자기소개서를 쓸 때도 마찬가지다. '나는 성실합니다', '나는 창의적입니다'라고 쓰면 안 된다. 성실함과 창의성을 보여줄 수 있는 사례, 근거를 담담하게 써야 한다. 자신을 설명하지 말고 묘사해야 한다.

'아프리카 난민을 도웁시다' 하면 사람들은 움직이지 않는다. 아프리카 어느 나라, 나이가 몇 살이고 이름이 무엇인 소녀가 굶어 죽어가고 있다고 해야 움직인다. '나무'보다는 '마을 어귀에 서 있던 버드나무'가 낫고, 그보다는 '어릴 적 어른들이 개를 매달아 잡던 버드나무'가 더 낫다. '무기'보다는 '권총' 또는 '장총'이 낫고, 권총보다는 '38구경 리볼버'가 더 구체적이다. 무라카미 하루키도 작품을 쓸 때 자동차의 모델명까지 구체적으로 쓴다. 추상적으로 쓰면 마음이 움직이지 않는다.

사람들은 거대 담론에 마음이 움직이지 않는다. 주변 얘기에 움직인다. 이론 말고 실제, 의도 말고 실행, 원칙 말고 실천 내용을 써야 하는 이유다. 거창한 것이나 관념적인 것보다 구체적이고 생생한 것, 주변에서 일어나는 것을 쓰자. 교육 문제에 관한 글을 쓰려면 '내 아이들'을 떠올리고 거기서 답을 찾아보자. 이런 내용이 모호하지 않고 손에 잡힌다.

그런 점에서 신영복 선생님의 목수 이야기를 되새길 필요가 있다. 선생님이 감옥에서 만난 목수는 집을 그릴 때 주춧돌부터 그렸다. 지붕부터 그려온 자신이 부끄러웠다. 생명력 없는 개념의 세계에서 벗어나라는 것이다. 삶을 관념적으로 파악하거나 개념적으로 재단하지 말라는 뜻이다. 몸을 써서 삶의 구체성에 부딪히는 글을 쓰라는 의미다.

눈에 보이듯이, 그림같이 쓰려면 먼저 내용을 머릿속에 그릴 수 있어야 한다. 글을 쓰는 궁극적인 목적은 전달이다. 이러한 목적을 가장 효과적으로 달성할 수 있는 게 시각적 방법이다. 시각적 방법은 독자의 머릿속에 이미지를 그려주는 것이다. 글은 눈으로 읽는다. 읽으면서 생각한다. 생각은 이미지 형태로 그려진다. 소설이나 희곡은 물론 여타 글도 그런 그림이 그려져야 좋은 글이다.

글 이전에 그림이 있었다. 동굴벽화도 그중 하나다. 아니 그 시대엔 그림이 곧 글이었다. 어린아이도 그림부터 그린다. 그림책을 읽으며 글을 배운다. 학교에 가면 그림일기로 양수겸장을 한다. 마인드맵은 그림을 빌려 글을 쓰는 방식이다. 개요를 짠다는 것은 글의 전체 그림을 그리는 것이다. 생각을 그림으로 정리하고 글로 쓴다.

기업에서 근무할 때 나의 상사는 업무를 종이 한 장에 그림으로 그려 지시했다. 벤처기업에서 일할 때 회사 대표 방에는 화이트보드가 있었고, 대표는 늘 그림으로 회사 방침을 설명했다. 이런 사람을 보며 나는 좌절했다.

그림으로 보여주는 사람의 공통점은 상상력과 논리력이 뛰어나다는 것이다. 상상과 논리라는 두 날개로 날지 않으면 그림을 그리지 못한다. 그릴 수 있다는 것은 머릿속에 그림이 있다는 것이다. 이런 사람의 특징은 복잡한 것을 단순화한다. 어려운 것을 쉽게 설명한다. 그래서 한눈에 보여준다.

간혹 신문·방송에서 재벌 혼맥이나 조폭 조직도를 봤을 것이다. 그런 그림을 말로 풀어 설명하거나 글로 쓰려면 얼마나 복잡하고 장황해질까. 자기 생각을 그림으로 이미지화해 종이에 그려보자. 기획안을 작성할 때도 그림을 그려보자. 이런 낙서가 생각을 정리해주기도 하고, 글 쓰는 데 도움이 된다. 한눈에 보이게 그릴 수 있으면 글도 잘 쓸 수 있다.

소리도 글쓰기와 밀접하다. 사람은 정보를 받아들이는 데 80%를 시각에 의존한다. 그다음이 청각, 촉각, 미각, 후각 순이다. 하지만 청각은 시각보다 더 큰 상상력을 불러일으킨다. TV보다 라디오가 더 상상하게 하는 건 틀림없다. 80%를 차지하는 시각은 절대 교주와 같이 좀처럼 틈을 내주지 않는다. 그런 점에서 김경주 시인의 제안은 귀 기울여 들을 필요가 있다. 그는 여행 가서 사진 말고 소리를 녹음해보라고 한다. 돌아와서 녹음한 소리를 글로 옮겨보는 것이 훌륭한 글쓰기 공부가 된다는 것이다.

청각은 인간의 가장 마지막까지 남는 예민한 신체기관이다. 죽기 직전, 모든 신체기관이 정지 상태에 이를 때까지 청각만은 살아서 소리를 듣는다. 이렇게 귀한 청각을 우리는 소리를 듣는 데만 쓰고 있다. 글을 쓰는 데에도 적극 활용해보자.

독자는 두 가지 통로를 거쳐 글에 빠져든다. 하나는 내용이고, 다른 하나는 리듬이다. 내용은 시각 비중이 크고 리듬은 청각의 역할이 크다. 글을 읽는 것 역시 노래 감상과 같다. 우리는 노래를 들을 때 가사와 가락을 동시에 음미한다. 글도 마찬가지다. 가사와 가락의 비중이 다를 뿐이다. 노래는 가락 비중이 큰 반면, 글은 가사에 더 방점이 찍힌다. 따라서 글 쓰는 사람은 작사가인 동시에 작곡가여야 한다. 가사만 좋고 박자가 안 맞으면 잘 읽히지 않는다. 글에 빠져들지 못한다. 방법은 소리 내어 읽으면서 글을 쓰는 것이다.

청와대에 있을 때나 기업에서 글을 쓸 때도 소리로 글쓰기를 시작했다. 구술을 듣고 그 내용을 글로 옮겼다. 구술해주는 내용을 받아 적어 글로 만드는 것은 소리와 글쓰기가 협업하는 과정이다. 친구의 이야기를 듣고 글로 써본다든가, 하고 싶은 말을 녹음해서 그것을 들으면서 글로 옮겨본다든가, 인터뷰 기사를 작성해보면 이런 훈련이 가능하다. 소리를 듣고 글을 쓰면 읽는 사람 역시 그 소리를 들을 수 있다.

프랑스 소설가 귀스타브 플로베르는 "문장은 독자의 지성에 호소할 뿐만 아니라 음악처럼 독자의 잠재의식에 호소하여야 한다. 그리하여 액면 그대로의 낱말 뜻만이 아니라 좀 더 감동적인 효과를 거둬야 한다"고 말했다. 의미심장한 말이다. 글에서 운율은 중요하다. 시뿐만 아니라 산문에서도, 심지어 보고서에서도 운율을 간과해선 안 된다.

글에도 소리가 있다. 독자는 눈으로 보지만, 귀로도 듣는다. 글 쓰는 사람은 리듬감을 가져야 한다. 글을 쓸 때 자기만의 리듬이 있어야 한다. 그리고 그 리듬을 타야 한다. 시 낭송을 하거나 좋아하는 작가의 글을 소리 내어 읽어보는 것도 방법이다. 반복해서 읽다 보면 자신도 그런 리듬으로 쓰게 된다. 그것이 자기의 문체가 된다.

시각과 청각뿐만 아니라 촉각, 후각, 미각 등 오감을 상호 교차해서 사용하면 글쓰기 훈련에 도움이 된다. 예를 들어, 보이지 않는 물체를 만져보고 냄새 맡고 맛을 본 후 그 느낌을 써서 읽어보면 글을 매개로 시각, 청각, 촉각, 후각, 미각이 총동원된 글쓰기 연습을 할 수 있다. 다섯 가지 감각의 융합적·공감각적 시도는 우리의 뇌가 오감과 글쓰기 간의 협력 방식을 스스로 깨우치고 적용해보는 과정이 될 수 있다.

어릴 적, 공부 잘하는 친구와 음악, 미술을 잘하는 친구는 다른 종족이었다. 음악, 미술을 잘하는 친구는 공부가 좀 뒤처졌다. 공부 잘하는 친구는 예능에 약했다. 그리고 공부 잘하는 친구들이 글을 잘 쓴다고 생각했다. 과연 그럴까? 잘못된 교육에서 비롯된 현상이다. 음악, 미술을 잘하는 친구는 공부하고 글 쓸 시간이 없었을 뿐이다. 만약 음악, 미술을 잘하는 친구에게 글 쓸 기회가 주어졌다면 지금 글만 쓰는 서생들은 부끄러워할 수밖에 없을 것이다.

나이 먹고 보니 글쓰기와 몸 쓰기가 서로 떨어져 있는 게 아니란 사실을 알게 됐다. 글은 쓰고 있는 시간만이 아니라, 쓰기 위해 경험하는 시간까지를 포함한다. 자기소개서 안에는 산만큼의 시간이 담겨 있고, 자서전에는 평생이 녹아 있다. 글을 잘 쓰고 싶거든 몸을 쓰자. 눈과 귀와 코와 입과 손을 자극하자. 뇌와 몸은 하나다. 생각이 움직임으로 나타나고, 움직임이 생각에 영향을 미치는 삶, 그것이 진정으로 좋은 글을 쓸 수 있는 환경이다.

내가 좋아하는 안도현 시인은 삼겹살 먹을 때 제발 고기 좀 뒤집으라고 말한다. "삼겹살을 구울 때 고기가 익기를 기다리며 젓가락만 들고 있는 사람은 삼겹살의 맛과 냄새만 기억할 수 있을 뿐이다. 하지만 고기를 불판 위에 얹고, 타지 않게 뒤집고, 가스레인지의 불꽃을 조절할 줄 아는 사람은 더 많은 경험을 한 덕분에 더 많은 기억을 소유하게 된다."

나는 힘든 일이 있을 때마다 그날을 떠올린다. 초등학교에 들어가기 전 몹시 아팠던 날이었다. 엄마가 밤새 머리맡에 있었다. 이마위에 얹어준 차디찬 수건이 시원했다. 걱정하는 엄마의 한숨 소리에 맞춰 나는 끙끙 앓는 소리를 냈다. 해열제인 듯한 시럽의 쓴맛도 그날은 감미로웠다. 엄마 품에 온전히 안겨 있는, 안전하고 평화로운밤이었다.

숙제하기 직전이 가장 괴로운 법

- 일단 써라

어릴 적엔 형 따라 학교 다니면 재밌을 줄 알았다. 학교 다닐 적엔 대학만 가면 살판날 줄 알았다. 대학생 땐 사회 나가면 뭐라도 될 줄 알았다. 군대 있을 땐 제대만 해보라고 별렀다. 연애할 땐 결혼 생활이 이럴 줄 몰랐다.

나중은 없다. 지금만 있을 뿐이다. 글쓰기에도 나중이란 없다. 기다린다고 써지지 않는다. 일단 시작해야 한다.

글쓰기를 시작하는 방식은 다양하다. 첫 문장을 놓고 고민하는 사람이 있는가 하면, 주제를 정하는 것으로 착수하는 이도 있다. 또 어떤 사람은 개요부터 짠다. 보고서 같은 경우는 중간제목을 써보는 것도 방법이다. 글감, 즉 소재를 나열해본다든가, 마인드맵을 그려보는 이도 있다. 또 어떤 사람은 반드시 들어가야 할 단어나 문장을 열거해보기도 한다. 모두 나쁘지 않은 방법이다.

학교에서는 글 쓸 때 먼저 개요부터 짜라고 가르친다. 설계도를 그리고 집을 짓는 방식이다. 글의 얼개, 짜임, 구성, 개요, 전개를 만들어놓고 쓴다. 쓰기의 정석이다. 글에도 생명이 있다면 이는 창조론에 가깝다. 개요를 짠다는 것은 글의 처음과 끝을 알고 있다는 것이기 때문이다. 개요를 짜고 쓸 수 있는 사람은 첫 문장과 마지막 문장을 먼저 쓰고 시작하기도 한다. 일관성 있고, 논리가 분명하며, 뺄 것도 더할 것도 없는 글을 쓸 수 있다.

나는 이런 글쓰기를 감히 엄두조차 내지 못한다. 전체 그림을 그릴 자신이 없고, 그리지도 못한다. 책을 쓸 때도 목차를 정해두지 않는다. 나는 진화론 쪽에 서 있다. 내게는 적자생존의 선택밖에 없다. 더 나은 단어를 고르고 문장을 고치면서 몸부림칠 뿐이다.

개요를 짜지 않는 데 대한 변명이 없는 것은 아니다. 개요는 쓰다 보면 무너진다. 멋진 설계도를 그려도 집 지을 자재를 구하지 못하는 경우가 많다. 자재를 찾다 보면 좋은 것들이 많아 설계도와 다른 집을 지어야 하는 상황을 맞기도 한다. 자료를 찾다 보면 겪는 일이다. 그리되면 설계도를 그린 시간이 아깝다. 학교 다닐 때 시험공부 계획표 짜는 것만큼이나 부질없는 일이 된다. 논문, 논술이면 모를까 별로 권하고 싶지 않다.

첫 줄부터 쓰는 사람도 있다. 첫 줄에 따라 다음 문장을 쓸 수 있다. 자동차 조립 방식이다. 컨베이어 벨트를 따라 부품들이 하나씩 덧붙여져 생산 라인 끝에서 차가 완성된다. 기발한 첫 줄이 떠오르면 성공할 확률이 높다.

전하고자 하는 핵심 주제문에서 출발할 수도 있다. 핵심 주제문을 쓰고 나서 그렇게 말하는 이유를 밝히고, 근거를 대는 방식이다. 첫 단추를 못 꿰면 백지의 공포를 경험해야 한다. 첫 문장의 벽을 성공적으로 뚫고 시작했다 하더라도 마지막 문장까지 가야 할 길이 멀다.

머릿속으로 정리해서 일필휘지하라는 주문도 있다. 그렇지 않으면 글이 누더기가 된다는 것이다. 나는 이 또한 못마땅하다. 일필휘지에는 두 가지 요구를 담고 있다. 그 하나는 첫 줄부터 쓰라는 것이고, 다른 하나는 한 번에 쓰라는 것이다.

왜 굳이 그래야 하는가. 그게 어디 쉬운 일인가. 생각나는 것부터 쓰면 안 되는가. 조금씩 여러 차례에 걸쳐 쓰면 안 되는가. 머릿속에서 생각을 정리해 처음부터 끝까지 한 번에 내놓는 일이 얼마나 어려운가. 머릿속에 있는 것을 종이나 컴퓨터 화면 위에 쏟아놓고 요리하는 것이 더 편하지 않은가.

생각을 글로 먼저 쏟아놓고 보면 좀 더 객관적으로 볼 수 있다. 머릿속 생각은 그것이 가능하지 않다. 일필휘지는 특별한 능력이긴 하지만, 원고지에 글을 쓰던 시절에나 유용했다. 그때는 일필휘지가 안 되면 애먼 원고지만 구겨야 했다. 쓰다가 막히면 처음부터 다시 써야 하니까.

지금은 그럴 필요가 없다. 컴퓨터에서 얼마든지 편집이 가능하다. 《혼불》을 쓴 최명희 선생은 "나는 일필휘지를 믿지 않는다"고 했다. 영감은 누구에게나 마구 떠오르지 않는다. 직관, 통찰, 혜안 역시 기다린다고 오지 않는다. 그런 것이야말로 글을 쓰는 과정에서 떠오르는 경우가 많다.

나는 일단 뭐라도 쓴다. 주제건, 첫 문장이건, 전하고 싶은 한 줄이건 상관없다. 생각나는 것을 쓴다. 물론 쓰다 보면 생각이 바뀌고, 처음 쓴 글은 형체도 없이 사라지기도 한다. 그러나 무엇인가 써놓았다는 것이 중요하다.

무언가 써놓아야 하는 이유는 많다. 우리 뇌는 일단 시동이 걸리면 자동으로 작동하는 기계와 같다. 뭔가를 시작해야 비로소 해당 부위가 활성화된다. 그 일에 더 열중할 수 있는 의욕을 만들어낸다. 독일 정신의학자 에밀 크레펠린(Emil Kraepelin)이 이름 붙인 '작동흥분이론'이다. 만약 글을 써야 한다면 제목이라도 써놓자. 뇌를 작동시키지도 않고 계속 미루면 끝내 못 쓴다. 시동을 걸어야 한다. 상사에게 문서 작성 지시를 받거나 써야 할 글이 생기면 쓰기를 미루지 말고 생각나는 것부터 뭐라도 쓰자.

일단 쓰기 시작해야 하는 이유는 또 있다. '자이가르닉 효과' 때문이다. 러시아 심리학자 블루마 자이가르닉(Bluma Zeigarnik)은 식당에 갔다가 한 가지 의문이 들었다. '종업원들은 어떻게 이 복잡한 식사 주문을 외워서 서빙할 수 있지?' 자이가르닉 효과는 이렇게 탄생했다. 우리 뇌는 진행 중인 일, 해결하지 못한 문제는 끊임없이 생각하여 잊지 않으려는 경향이 있다는 것이다. 그래서 이루지 못한 첫사랑이나 실패한 일을 오래 기억한다. 언젠가 완수하기 위해서다.

글쓰기도 마찬가지다. 몇 줄이라도 써놓으면 뇌가 혼자 쓰고 있다가 우리가 의식하지 못하는 가운데 글을 매듭짓기 위해 노력한다.

그러다 문득 던져준다. 길 가다가, 다른 일을 하다가도 써야 하는 글과 관련한 아이디어가 떠오른다. 내가 떠올리려고 해서 떠오른 게 아니다. 뇌가 혼자 알아서 한 일이다.

실제로 우리 뇌는 '패턴 완성(Pattern Completion)' 기능이 있다. 몇 자라도 써두면 그것을 완성하려고 한다. 바둑 포석 놓듯 듬성듬성 써보라. 미처 채우지 못한 공간은 뇌가 알아서 채우려고 한다. 우리 뇌는 글에 존재하는 질서를 알고 있다. 여백을 채우는 인지적 완성 능력이 있다. 관련성 깊은 단어보다는 관련 없는 단어를 열거해두면 빈칸을 더 섹시하게 메워준다.

특히 나같이 소심한 사람에게는 효과 만점이다. 나는 강단이 없는 대신 강박이 있다. 써야 하는 글이 있으면 그때부터 안절부절못한다. 일이 끝날 때까지는 긴장의 끈을 놓지 못한다. 원고 마감일을 어기는 배짱도 없다. 마감은 반드시 지켜야 한다는 강박관념이 있다. 블로그에 하루 하나씩이라도 글을 올리지 않으면 불안하다. 쓸 거리가 생각나지 않아도 초조하다. 또한 한 줄을 적어놓으면 그것이 아까워서 그만두지 못하고 완성하려고 한다. 그런 강박 덕분에 매일 글을 쓴다.

뭐라도 써놓으면 글쓰기 압박에서도 벗어날 수 있다. 쓸까 말까 망설이면 뇌의 편도체가 공포 반응을 일으키고 공포감을 느끼기 시작하면 쓰기가 어려워진다. 그러나 뭔가 써놓으면 그것에 살을 붙이고 어찌어찌하면 될 것 같은 희망이 생긴다. 불안과 초조는 창의적인 생각을 방해한다. 써놓은 몇 줄에 살을 보태면 되겠다 싶은 안도가 오히려 창의와 의욕을 북돋운다.

글쓰기는 불확실성이 가장 큰 악재다. 불확실한 상황에서는 공포와 불안이 극대화된다. 내가 글을 잘 쓰지 못한다는 사실이 발각될까봐 쓰기를 망설인다. 불확실한 상태로 놔두고 싶어 한다. 그럴수록 불안감은 가중된다. 불안과 공포는 불확실성을 먹고 자라는 괴물이다. 불확실성을 없애는 가장 좋은 방법은 뭐라도 쓰는 것이다. 막상 쓰기 시작하면 불안감이 잦아든다. 그 이전의 생각은 부질없는 걱정이 된다. 한발 들여놓는 일이 그래서 중요하다.

일단 써야 하는 결정적 이유는 바로 이것이다. 쓸거리는 써야 나온다. 머리로 쓰는 것은 보이지 않는다. 손으로 써야 보인다. 그리고 보이는 것은 새로운 생각을 만든다. 쓸거리가 있어서 쓰는 게 아니고 쓰면 쓸거리가 생각난다. 처음 쓴 몇 줄이 실마리가 되어, 그것을 단서로 엉킨 실타래가 풀려나간다. 생각이 생각을 물고 오고, 글이 글을 써나간다.

나는 인생에서 기회가 두 가지 통로로 온다고 생각한다. 그것은 시도와 지금 하고 있는 일에서다. 시도하지 않으면 기회는 찾아오지 않는다. 그리고 현재 하는 일을 열심히 하면 그 일이 다른 기회를 가져다준다. 글쓰기도 마찬가지다. 일단 한 줄을 쓰면 그다음 줄이 만들어진다. 쓰면 써지는 게 글이다.

이쯤 되면 의문이 든다. 일단 쓰는 게 좋다는 데에는 동의하겠는데, 어떻게 해야 쓸 수 있을까.

흔히 학교에서 가르치는 것은 소재 – 제재 – 주제 – 주제문 방식이다. '무엇(소재)에 관해 쓰지?'로 출발하거나 '무엇(주제)을 전달하지?'로 시작한다.

내가 추천하는 방법은 배 짓기 방식이다. 선박은 부분 부분을 만들어 도크에서 합체하는 방식으로 건조한다. 글도 독립적인 문단을 여러 개 써서 이어 붙이는 방법으로 쓸 수 있다.

전체 구성은 신경 쓰지 말고 오직 한 문단에만 집중한다. 하고 싶은 이야기를 하나씩 쓴다. 모든 문장은 하고 싶은 이야기 그 하나를 향해 나아간다. 전하고자 하는 내용이 두 가지 이상이거나 길고 복잡하면 다른 토막으로 나눈다. 문단은 하나의 짧은 글이므로 그것을 쓰는 것은 크게 어렵지 않다. 그 대신 문단 하나가 벽돌같이 견고해야 한다. 그 자체로 완성된 글이어야 한다. 주제문이 명확하고, 그 주제문을 다른 문장들이 잘 뒷받침해줘야 한다. 문단 안의 문장들은 긴밀하고 자연스럽게 연결돼야 한다. 또한 글의 분량에 필요한 만큼 문단을 만들어야 한다. 집을 지을 때 필요한 숫자만큼 벽돌을 만드는 것과 같다. 짧은 글은 한두 문단, 긴 글은 열 개 전후의 문단이 필요할 수도 있다.

문단이 만들어지면 다음은 문단 순서를 정한다. 구성 작업을 할 때는 포스트잇을 사용하는 것도 좋다. 포스트잇 하나가 문단 하나다. 포스트잇마다 그 문단의 중심 내용을 단어나 문장으로 쓴다. 순서를 바꿔가며 포스트잇을 붙여보는 것이다.

이러한 문단 중심 글쓰기는 표현과 구성, 즉 쓰기와 구조 짜기를 분리해서 먼저 쓴 후에 구조를 짜는 방식이다. 하나씩 시행하므로 훨씬 수월하다. 긴 글을 써야 하는 부담에서도 자유롭다. 단, 나중에 아무리 꿰맞춰도 문단 간 연결이 안 되는 경우가 있을 수 있다. 이에 대비하기 위해서는 두 가지가 필요하다. 어렴풋이나마 글의 전체 모양을 염두에 두면서 문단을 만들어야 하고, 버리는 한이 있더라도 문단 개수를 충분히 확보해야 한다는 점이다.

내가 즐겨 쓰는 것은 블록 쌓기 방식이다. 어린아이가 레고 블록을 잔뜩 늘어놓고 요리조리 조립해보는 것과 같다. 브레인스토밍 방식이라고도 할 수 있다. 나의 글쓰기 블록은 문장이다. 더 작게는 단어나 문구다. 나는 글에 꼭 들어갔으면 하는 문장이나 단어를 두서없이 채집한다. 그것을 가지고 이리저리 맞춰본다. 그러다 보면 자동차도 만들어지고 집도 지어진다.

이 방식은 기본 재료만 충분하면 무엇이든 만들 수 있다는 믿음에 근거한다. 얼마나 다양한 블록을 갖고 있느냐가 성패를 가름한다. 내가 블록, 즉 문장을 확보하는 방법은 아는 것부터 쓰는 것이다. 뇌는 새로운 것을 보면 긴장한다. 뇌가 놀라지 않도록 생각나는 것부터 쓴다. 또한 수시로 생각날 때마다 조금씩 보탠다.

그렇게 내 머릿속이나 자료실에 확보해둔 콘텐츠를 분해해서 블록을 만든다. 그것들은 기존 용도에 맞게 조립돼 있기 때문에 일단 풀어헤친 후 그 가운데 내게 필요한 항목만 가져온다. 이는 마치 내가 원하는 모양과 성능의 차로 재조립하기 위해서 다른 사람이 탔던 차를 분해하여 내게 필요한 부품을 가져오는 것과 같다. 그렇게 해서 축적한 문장의 양이 일정 수준을 넘어서면 글이 된다. 어느 문장은 전체 글의 주제문이 되고, 어느 것은 소주제문, 뒷받침문 등으로 다양하게 쓰인다. 그러다 보면 첫 줄도 만들어지고, 마지막 줄도 채워진다.

미국의 톰 우젝(Tom Wujec)이란 학자가 고안한 '마시멜로 챌린지'라는 게임이 있다. 네 명이 한 조가 되어 스파게티 면과 실, 테이프를 사용해 18분 안에 탑을 쌓는 게임이다. 서로 다른 6개 팀이 구성돼 게임을 벌인 결과, 유치원생이 《포춘》 50대 기업 최고경영자나 변호사, MBA 학생보다 좋은 성적을 거뒀다. 왜 그랬을까?

대부분의 팀이 리더를 정하고, 탑의 구조와 계획을 짜는 데 많은 시간을 허비했다. 특히 꼴찌를 한 MBA 학생들은 완벽한 방법을 찾는 데 많은 시간을 썼다. 이에 반해 유치원생들은 호기심을 갖고 일단 쌓기 시작했다.

글쓰기가 꼭 그렇다. 실패와 재시도를 거듭하는 과정이다. 그러므로 일단 쓰기 시작해야 한다. 시험을 앞두고 있으면 공부를 시작해야지, 책상 정리하고 계획만 짜고 있으면 되겠는가.

오늘도 나는 성경 한 구절을 필사해서 아내에게 검사받는다. 숙제하기 전이 귀찮고 괴롭지, 막상 쓰고 나면 마음에 평화가 깃든다.

《대통령의 글쓰기》를 두 달 만에 쓴 비결

- 말해보고 써라

나는 벙어리였다. 대인기피, 무대공포증 환자였다. 돌아가며 한마디씩 하라는 소리가 가장 싫었다. 학교 다닐 때는 조별 토론이 가장 무서웠다. 토론도 토론이지만 누군가는 대표로 결과를 발표해야 했기 때문이다. 그때마다 나는 발표자를 피해 서기를 자처했다. 회장과 대통령의 글을 쓴 것도 그런 이유가 크다. 말할 필요가 없으니까. 숨어서 없는 사람처럼 쓰기만 하면 되니까.

당신은 말하기가 쉬운가, 글쓰기가 쉬운가. 나는 쓰기가 쉽다. 글 뒤에 숨을 수 있기 때문이다. 말은 즉답해야 한다. 시간이 주어지지 않는다. 순발력이 필요하다. 나를 있는 그대로 보여줘야 한다. 그에 반해 쓰기는 시간이 주어진다. 생각할 시간이 있다. 나는 말하기보다 쓰는 게 편해 줄곧 남의 글을 썼다. 그래서 밥 먹고 살았다.

노무현 대통령이 말했다. "당신이 뭔데 이렇게 청와대에서 오래 있나? 역사의 죄인이 되지 않으려면 청와대 경험을 공유하는 책을 쓰게. 그렇지 않으면 당신 혼자 특권을 누린 걸세. 소수가 누리던 것을 다수가 누리는 게 역사의 진보네."

쓸 엄두가 나지 않았다. 청와대에서 일할 때는 물론이고 그곳을 나와서도 마찬가지였다. 쓸 상황도 아니었다. 그저 근근이 살았다. 그러다 이명박 정부 말기에 출판사에 들어갔고, 박근혜 정부 초기에 《대통령의 글쓰기》를 썼다. 출판사에 간 것이 책을 쓰게 된 직접적인 계기였다.

그러나 결정적 배경은 따로 있었다. 이명박 정부 5년 동안 만나는 사람마다 내게 물었다. 김대중 대통령은 어떤 분이고, 노무현 대통령은 어떤 분이냐고. 대통령 연설문은 어떻게 쓰며 청와대 생활은 어땠냐고. 같은 말을 수십 수백 번 되풀이했다. 말하는 게 점점 재밌어졌다. 그럴 수밖에 없었다. 반응이 신통치 않으면 다음엔 그 얘기는 안 하면 되니까. 사람들이 귀를 쫑긋 세우는 솔깃한 이야기만 남았다. 그것을 책으로 썼다. 집필 기간은 두 달이 채 걸리지 않았다. 그러나 실제론 5년 동안 쓴 것이나 진배없다. 말로 썼다.

TV 드라마 대본을 쓸 때도 반응을 봐가며 추가하는 방식이 때론 유효하다. 드라마 전체를 미리 촬영해놓는 사전 제작 방식이 더 위험할 수 있다. 시청자와 함께 호흡하는 것은 영합이 아니다. 마찬가지로 전설이나 민담, 신화는 기존의 이야기에 흥미를 불어넣기 위해 내용을 추가하면서 완성도를 높여간다. 일종의 집단 창작이다. 말하기 좋아하는 사람들이 내용을 보태면서 길이가 붙어났다. 이런 과정을 거치면서 이야기는 더 재밌어졌다.

내 이야기도 마찬가지다. 뼈대를 써놓고 살을 붙여나갔다. 이 사람 저 사람 만나서 직접 얘기를 들려줬다. 반응을 봐가면서 말이다.

요즘은 글쓰기보다 말하는 게 더 편하다. 말은 대상을 앞에 두고 한다. 상대 반응을 함께 살필 수 있다. 상대가 내 말을 잘 알아듣고 있는지, 지루해하진 않는지 즉각적으로 알 수 있다. 그에 따라 말의 내용과 방향을 바꿀 수 있다. 그뿐만 아니라 어투, 표정, 손짓의 도움도 받는다.

미국 심리학자 앨버트 메라비언(Albert Mehrabian)은 의사소통에서 상대방에 대한 인상이나 호감에 영향을 미치는 것은 청각적 요소가 38%, 시각적 요소가 55%이고, 말의 내용은 7%에 불과하다고 했다. 그 유명한 '메라비언의 법칙'이다. 말의 내용은 고작 7%이고 나머지 93%는 청각적·시각적 요소가 좌우한다는 뜻이다. 다시 말해 말의 내용이 정교하지 않아도 표정과 손짓으로 의미 전달이 가능한 것이다.

글쓰기는 그렇지 않다. 독자가 눈에 보이지 않고, 그 반응을 알 수 없다. 벽에 대고 말하는 것과 같다. 표정이나 손짓의 도움도 받지 못한다. 문자 자체만으로 소통해야 한다. 전하고자 하는 내용만 쓰고 내가 왜 그렇게 말하는지를 친절하게 써주지 않으면 글은 제대로 이해하기 어렵다. 말의 내용인 텍스트만이 아니라 음색, 억양, 표정, 손짓에 해당하는 콘텍스트, 즉 배경과 맥락까지 충분히 설명해 줘야 한다. 문자 메시지에서 'ㅎㅎ', 'ㅠㅠ'를 쓰는 것도 이런 노력 중 하나다. 나의 상태를 알려줌으로써 소통을 좀 더 원활하게 하려는 시도다.

쓰기 전에 말해보는 것도 좋은 방법이다. 말을 하면 생각이 떠오른다. 말은 기억의 우물에서 생각을 길어 올린다. 또한 말은 말을 불러온다.

나는 술자리에서 말하다 보면 '이렇게 좋은 생각이 어디에 있다 이제 나오나' 싶다. 말하면 생각도 발전한다. 점점 살이 붙고 더 좋은 표현이 추가된다. 상대가 내 얘기를 이해하지 못하면 다음에 말할 때는 비유나 예시를 든다. 못 믿는 것 같으면 구체적인 통계나 사례를 제시한다. 말은 생각을 정리하는 데에도 도움이 된다.

대통령이나 회장은 직접 쓸 시간이 없다. 그래서 구술한다. 처음에는 받아 적지 말라고 한다. 잘 들어주기만 하라고 한다. 그러다 어느 시점이 되면 지금부턴 잘 받아 적으라고 한다. 쓸 말이 정리된 것이다.

말한 뒤에 쓰면 알아듣기도 좋다. 친근하고 생생하다. 구어체로 쓰기 때문이다. 그 대신 구어체는 투박하다는 단점이 있다. 정제해야 한다. 그러므로 말하듯 쓰고, 쓰듯 말하는 훈련이 필요하다. 말할 때는 글 쓰듯 말하고, 쓸 때는 말하듯 쓰는 것이다. 누군가와 대화하듯 쓴다. 이야기하듯 쓰려면 재밌게 쓰려고 할 것이고, 누군가에게 설명하자면 쉽게 쓰려고 할 것이다. 말하는 것을 두려워하지만 않는다면 누구나 쓸 수 있지 않겠는가.

출판사에서 일할 때, 유명 저자에게 책을 써달라고 부탁하면 시간이 없다고 거절한다. 하지만 강연을 해달라고 요청하면 생각해보겠다고 한다. 2시간짜리 다섯 차례 강연을 기획해서 장소를 마련하고 청중을 모집해주면 대부분 거절하지 않는다. 쓰기보다는 말하기가 수월하기 때문이다. 그러면 10시간 분량의 말이 확보된다. 녹음된 말을 글로 풀어 다듬고 살을 붙여 감수하면 책 한 권이 만들어진다. 말이 글이 되고 책이 된다.

그때 경험으로 요즘도 자서전 쓰기 강의에 가면 얘기한다. 쓰고 싶은 내용에 관해 누군가에게 말해보라고. 10시간 말할 수 있으면 책이 된다고 얘기한다. 자기소개서를 써야 하는 학생들에게도 말한다. 자신에 관해 여러 친구에게 말해보라고. 그렇게 말해본 후 쓰라고 조언한다.

구양수가 말한 다독, 다작, 다상량에 하나 더 추가해야 한다. 바로 다변이다. 많이 말해야 한다. 말에는 여러 종류가 있다. 대화, 논의, 토론, 발표, 강의, 강연, 연설, 웅변 이 모두가 말이다.

대화는 공감이 중요하다. 논의는 다양한 관점을 제시할 필요가 있다. 토론은 찬반 등에 대한 의견을 분명히 하고, 그러한 이유와 근거, 사례를 대는 게 중요하다. 발표는 잘 설명해서 이해시키는 게 포인트다. 강의는 수강자들을 생각하게 만들어야 한다. 연설은 자신의 주장을 논리적·정서적으로 설득하는 게 중요하다. 말에 담기는 지식, 의견, 감정, 주장의 비중 차이도 있다. 발표보다는 강의가 의견 비중이 높다. 강의보다는 강연에 감정이 더 실린다. 연설보다는 웅변이 더 강한 주장을 담는다.

이 모든 것은 글쓰기에서도 똑같이 중요하다. 글도 종류마다 본질에 해당하는 것이 있다. 자소서는 내가 어떤 사람인지 알리는 게 중요하다. 홍보 문안은 이익과 혜택이 무엇인지, 사과문은 보상과 복구를 어떻게 할지, 경위서는 무엇이 잘못됐는지, 공지문은 무엇을 해야 하는지가 들어가야 한다. 축사는 칭찬이 담겨야 하고, 기념사는 성과와 업적 자랑이 본질이다. 격려사는 선물을 주고 헌신을 요구한다.

누군가와 말해보면 깨닫게 된다. 쓰다 막히면 누군가를 찾아가 대화를 나눠보라. 회사 안에서 중요한 문서를 작성할 일이 생기면 모여서 토론해보라.

듣기 역시 말하기의 연장선상에 있다. 또한 쓰기의 토대다. 잘 듣는 사람이 말을 잘하고, 잘 쓴다. 내가 아는 사람 중에 말을 심하게 더듬는 분이 있다. 병원에 가서 교정치료를 받아야 할 만큼 장애를 안고 살아왔다. 그런 그가 20년 넘게 보험회사의 영업왕을 놓치지 않았다. 비결은 단 하나, 잘 듣는 것이다. 말을 유려하게 못하기 때문에 열심히 듣는다. 잘 들어줌으로써 고객을 주인으로 만들어준 결과다.

혹시 상대가 말할 때 가로막고 끼어든 적이 있는가. 이야기를 듣다가 할 말이 생각났기 때문이다. 잘 들으면 생각이 난다. 들으면서 정보가 입력된 것이다. 말만 하면 정보를 잃지만 들으면 얻는다. 수지맞는 장사다. 말하기와 글쓰기 밑천을 챙길 수 있다. 잘 들어야 공감할 수 있다.

나는 요즘도 글 쓰다 막히면 아내에게 얘기하거나 친구를 찾아가 대화한다. 다음 날까지 마감해야 할 글이 있을 때도 친구가 만나자고 하면 만난다. 만나서 얘기한다. 물론 친구가 답을 주는 건 아니다. 내가 말하면서 답을 찾는다. 친구의 말을 들으면 답이 떠오른다. 만나고 돌아오는 길에 '이렇게 쓰면 되겠구나' 하고 졸가리가 타진다.

말과 글과 생각은 긴밀한 관계 속에서 영향을 주고받는다. 생각은 말과 글로 표현된다. 생각이 났다는 것은 머릿속에서 말과 글로 표현이 이루어진 것이다. 또한 생각은 말과 글로 만들어진다. 말을 하고 글을 써야 생각이 난다. 말과 글은 표현하는 도구일 뿐만 아니라 생각을 만들어내는 수단이기도 하다. 생각이 좋다, 말을 잘한다, 글을 잘 쓴다는 의미는 별반 다르지 않다.

말을 많이, 잘해보겠다고 마음먹자. 말 잘하는 사람이 잘 쓰는 것은 당연하다. 논리적으로 말을 잘하는 사람은 논증하는 글을 잘 쓴다. 감성적인 말을 잘하면 감동을 주는 글을 쓸 여지가 많다. 말을 재밌게 하는 사람은 해학적인 글을 쓸 확률이 높다. 본질적인 접근을 잘하는 사람은 해법을 찾는 글에 능하다. 비판적인 말을 잘하는 사람은 문제를 찾아내는 글쓰기에 적합하다.

그런데 이상하다. 말은 잘하는데 글쓰기를 힘들어하는 사람이 있다. 반대로 글은 좀 쓰겠는데, 말하기가 어렵다는 사람도 있다. 성격과 습관 탓이다. 사람 만나는 것을 좋아하는 성격은 말하기가 쉽다. 그렇지 않으면 글쓰기가 편하다. 성격보다 더 중요한 것은 무엇을 더 많이 해봤느냐다. 말하기를 많이 해본 사람은 말하기가 용이하다. 평소 글과 가깝게 지낸 사람은 글쓰기가 편하다. 습관적으로 많이 해본 것이 쉽다. 하기 나름이다. 성격은 고정불변이 아니다. 의도적으로라도 사람들과 만나 대화하는 시간을 늘리면 성격도 변하고 습관도 만들어진다.

물론 순발력 있는 사람은 글보다 말에 능숙하고, 깊이 사고하는 사람은 말하기보다 글쓰기를 잘한다. 하지만 이런 차이점보다 말과 글의 본질과 공통점에 주목해야 한다. 이를 상호 유기적으로 발전시켜나가는 것이 궁극적으로 글쓰기에 훨씬 더 유익하다.

말을 잘하고 싶으면 무엇보다 하고 싶은 말이 있어야 한다. 간절하게 하고 싶은 말이 있으면 말하는 시간이 기다려지고 열정적으로 말하게 된다. 그러면 듣는 사람도 빠져든다. 하고 싶은 말을 만들기 위해서는 많이 읽고 듣고 써보면 된다. 또한 말은 관심사가 생겼을 때, 말을 많이 해야 하는 상황이나 지위에 놓였을 때, 사랑에 빠졌을 때 실력이 일취월장한다.

나는 선천적으로 말을 못하는 사람인 줄 알았다. 책을 쓰고 강연하면서 말을 잘한다는 걸 알았다. 청와대 경험을 책으로 써서 공유하지 않으면 특권을 누린 것이라고 말씀하신 노무현 대통령님. 그분 덕분에 나는 《대통령의 글쓰기》를 썼고, 글쓰기 강연을 하고 있다. 송구하게도 또 다른 특혜를 누리고 있다.

영화 〈깊고 푸른 밤〉이 좋았던 이유

- 글쓰기는 스토리텔링이다

내가 어렸을 때 종합선물세트란 게 있었다. 맨 위는 쪼코렛(초콜릿)이 장식했고, 그 아래 비스킷, 드롭프스, 껌이 있었다. 건빵은 바닥을 깔았다. 우리는 건빵을 보며 사기 친다고 욕했다.

군대 오니 또 건빵을 나눠준다. 훈련소에선 아껴뒀다 취침 시간 이후나 뚱간에 가서 먹었다. 건빵엔 별사탕도 들어 있었다. 별사탕 안에 정력 감퇴 성분이 있다는 소문이 파다했지만, 난 별사탕 찾는 재미로 건빵을 먹었다.

건빵에는 스토리가 있고 추억이 있다. 쓰는 것은 겪은 것을 넘어서기 어렵다. 설사 넘는다 한들 생생하지 않다. 이야기는 경험이고, 글은 이야기다. 내가 아들보다 글을 잘 쓸 수 있는 힘이다.

사람은 선천적으로 스토리텔링 능력을 타고났다. 우리의 기억이란 것도 스토리텔링과 다름없다. 사람은 기억하려 할 때 자신도 모르게 스토리텔링을 한다. 입력되어 있는 정보를 꺼내 쓰는 과정에서 스토리를 덧입힌다. 기억은 압축된 정보 형태로 저장돼 있기 때문이다. 여기에 이야기를 채워 넣지 않으면 기억은 만들어지지 않는다.

인류는 이야기를 좋아한다. 아니, 이야기를 귀담아들은 사람만 살아남았다. "거긴 위험하니까 가지 마." "저쪽으로 가면 먹을 게 있을 거야." 이런 이야기를 무시하거나 귓등으로 들은 사람은 다 죽었다. 원시시대부터 이야기로 정보를 교환하고 전수했다. 이야기를 잘하고 이야기에 귀 기울이는 것은 생존과 직결돼 있다. 유전자 안에는 그런 이야기 능력이 들어 있다. 누구나 공평하게 글쓰기 능력을 타고난 것이다.

영화나 광고는 물론 연설, 기업 홍보, 자기소개, 기사, 프레젠테이션 등에도 스토리텔링이 널리 활용되고 있다. 바야흐로 이야기 전성시대다. 글의 본질은 이야기다. 글이 이야기라면 글쓰기는 스토리텔링이다. 소설, 시나리오는 말할 것도 없고, 이메일이나 문자 메시지, SNS, 블로그 모두 스토리텔링이다.

보고서나 언론 기사도 과거에는 정보를 담았지만, 이제는 이야기를 쓰라고 한다. 정보는 재미와 감동이 없다. 재미와 감동이 있는 것이 이야기이고, 재미와 감동이 클수록 좋은 이야기다. 잘 쓴 내러티브 기사는 재미와 감동이 있다. 지금은 정보 시대를 넘어 이야기 시대이며, 글을 잘 쓴다는 것은 훌륭한 이야기꾼이 된다는 뜻이기도 하다.

미국 컬럼비아대학 의대생이 꼭 들어야 하는 과목이 있다. 내러티브 의학 과정이다. 이 과정에서 의대생은 소설 창작에 관해 배운다. 의대생이 웬 소설 공부? 의사는 환자에게 스토리텔링 형식으로 말할 필요가 있기 때문이다. 그러려면 스토리를 엮어나가는 서사 능력이 있어야 한다. 또한 환자를 이해하기 위해서도 서사 능력은 필요하다. 환자 이야기를 듣고 공감하는 역량은 진단과 치료에 직접적인 도움이 된다. 서사 의학이라고도 불리는 이 프로그램은 의학과 인문학의 성공적인 융합 사례로 꼽힌다.

의료 분야뿐만 아니다. 내러티브는 사회생활의 기본 도구이자 생활양식이다. 인간은 육하원칙에 따라 일어난 사건을 구술하고, 자신이 본 장면을 묘사하며, 알고 있는 것을 설명한다. 이처럼 내러티브는 생활 곳곳에 침투해 시시때때로 쓰인다. 이야기 형식이 재미있고, 이해하기 쉬우며, 기억도 잘되기 때문이다.

어떤 이야기가 재밌고 감동적인가. 영화를 떠올려보면 쉽다. 재미있는 영화는 흔한 이야기를 다루지 않는다. 맵고 짜고 신선하다. 갈등과 긴장이 있다. 주제의식이 분명하고 깊이가 있다. 공감을 불러일으키고 빠져들게 한다. 결말에서 감정과 궁금증을 풀어준다. 같은 이야기도 예상을 빗나가는 얘기가 좋다. 결과가 빤한 이야기가 아니라 의외성과 반전이 있어야 한다. 이야기가 늘어지고, 처음부터 결말이 예상되거나 무슨 내용인지 모르겠으면 최악이다.

미국 소설가 제임스 스콧 벨(James Scott Bell)은 'LOCK'이 들어가면 이야기가 탄탄해진다고 했다. LOCK은 주인공(Lead), 목표(Objective), 대결(Confrontation), 승리(Knockout)의 앞 글자다. 주인공이 목표를 향해 나아가는 과정에서 장애물이 등장해 갈등하고 대결한다. 적이 가는 길을 막아서고 방해하지만 결국 도와주는 사람이나 사건을 만나 승리한다.

《형사 콜롬보》를 쓴 로버트 맥키(Robert McKee) 역시 이야기 쓰기의 교본인 《시나리오 어떻게 쓸 것인가》에서 이야기에 세 가지가 필요하다고 말한다. ▲관심을 잡아끄는 훅(hook) ▲관심을 유지하게 만드는 홀드(hold) ▲이야기의 절정에서 감정과 궁금증을 풀어주는 페이오프(pay off)다.

또 하나의 이야기 쓰기의 명작 《인간의 마음을 사로잡는 스무 가지 플롯》에서 로널드 B. 토비아스(Ronald B. Tobias)는 20가지를 제안한다. 추구, 모험, 추적, 구출, 탈출, 복수, 수수께끼, 라이벌, 희생자, 유혹, 변신, 변모, 성숙, 사랑, 희생, 발견, 금지된 사랑, 지독한 행위, 상승과 몰락이 그것이다.

이 세 사람의 얘기에서 내가 주목하고 싶은 키워드는 추구, 성장, 시련, 몰락, 회복, 발견이다.

· 추구: 자신이 추구하는 가치나 지향하는 목표를 제시한다.
  "나는 행복을 최고 가치로 생각한다."
· 성장: 잘나가던 시기가 있어야 한다. 그래야 몰락할 수 있다. 단, 성장하는 배경에 전환(시련)의 씨앗을 심어놓자.
  "행복했던 시절을 그린다. 그러나 그것은 겉모습일 뿐이다."
· 시련: 강력한 경쟁자가 나타나고, 나쁜 유혹이 손을 뻗는다.
  "행복을 방해하는 요소들이 등장한다."
· 몰락: 떨어질 수 있는 데까지 처참하게 떨어진다. 인생의 쓴맛, 밑바닥을 경험한다.

"헛된 행복을 좇던 욕망의 희생양이 된다."

· 회복: 인생의 동반자 혹은 구원자를 만나는 등 회복의 계기가 있
  어야 하고, 회복 과정에서 독자들에게 만회와 갱생 노하우를 선
  사해야 한다.
  "행복한 삶으로 복귀하거나, 복원 또는 재건한다."

· 발견: 각성이 이루어진다. 나는 이전의 내가 아니다. 새롭게 성숙
  한 나. 이를 통해 인생을 어떻게 살아야 하는지 깨달음을 준다.
  "진정한 행복이 무엇인지 깨닫는다."

자기소개 글에 필요한 항목도 비슷하다. ▲어떤 상황, 환경, 배경
에서 ▲무슨 과제를 부여받아 ▲그 일을 어떻게 해냈는데 ▲이런 실
수를 저지르고 실패를 경험했으며 ▲위기, 분수령, 전환점은 무엇이
었고 ▲누구의 도움을 받거나 누구와 협력했고 ▲나의 어떤 경험이
도움이 됐으며 ▲결과는 어떠했고 ▲교훈, 시사점은 무엇이었으며 ▲
이전에 비해 어떤 성장과 성숙을 이루었다.

무엇보다 스토리텔링을 잘하려면 '선택과 배열'을 잘해야 한다.
첫째는 재미있고 생생한 이야기를 선택하는 게 중요하다. 세상은 이
야기 천지다. 내 주변에서 일어나는 일화, 사례는 물론, 영화 줄거
리나 책에서 읽은 내용을 전하는 것도 이야기다. 고사, 우화, 신화,
영화, 전래동화 등도 이야기다. 역사에는 이야깃거리가 무궁무진하
다. 이야기 교본인 문학작품도 있다. 그림이나 음악에도 이야기가
담겨 있다. 멀리 갈 것도 없이 오늘 신문만 봐도 이야기가 넘친다.

뭐니 뭐니 해도 가장 좋은 것은 자기 이야기다. 매일 겪는 일상 중에서 '재미'와 '의미'에 초점을 맞춰 이야기를 잡아내보자. 재밌는 일이란 남들이 늘 겪는 것이 아니다. 누구나 늘 하는 일은 재미없다. 재미에서 한 단계 더 나아가 감동을 주려면 의미가 필요하다. 의미는 느낌이나 깨우침을 준 일이다. 사람은 의미에 감동한다. 일화, 에피소드에 교훈, 시사점을 입히면 생생하고 살아 있는 이야기가 나온다.

이야기가 준비되면, 그다음은 배열이다. 좋은 이야기는 궁금증을 자아내는 방식으로 시작한다. "혹시 그것 아세요?", "일어날 수 없는 일이 일어났다" 같은 식이다. 그런 다음 독자가 한눈팔지 못하도록 지속적으로 흥미를 유발한다. 무엇보다 구성이 치밀해야 한다. 좋은 이야기는 등장인물과 사건이 따로 놀지 않고 인과관계로 긴밀하게 연결돼 있다. 결과가 있으면 반드시 그 원인이 있고, 행동이 있으면 의도가 있다. 앞에 권총이 등장하면 뒤에 누군가 총에 맞고, 벽에 박힌 못이 나오면 그 못에 누군가 목을 맨다. 이처럼 구성이 치밀하다는 것은 이야기 구조인 플롯이 좋다는 의미다. 스토리 속 사건은 인과관계 없이 일어날 수 있지만, 플롯 안에서는 사건들이 필연적 관계를 맺고 일어난다.

전개 또한 상투적이지 않아야 한다. 한국 영화를 보고 '외국 영화 같다'고 처음으로 느낀 영화가 배창호 감독의 〈깊고 푸른 밤〉이었다. 그전에 본 영화와 달리 이야기 전개가 빨랐다. 군더더기가 없고 반전이 있다. 전개가 상투적이지 않다는 것은 이야기 방식인 내러티브가 좋다는 것이다. 같은 스토리도 내러티브가 좋으면 〈깊고 푸른 밤〉처럼 세련미가 넘친다.

《위대한 개츠비》를 쓴 F. 스콧 피츠제럴드의 말대로 남과 다른 이야기를 하고 싶으면 남과는 다른 말로 이야기하면 된다.

글을 잘 쓰는 사람은 자기만의 이야기 샘을 하나씩 갖고 있다. 고사에 정통한 사람이 있는가 하면 명언이나 신화, 전설, 역사, 속담을 자주 쓰는 사람도 있다. 우화도 그런 이야기 샘 가운데 하나다.

김대중 대통령의 '햇볕정책'도 이솝우화에서 아이디어를 빌려왔다. 겨울 나그네의 외투를 벗게 만드는 것은 강한 바람이 아니라 따뜻한 햇볕이라는 이야기다. 우화는 《토끼와 거북이》, 《개미와 베짱이》에서 보듯 삶의 지혜가 담겨 있다. 그뿐만 아니라 풍자로 웃음을 자아낸다. 비유를 들어 메시지를 쉽게 전달한다. 무엇보다 재미있다. 글감이 마땅찮으면 우화를 찾아보자. 그러나 너무 길게 인용하면 배보다 배꼽이 더 크게 돼 흉하다.

경험이 풍부한 사람은 이야기가 많다. 많은 사람과 얽히고설키며 할 얘기가 많아진다. 시도하고 좌절하고 다시 기어오르자. 온탕 냉탕을 오가고 정상과 골짜기를 넘나들자. 그래야 이야기가 만들어진다. 이야기가 필요한 사람에게 고난, 역경, 좌절은 축복이다. 의도하든 그렇지 않든 이야기는 시시각각 만들어진다. 나의 이야기가 곧 나다. 이야기를 쓰다 보면 내가 만들어진다. 우리의 삶 자체가 한 토막의 긴 이야기다. 우리는 살면서 매일 이야기를 쓰고 있다.

글쓰기 고수와 하수의 차이

- 쓰지 말고 고쳐라

중국의 당송 8대가 중 한 사람인 소동파가 《적벽부》를 다 썼을 즈음, 친구가 찾아왔다. 소동파가 친구에게 "방금 시 한 편을 단숨에 지었다"며 보여줬다. 소동파가 자리를 비웠을 때 그의 방석 밑을 보니 수도 없이 고쳐 쓴 종이 더미가 있었다.

명문을 쓰는 두 가지 길이 있다. 하나는 한 작품을 수십 년 동안 붙들고 고치는 것이다. 다른 하나는 수십 수백 편을 쓰는 것이다. 수많은 글을 쓰다 보면 좋은 작품이 나올 확률이 높아진다. 나라면 전자에 도전하겠다. 후자는 요행수에 기대야 하기 때문이다.

괴테는 《파우스트》를 60년 가까이 썼다. 우리 가운데 누구라도 60년간 쓰고 고치고 다듬으면 괴테처럼 못 쓰겠는가.

우리가 헤밍웨이나 톨스토이와 같은 점이 있다면, 그들이나 우리나 초고가 엉망이라는 사실이다. 다른 점도 있다. 헤밍웨이나 톨스토이는 열심히 고쳤고, 우리는 그렇게 하지 않았다는 점이다.

잘 쓰는 사람은 잠깐 쓰고 오래 고친다. 못 쓰는 사람은 오래 쓰고 잠깐 고친다. 쓰다가 진이 빠져 고칠 엄두가 나지 않는다. 다 쓰고 나면 꼴도 보기 싫다. 본래 글쓰기는 재미없고 힘들다. 무에서 유를 창조하는 과정이다. 백지를 응시하는 고통이 따른다. 그러나 고치기는 재미있다. 틀린 것을 발견하는 즐거움이 있다. 내 글이 점차 개선돼가는 것을 보는 기쁨이 있다.

나는 글을 두 단계로 나눠 쓴다. 1단계로 쓰고, 2단계로 고친다. 그런데 많은 사람이 쓰면서 고친다. 그래서 글쓰기가 힘들다. 쓰면서 고치는 건 얼마나 어려운 일인가. 머릿속에 있는 걸 쥐어짜 꺼내기도 바쁜데, 그것을 고치기까지 하다니. 일단은 쓰고 나서 고치는 데 많은 시간을 할애하자. 찾아볼 것도 많고 확인할 것도 많다. 여기에 공을 들이자.

고치기에도 고수와 하수가 있다. 하수는 단어와 문장부터 고치려든다. 고수는 전체 구조부터 본다. 하수는 첫 줄부터 고치지만, 고수는 중간부터도 보고, 끝에서 앞으로도 본다. 그래서 하수는《수학의 정석》1장만 공부하듯 첫 문단만 갖고 논다.

고수는 초고를 단지 고치기 위해 쓴 글쯤으로 여기는 반면, 하수는 초고를 금과옥조처럼 여기고 그것에 얽매인다. 고수는 글을 쓰고 나면 이제 시작이라고 생각하지만, 하수는 다 끝났다고 생각한다. 고수는 전하고자 하는 메시지가 잘 드러나는지, 설득력이 있는지, 흐름은 매끄러운지를 중점적으로 확인한다. 또한 문맥 중심으로, 문단별로 떼어서, 문장에 집중해서, 그리고 더 맞는 단어에 주안

점을 두고 본다. 하수는 맞춤법에 매달린다.

하수는 퇴고에 관해 핑계가 많다. '초안 쓰느라 진이 빠졌다', '귀찮다', '시간 없다', '고쳐봤자 거기서 거기다', '고칠 게 없다' 등. 반면 고수는 핑계 댈 그 시간에 고친다.

고수는 글을 쓴 후 일정 시간 묵혀둔다. 쓴 사람에서 독자로, 연기자에서 관객으로, 작가에서 평론가로 변신하는 시간이다. 쓰고 나면 글과 멀어지는 시간이 필요하다. 자기 글이 익숙하게 보이지 않아야 한다. 그렇지 않으면 고칠 게 보이지 않는다. 이런 시간은 세 가지 혜택을 준다. 글을 낯설게 하고, 내 역할을 바꿔주며, 생각을 숙성시킨다. 시간이 없으면 문밖에라도 나갔다 온다.

그러나 묵혀두는 시간이 너무 길면 안 된다. 감을 잃지 않는 지점까지라야 한다. 하수는 쓰자마자 곧바로 보기 때문에 고칠 게 없다고 한다. 당연하다. 방금 그렇게 썼다면, 그리 쓴 이유가 있었을 것이다. 그럴 이유가 없었다면 그렇게 쓰지 않았을 것이고.

고수는 컴퓨터 모니터에서 보고, 출력해서 종이로도 보고, 소리내 읽어도 본다. 처음에는 매끄럽게 읽히지 않는 부분을 손으로 체크하고, 다음에 다시 읽으면서 체크한 부분을 고친다. 하수는 모니터로만 본다. 손, 눈, 입, 귀를 사용하는 고수와 눈만 쓰는 하수는 결과에서 차이가 크다. 고수는 짧게 여러 번 본다. 언뜻 보면 더 잘 보인다. 힘도 들지 않는다. 하수는 길게 한 번 본다. 고수는 장소와 시간을 바꿔가면서 본다. 하수는 그런 노력 자체를 하지 않는다. 고수는 쓴 글을 여러 사람에게 보여준다. 하수는 지적이 두려워 혼자 끙끙 댄다.

가장 중요한 차이점이 있다. 고수는 고칠 게 반드시 있다고 확신하고 본다. 하수는 혹시 고칠 게 있을지 모른다고 생각하고 본다. 나아가 고수는 무엇을 고쳐야 하는지 알고 있고, 하수는 무엇이 틀렸는지 모른다.

글을 고치려고 해도 고칠 것이 안 보인다고 하는 사람이 있다. 둘 중 하나다. 초안을 완벽하게 썼거나, 무엇을 고쳐야 할지 모르거나. 나는 세 가지를 고친다. **먼저, 빠진 것이 없는지 본다.** 놓친 게 있으면 채워 넣는다.

다음으로, 뺄 것이 없는지 본다. 빼도 되는 것은 무조건 뺀다. 동어반복도 그중 하나다. 예를 들면 '완전히 근절', '다른 차이점', '어려운 난관', '오랜 숙원', '보는 관점', '개인적인 사견', '미리 예약', '지나치게 과소평가', '약 100명 정도', '대강의 개요', '새로운 신제품', '고맙고 감사하다' 등이다.

'을/를/이/가/의'도 마찬가지다. '생각을 했다'는 '생각했다'로, '공부를 했다'는 '공부했다'로, '생각이 났다'는 '생각났다'로, '합의가 됐다'는 '합의됐다'로, '경제의 민주화'는 '경제 민주화'로 쓴다. 나는 버스 광고 문안에서 이런 '을/를/이/가/의'가 눈에 띄면 유리창을 손톱으로 긁는 것 같은 느낌을 받는다.

마지막으로, 순서를 바꿀 것은 없는지 살펴본다. 순서만 바꿔도 글이 좋아지는 경우가 많다. 중요한 것을 앞에 넣을지, 뒤에 넣을지 늘 고민한다. 글을 읽는 사람이 잘 아는 내용일 경우에는 앞에 두는 게 맞다. '초두 효과'를 겨냥한다. 잘 모르는 내용일 때는 뒤에 넣는 미괄식 구성으로 '최근 효과'를 노린다.

글을 쓰다 보면 오류를 범하기 일쑤다. 알면서 범하기도 하고, 모르는 가운데 범하기도 한다. 알면서 범하는 것은 실수다. 실수가 반복되면 글을 잘 쓸 수 없다. 모르면서 범하는 오류가 더 문제다. 무엇이 오답인지 모르는 경우다. 두 가지가 필요하다. 공부와 퇴고다. 공부해서 무엇이 틀렸는지를 알고, 퇴고해서 찾아 고쳐야 한다.

오류를 바로잡기만 해도 잘 쓸 수 있다. 네 가지 오류를 잡는 것이 중요하다. 첫째, 맞춤법 오류를 잡아낸다. 오탈자와 띄어쓰기 같은 작은 오류가 글의 신뢰를 떨어뜨린다. 둘째, 사실의 오류를 잡아낸다. 지명, 인명, 연도, 수치를 비롯해 사실 관계를 체크한다. 셋째, 문장의 오류, 즉 비문을 잡아낸다. 넷째, 논리의 오류를 잡아낸다. 비약은 없는지, 개연성이 있는지 따져본다.

퇴고는 얼마만큼 해야 할까. 그렇게 물으면 나는 차를 운전할 때 언제 브레이크를 밟느냐고 물어본다. 얼마만큼 거리를 두고 밟을지는 저마다 감으로 안다. 차의 제동 성능이 어떤가, 운전자의 성격이 급한가, 목적지까지 도착하는 데 허용된 시간이 얼마나 되는가, 운전하는 사람이 얼마나 안전을 중시하는가 등에 따라 제각기 다르다.

퇴고를 멈추는 시간도 글 쓰는 사람마다 다르다. 한번 쓴 글은 꼴도 보기 싫다는 사람, 더 고치면 나빠질 것 같은 시점까지 고치는 사람 등 다양하다. 글을 오래 쓰다 보면 마감까지 남은 시간과 원고의 중요도, 쓴 원고의 질, 평소 글에 대한 자신의 기대 수준이 반영돼 자기도 모르게 '이만하면 됐다'며 펜을 놓는 순간이 온다. 이 지점을 잘 아는 사람이 프로다.

글에 정답은 없지만 오답은 있다. 오답을 적게 쓰면 잘 쓰는 것이다. 오답을 줄이는 과정이 퇴고다. 글을 잘 쓰는 사람은 오답노트가 머릿속에 있다. 거기에 맞춰 글을 고친다. 머릿속에 오답 체크리스트가 없으면 고칠 게 하나도 보이지 않는다.

출판사에서 책을 일곱 권 편집하면서 교정, 교열, 윤문 작업을 했다. 교정은 명백하게 틀린 부분을 고치는 일이다. 오탈자 등을 찾아 고친다. 맞춤법, 띄어쓰기, 문장부호, 외래어표기법에 어긋나는 것을 수정한다. 교열은 어색한 부분을 바로잡는 일이다. 주술관계나 병치관계, 수식관계에서 잘못된 것을 수정해 문맥을 가다듬는다. 윤문은 말 그대로 반짝이게 닦는 일이다. 틀리진 않았지만 좀 더 쉽고 명료하게 다듬는다. 더 잘 어울리는 단어와 표현을 찾고 문장과 문단 순서를 바꾼다. 그 당시 책상에 붙여놓은 나의 퇴고 체크리스트를 소개한다.

1. 문장을 더 자를 순 없는가.
2. 뺄 것은 없는가.
3. 더 맞는 단어는 없는가.
4. 반복되는 단어는 없는가.
5. 이해 안 되는 부분은 없는가.
6. 인명, 지명, 연도, 외래어 오류는 없는가.

7. 문장과 문단이 자연스럽게 연결되는가.

8. 주어 – 술어, 목적어 – 술어 호응은 맞는가.

9. 와/과, 하고/하며 전후의 문구는 대등한가.

10. 수식어와 피수식어 관계는 적절한가.

11. 주어와 목적어 누락은 없는가.

12. 서술어는 간략하고 다양한가.

13. 불필요한 피동형은 없는가.

14. 어색한 조사와 어미 사용은 없는가.

15. 문장과 문단 순서를 바꿀 곳은 없는가.

16. 상투적 표현은 없는가.

17. 부연 설명이 필요한 곳은 없는가.

18. 각 문단은 그 자체로 완결한가.

19. 하고자 하는 말이 드러나는가.

20. 독자에게 주는 것은 무엇인가.

이렇게 체크리스트에 맞춰 고치는 습관을 들이면 세 가지를 얻는다. **첫째, 쓰면서 체크리스트가 자꾸 생각나 아예 그렇게 쓰게 된다.** 그러면 더 높은 수준으로 체크리스트를 업그레이드해야 한다. 그에 따라 내 글쓰기 실력이 향상된다.

둘째, 조직의 문서 작성 효율이 올라간다. 상사가 체크리스트를 갖고 있으면 일관되게 글을 고칠 수 있다. 그래야 부하 직원이 우왕 좌왕하지 않는다. 어느 때는 통과됐던 내용이 또 어느 때는 지적 대 상이 되고, 같은 내용인데 김 대리가 쓰면 통과되고 이 대리에게는 짜증내면 어느 장단에 춤을 춰야 하는지 헷갈린다. 스트레스를 받고 시간을 낭비한다. 상사 자리에 체크리스트를 붙여두면 아마 직원들이 와서 확인하고 그에 맞춰 글을 쓸 것이다.

셋째, 자신만의 문체가 생긴다. 시내에 다니다 보면 어떤 건물은 어느 회사 것이라는 걸 알 수 있다. 그 회사 고유의 기업 이미지 매뉴얼에 맞춰 지었기 때문이다. 체크리스트는 그런 역할을 한다. 자기만의 체크리스트에 맞춰 고치는 노력을 지속하면 글만 봐도 누가 쓴 글인지 알 수 있는 경지에 이른다. 그래서 누군가 퇴고의 종착지는 문체의 완성이라고 했다.

글쓰기 능력은 글 고치기 능력이기도 하다. 처음부터 잘 쓴 글은 없다. 잘 고쳐 쓴 글만 있다. 글쓰기는 고치기 승부다. 만약 지금 만족스러운 글을 못 쓰고 있다면 아직 덜 고친 것이다. 또한 글쓰기 능력은 고치기로 향상된다. 퇴고는 가장 좋은 글쓰기 공부다. 글쓰기는 첨삭하며 배우는 것이 바람직하며, 퇴고야말로 스스로에게 하는 첨삭 지도이기 때문이다.

인생도 퇴고의 연속이다. 일단 쓴 원고처럼 훌쩍 저지르고, 평생 퇴고하며 살아간다.

세 가지 이유로
책을 못 쓰겠다는 분들께

- 책을 쓰자

책을 쓰고 싶다는 후배를 만났다. 회사 다니는 노력의 3분의 1만 들이면 가능하다고 말해줬다. 실제로 그렇다. 회사에서 하루 9시간 가까이 일하지 않는가. 하루 3시간씩 1년만 투자하면 책을 쓸 수 있다. 회사 다니면서 상사 눈치 보고 상사에게 잘 보이기 위해 노력하지 않는가. 상사 모시듯이 독자를 대하면 베스트셀러 작가도 될 수 있다. 회사 발전을 위해 물불 안 가리고 동분서주하지 않는가. 회사에 충성하듯 정성 들여 글을 쓰면 천하의 명문을 쓰고도 남는다.

바야흐로 만인 저작의 시대가 오고 있다. 이미 도래한 글쓰기 대중화를 넘어 누구나 책을 쓰는 시대가 눈앞에 있다. 앞으로 5년 정도 지나면 저서를 명함과 같이 돌리는 시대가 올지도 모른다.

이제 저서는 지식 엘리트의 전유물이 아니다. 세 가지가 바뀌었다. 첫째, 과거에는 가르치는 사람과 배우는 사람 사이에 구분이 있었다. 연설하는 사람 따로, 듣는 사람 따로 있었다. 글 쓰는 사람 따로, 읽는 사람 따로 있었다. 지금은 누구나 말하고 쓰는 시대다.

둘째, 일부가 독점하던 언론, 출판 매체 대신 소셜네트워크서비스(SNS)가 등장했다. 블로그, 페이스북, 트위터의 영향력이 신문, 방송, 잡지 못지않다. 이런 공간에선 누구나 글을 쓸 수 있고, 그것을 모아 책을 낼 수도 있다. 책 쓰기를 준비할 수 있는 공간이 생긴 것이다.

셋째, 인터넷 환경에서는 지식과 정보를 비롯한 콘텐츠 접근 가능성이 무한하게 열려 있다. 쓰려고 마음만 먹으면 지식과 정보가 없어 글을 못 쓰는 경우는 없다. 무엇보다 책을 읽는 수동적 객체에 머물렀던 독자들이 그에 만족하지 않고, 자신의 책을 쓰고자 하는 능동적 주체로 떠올랐다. 소비자 위치에 머무르는 것을 거부하고 생산자 역할을 자임하고 나선 것이다. 이런 각성이 책 쓰기 열풍을 낳고 있다.

가장 결정적 요인은 인간의 수명이 길어졌다는 점이다. 내 나이 서른이 됐을 때는 이제 인생을 절반 정도 산 줄 알았다. 환갑잔치가 그야말로 장수를 축하하는 잔치였다. 나이 마흔이 됐는데 또 절반 살았단다. 인생 팔십이라고 한다. 나이 쉰이 되자 이번엔 100세 시대라면서 또 절반 살았다고 한다. 아마도 예순이 되면 또 절반 살았다고 하지 않을까.

우리 외할머니는 요리 솜씨가 좋았다. 혼인 잔치마다 불려 다니실 정도로 전주에서 명성이 자자했다. 사람들이 이구동성으로 음식과 관련해 뭐라도 해보는 게 어떻겠냐고 권했다. 그때 할머니 연세가 예순이었다. 할머니는 "이제 다 살았는데 뭘 하느냐"며 쑥스러워하셨다. 그리고 아흔 넘게 사셨다. 예순에 무언가 하셨으면 무언가를 남기셨을 것이라는 아쉬움이 있다. 그땐 그랬다. 60세 이후 인생은 여벌이었다.

의학과 생명공학, 3D 기술의 발전 속도가 놀랍다. 인류가 한 번도 경험해보지 못한 새로운 세계가 열리고 있다. 평균 수명 120세 시대가 멀지 않았다. 그러면 예순 이후 새로운 60년을 다시 살아야 한다. 그때부터 살아온 만큼 다시 살아야 한다.

60년이란 기간은 어영부영 흘려보내기엔 길다. 무언가를 하면서 새로운 60년을 살기 위해선 내가 잘하는 것, 관심 있는 것, 잘 아는 것, 좋아하는 것이 있어야 한다. 그때 필요한 것이 나를 보여줄 수 있는 콘텐츠다. 그리고 '살아온 이야기(콘텐츠)'를 풀어놓는 데 가장 좋은 선택이 책 쓰기다.

책을 써보라고 권하면 이런 이유로 주저한다. "쓸 말이 있을까요?" "글재주 없는 사람도 책을 쓸 수 있나요?" "내가 쓴들 누가 읽어줄까요?"

우선, 쓸거리가 있어서 책을 쓰는 것은 아니다. 책을 쓰겠다고 마음먹은 때부터 세상에 보이는 모든 것이 책과 연결된다. 독서를 해도, TV를 봐도, 친구와 만나 얘기해도 모든 것이 글감이고 책의 내용이 된다. 일상이 책으로 재편집돼서 새롭게 다가온다.

또한 글은 놀라운 창조의 힘이 있다. 글은 첫 줄만 쓰기 힘든 법이다. 그다음 줄부터는 '그래서 어떻게 됐지?', '왜 그랬지?' 하고 꼬리에 꼬리를 문다. 주체할 수 없을 정도로 기억이 기억을 불러온 다. 시동만 걸리면 차는 저절로 간다. 잘 생각해보면 쓸거리는 자기 안에 차고 넘친다. 말을 안 해서 그렇지 누구에게나 장편소설 서너 권 분량의 쓸거리가 있지 않은가. 같은 시기에 같은 직장을 수십 년 다녀도 솔직하고 구체적으로 쓰면 저마다 가지고 있는 이야기가 다 르다. 유일무이한 이야기다.

내 얘기만 책에 써야 하는 것도 아니다. 책 쓰기 대상이 되는 내 용에는 세 종류가 있다. 첫 번째는 내 얘기다. 내가 겪은 일이다. 그 에 관한 자료는 내 안에 다 있다. 내가 세상에서 가장 많은 자료를 갖고 있다. 이때 '겪은 일'은 내가 한 일만 일컫는 것이 아니다. 내가 보고 듣고 느낀 모든 것이다. 그것은 누구에게나 똑같이 있다.

두 번째는 남의 얘기다. 사례, 예시, 인용에 해당하는 얘기다. 이 또한 걱정할 게 없다. 인터넷이 있지 않은가. 공부하면서 쓰면 된다.

세 번째는 내가 마음에 품고 있는 걸 쓰는 것이다. 자신의 상상, 희망, 꿈을 쓴다. 이것이야말로 그냥 쓰면 된다. 답이 없지 않은가. 내 경험이 있고, 인터넷에 인용거리가 있으며, 이미 누군가 써놓은 책이 어떻게 써야 하는지를 알려주는데 무엇이 두려운가.

글재주가 없어 책을 못 쓰겠다는 분도 마찬가지다. 자신의 이야 기를 자신보다 더 잘 쓸 수 있는 사람은 없다. 천하의 대필 작가를 붙여도 자신보다 잘 쓰지 못한다. 세 가지 조건만 충족하면 된다. 솔 직하고 구체적으로 시간을 들여 쓰면 된다.

첫 책《대통령의 글쓰기》는 A4 용지 10장에서 출발했다. 대통령께서 글 쓰는 법을 작성해서 공무원 조직에 배포하라고 지시해 작성한 문건이다. 작성한 지 10년 가까이 돼 내 책 쓰기에 재활용했다. 이 문건이 없었으면 책을 쓸 엄두조차 내지 못했을 것이다. A4 용지 10장을 열 배 불리면 된다고 생각하니 부담이 덜했다. 누구나 하고 싶은 얘기 10장을 쓰는 것은 어렵지 않다. 거기에 인용, 사례, 보충 설명, 일화 등을 덧붙였다. 살 붙일거리는 많다. 쓸 수 있는 것을 써 놓고 거기에 살을 붙이는 것이 첫 번째 방법이다.

두 번째 방법은 매일 원고지 1매씩 쓰는 것이다. 원고지 1매는 너덧 개 문장이면 금세 채워진다. 너무 짧아 쓸 말이 없을 정도로 좁은 지면이다. 누구나 원고지 1매는 매일 쓸 수 있다. 출퇴근길 지하철에서 스마트폰으로도 가능하다. 자기 능력껏 조금씩 쓰면 된다. 마라톤 선수처럼. 한발 한발 내딛는 등반가처럼. 얼마나 빨리 썼느냐가 중요한 게 아니다. 완주가 목표다. 하루 1매씩 쓰면 책 한 권을 쓰는 데 3년 가까이 걸린다.

책 쓰기는 과정 또한 의미 있다. 어쩌면 그것이 더 중요한 책 쓰기 이유인지도 모른다. 적어도 내 경우에는 그랬다. 책을 쓰기 전, 제목을 정하며 설레었다. 내가 한 번도 가보지 못한 곳의 여행 계획을 짜는 기분이었다. 광고 카피를 봐도, 드라마 대사에서도 내 책 제목이 떠올랐다. 어디를 갈까, 무엇을 먹을까 계획을 세울 때의 설렘처럼 말이다.

저자 소개를 쓰고 책의 목차를 잡으면서 나의 부족한 부분을 발견했다. 앞으로 내가 더 경험해야 할 것, 보완해야 할 부분이 드러났다. '그것까지 마저 채워야 완성도 높은 책을 쓰겠구나' 하는 생각이 들었다. 책을 쓰면서 과거로 돌아갔다. 추억에 잠기고, 과거의 그 시간을 즐겼다. 또한 책을 쓰면서 글쓰기 실력이 늘었다. 저자가 되고 나서는 글쓰기에 자신감이 붙었다. 글쓰기 전문가란 소리를 듣기도 했다.

팔리지 않을까봐 책을 못 쓴다는 분께 드리는 답변은 한마디다. "일단 쓰고 말하자."

그 모든 것은 쓰기 싫은 핑계다. 저자는 쓰면 된다. 열심히 쓰면 된다. 물론 저자도 판매를 염두에 두고 써야 한다. 내가 쓰고자 하는 분야의 시장 상황을 살피고, 이미 나와 있는 책들을 살펴보고, 그들과 다른 나만의 변별점은 무엇인지 생각해보고, 독자는 과연 무슨 이유로 내 책을 살 것인지 따져봐야 한다. 어느 구름에 비가 들었는지는 아무도 알 수 없다. 출판사도 모르는 것을 어찌 저자가 알겠는가.

책의 가치는 세 방향에서 확인해볼 수 있지 않을까. 쓰는 사람이 평가하는 가치, 읽는 이가 느끼는 가치, 세상 사람이 부여하는 가치. 세 가지 중 하나만 충족해도 쓸 이유는 충분하다. 책을 쓴다는 것은 사랑에 빠지는 것이다. 나를, 혹은 누군가를, 또는 무엇인가를 사랑하는 사람만이 책을 쓴다. 책 쓰는 고통을 온전히 홀로 견뎌야 하기 때문이다. 그런 사랑의 결과로 책이라는 자식을 낳게 된다. 자식은 성공할 수도 있고 실패할 수도 있다. 그러나 실패를 걱정해서 자식을 안 낳진 않는다. 모든 자식이 유명인이 되고 효자효녀가 되는 것도 아니다. 자식은 그 자체로 기쁨이고 축복이다.

2014년 첫 책을 쓸 때 덜컥 겁부터 났다. 서점에 가서 책 쓰기 관련 책의 목차를 훑어봤다. 용기를 주는 문구가 많았다. 마음에 드는 문구를 책상 앞에 붙여두고 썼다.

· 내 글과 내 경험을 판단할 자격을 가진 사람은 없다.
· 인생을 글로 쓰는 일에 정해진 규칙 같은 건 없다.
· 나와 똑같은 삶을 산 사람은 단 한 명도 없다.
· 내 이야기를 쓰는 것이지 문학작품을 쓰는 것이 아니다.
· 가장 훌륭한 책은 아직 세상에 나오지 않았다.
· 책 쓰기는 주인의 삶을 살게 해준다.
· 일생에 한 번은 책을 써라.
· 오직 책 쓰기만이 두 번째 삶이라는 기회를 준다.

갈비뼈에 금 가며 얻은 것들

- 온라인 글쓰기

나는 세 번 미쳐봤다. 대학 입시를 앞두고 4개월, 청와대에서 8년, 첫 책을 쓸 때 두 달간 미쳤다. 밥을 먹을 때도 길을 걸을 때도 남의 말을 들을 때도 그것만 생각했다. 그리고 또 미쳤던 때가 있다. 페이스북과 블로그에 빠졌을 때다. 아내가 적당히 하라고 성화였다. 나도 그러고 싶었으나 그럴 수 없었다. 쓸 말이 자꾸 생각나서 그만둘 수 없었다.

블로그에 댓글을 달다가 발을 헛디뎌 계단에서 굴러 갈비뼈에 실금이 갔다. '자빠진 데서 일어난다'는 생각으로 야간 응급실에서 블로그에 글을 올렸다. 블로그 댓글 달다 자빠졌으니 블로그 쓰는 데서 일어선다는 오기로 썼다.

이 정도면 중독이다. 그러나 글쓰기에는 유익했다. 무엇보다 즐거웠다. 온라인 글쓰기를 잘하기 위해서는 **첫째, 왜 온라인에 글을 쓰는지 목적의식이 분명해야 한다.** 나는 나를 알리겠다는 목적을 갖고 썼다. 나를 마케팅하고 브랜드화하는 것이 온라인에 글 쓰는 목적이다.

실제로 많은 사람이 그렇다. 마케팅은 나를 알리는 것이다. 시장에서 좀 더 비싼 값으로 나를 팔기 위한 활동이다. 브랜드화는 나에게 이름표를 달아주는 것이다. 내가 나로서 있게 만드는 것이다. 여기서 더 나아가 나의 타깃은 글쓰기 전문가로 자리매김하는 것이다. 그러나 이것은 너무 이기적이어서 좀 더 거창한 목적을 표방하기도 한다. 개방, 공유, 참여가 바로 그것이다.

읽기는 소유다. 남의 것을 내 것으로 만드는 일이다. 쓰기는 공유다. 내 것을 나눠주는 일이다. 남의 글을 읽은 대가로 그 빚을 갚기 위해 내 시간을 쓰는 일이다.

만약 전 세계인이 글쓰기와 관련한 자기만의 방법을 공개하고 공유한다면 글쓰기 노하우 빅데이터가 만들어지고, 마침내 글쓰기 고통에서 해방되는 날이 오지 않을까. 나는 여기에 동참하는 것을 내 온라인 글쓰기의 명분, 즉 목적으로 내세운다. 표방에만 그치지 않는다. 진심으로 많은 사람과 나눌수록 커지고, 나누어야 행복하다고 믿는다. 많은 사람과 나눌 때 꿈도 이루어진다.

둘째, 목표를 갖는 것도 중요하다. 가능한 한 계량화해서 잡는다. 페이스북의 경우 좋아요 100개, 블로그는 하루 방문자 500명, 이런 식이다. 목표가 있으면 매일 쓰게 된다.

군대 있을 때 가장 듣기 싫은 말이 있다. "눈 온다고 전쟁 안 하냐?" "비 온다고 안 쳐들어오냐?" 이런 말을 들으면 절망했다. 하지만 다른 한편으로 유익하기도 했다. 훈련을 건너뛰고 싶은 마음을 포기하게 했다. 페이스북이나 블로그에 글을 쓸 때 이 생각을 떠올렸다. 나태함을 다잡았다. 하루 세 번 블로그에 글을 썼다. 삼시세끼다. 안 먹으면 배가 고프듯, 안 쓰면 허기가 졌다. 몸에 영양소를 공급하듯, 정신에도 밥을 줬다.

나는 블로그에 글을 쓰기 위해 매일 칼럼 한 편이라도 읽었다. 수시로 메모했다. 늘 블로그에 쓸거리를 생각했다. 다독, 다작, 다상량했다. 매일 쓰다 보면 더 많은 글을 올리고자 하는 의욕이 샘솟는다. 그리고 쌓인 글을 가지고 무엇을 할까 궁리한다. 쓰면 또 쓰고 싶어진다. 쓸수록 쓸거리가 늘어난다. 어느 순간 빅뱅의 순간이 올지 모른다. 써놓은 글끼리 서로 관계를 맺고, 나도 모르고 있던 새롭고 기발한 글들을 쏟아낼지 모른다. 나는 그런 기대를 한다.

셋째, 나만의 캐릭터를 만들어야 한다. 웃기는 캐릭터라면 웃음이 나오는 소재를 찾아서 써야 한다. 나는 세 가지 방법을 썼다. 비틀기(의외성), 돌려치기(반전), 바보 되기(가학)다. 마지막 웃기는 한 줄을 먼저 썼다. 이 한 줄이 성공할 수 있도록 앞에 자락을 깔고 공을 들인다. 소설 작법을 주로 활용했다. 소설의 3요소인 인물, 사건, 배경가운데 먼저 배경으로 자락을 깐다. 시간적·공간적 배경을 그려줌으로써 내 글을 읽는 사람이 상황과 환경을 떠올리고, 그 안에 들어올 수 있게 한다. 어떤 사건이 일어난다. 사건은 일상적이지 않을수록 좋다.

핵심은 인물이다. 사건 안에 등장하는 인물을 통해 메시지를 전하거나 웃음 또는 감동을 준다. 이때 인물의 캐릭터가 관건이다. 독자가 인물의 성격을 분명하게 알 수 있도록 해야 한다. 욕심이 많거나 도전적이거나 성실하거나 기발하거나 착하거나. 나는 허당으로 정했다.

넷째, 일관성이다. 캐릭터는 일관성에서 나온다. ▲가장 중요한 일관성은 꾸준히 글을 올리는 것이다.

▲다음으로는 소재의 일관성이다. 나는 아내에게 혼난 이야기나 '글쓰기'에 관해 썼다. 자기만의 테마가 있어야 한다. 한 가지를 깊게 파면 재미있다. 파면 팔수록 그 분야를 더 좋아하게 되고 더 잘하게 된다. '내가 뭔가를 하고 있다'는 성취감이 든다. 사람도 얻는다. 온라인에서 친구와 이웃이 생긴다. 나아가 오프라인까지 확장될 수도 있다. 의도하지 않았지만, 그들은 언젠가 나의 우군 또는 조력자가 될 수 있다.

▲독자에게 주는 효용의 일관성도 중요하다. 나는 여러 효용 중에 '재미'를 골라 주야장천 그것만 추구했다. 내가 읽었을 때 웃기지 않으면 올리지 않았다. 온라인에 글을 쓰는 동기는 대개 세 가지가 아닐까. 아는 것을 자랑하고 싶어서, 느낌을 공유하고 싶어서, 그리고 우리가 같은 편임을 확인하고 싶어서. 읽는 사람 입장에서는 이 세 가지 중 하나가 충족됐을 때 만족한다. 만약 어떤 글을 읽었는데 새롭게 알게 된 것이 없거나, 받은 느낌이 없거나, 동질감 같은 걸 못 느끼면 괜히 읽었다는 생각이 드는 게 온라인 글이다.

▲표현의 일관성도 추구해야 한다. 나는 무조건 입말로 쓰고 석

줄을 넘기지 않았다. 마지막 문장에서는 반전을 꾀했다. 블로그는 논리가, 트위터는 촌철살인이 필요하다면, 페이스북의 화룡점정은 반전이 아닐까 싶다.

　▲메시지의 일관성도 유지하자. '아내에게 대들면 안 된다. 순종하자.' 하지만 가르치려 들지 않았다. 대들면 어떻게 되는지만 보여줬다. 이를 통해 내가 그려지고 체취가 느껴지게 하려고 했다. 사실 페이스북은 관음과 관종이 만나는 지점에서 탄생했다. 보고 싶어 들어와 읽고 보여주려고 글을 쓰는 게 페이스북이다. 지식이건 정보건 이야기건 느낌이건 솔직하게 아낌없이 보여주는 것이 그 본질에 부합한다. 감추거나 포장하려면 애당초 시작하지 말아야 한다.

　다섯째, 반응을 일으켜야 한다. 온라인 글쓰기는 호객 행위다. SNS나 블로그 글은 손님을 음식점으로 유인하는 것과 같다. 음식점이 손님을 끌어들이듯 글은 독자를 끌어들여야 한다. 글의 제목은 음식점의 간판이다. 메뉴는 글의 구성, 음식점의 전통과 현재 붐비는 정도는 필자의 명성에 해당한다. 가장 먼저 나오는 밑반찬은 글의 서두와 같다. 김치가 맛있으면 메인 메뉴에 기대를 갖게 한다. 음식을 다 먹은 후 디저트가 잘 나오거나 의외의 서비스를 하면 다음에 또 찾게 된다. 이것은 글의 마지막 반전이나 여운에 해당한다.

　한번은 페이스북에 '시집갑니다'라는 제목으로 글을 올렸다. 내용은 결혼식장에서 우연히 발견한 '신부 강원국'이라고 쓰인 사진 한 장뿐이었는데 반응이 뜨거웠다. 어느 정도는 반응을 예상했다. 특히 어떤 댓글이 달릴 것이라는 예측이 가능했다. '축하합니다',

'행복하세요' 등. 독자는 즉각적으로 감응하거나 응답할 수 있는 글에 반응한다. 온라인 독자는 다이제스트를 좋아한다. 정리해줘야한다. 또한 패러디를 좋아한다. 아포리즘도 즐긴다. 명언이나 멋진구절을 찾는다. 그 밖에도 랭킹, 유행, 영상을 좋아한다. 무엇보다핫해야 한다.

손쉽게 반응을 일으키는 방법이 있다. 찬성과 반대 의견을 묻거나, 상반되는 시각을 대비해 선택하게 하거나, 몇 가지 유형을 제시하고 당신은 어디에 해당하는지 물어보면 된다. 그러면 독자는 크게 고민하지 않고, 무의식적으로 댓글을 단다. 내 글을 읽고 독자들의 첫 반응이 무엇일까 생각해봐야 한다. 나라면 내 글에 뭐라고 댓글을 달 수 있을까. 아예 댓글을 달 수 없는 내용은 아닐까. 무반응보다는 반응이 많을수록 좋고, 나쁜 반응보다는 괜찮은 반응이 좋으며, 의례적이고 누구나 예상할 수 있는 반응보다는 기발한 반응을일으키는 글, 생각할수록 새록새록 반향이 일어나는 글이 좋다. 하지만 늘 반응이 있는 것은 아니다. 그렇다고 실망할 일도 아니다.

나는 블로그를 시작하고 한동안 공감이 '빵'이었다. 조회수도 미미했다. 메아리 없는 글쓰기였다. 나는 스스로 이렇게 무장했다. '지금은 미약하나 나중에는 늘어날 것이다.' 반응이 없더라도 나는지금 노출 본능과 표현 욕구, 자기만족을 얻고 있는 것이다. 소득 없는 일을 하고 있는 것이 아니다. 미래의 내가 읽는다. 미래의 내가독자다. 누가 읽지 않아도 축적된 자료는 내게 소중한 추억이 되고훌륭한 자료로 쓰일 것이다. 남의 글을 읽고 덕만 봐서야 되겠는가.

나도 보답해야지. 그런 의무감에서라도 쓰는 게 맞다. 한 사람이라도 읽는 사람이 있으면 써야 한다. 그 사람에게 고마워서라도 써야 한다.

포털 검색창에 내 이름을 치면 '강원국제박람회'만 뜨던 시절이 있었다. 이제는 동영상까지 나온다. 불과 5년 전만 해도 상상할 수 없던 일이다. 블로그와 페이스북으로 소통하면서 만들어진 미래다.

사람에게는 니즈(needs, 결핍, 필요조건)와 원츠(wants, 욕구, 충분조건), 라이크스(likes, 선호, 필요충분조건)가 있다. 배가 고파 먹을거리를 찾는 것은 니즈다. 원츠는 먹고 싶은 것이다. 라이크스는 좋아하는 것이다. 회사에서는 니즈로 썼다. 블로그와 페이스북은 원츠로 쓴다. 언젠가 내가 소설을 쓴다면 그건 라이크스다.

나이 쉰 살 넘어서는 도전하며 살았다. 책 쓰기, 언론 기고, 강연, 방송 출연에 도전했다. 니체는 《차라투스트라는 이렇게 말했다》에서 '초인'을 자신을 극복한 인간으로 정의한다. 초인은 무언가를 마땅히 해야 해서 하는 것이 아니다. 하고 싶어서 한다. 구속과 의무가 아니라 자신의 의지와 의욕으로 한다. 그에게는 삶이 즐겁다. 인생이 행복하다. 세상이 아름답다.

연애편지 뭉치의 행방은?

- 이메일, 어떻게 보내야 할까

1989년 가을, 미리 얻어놓은 신혼집에 내가 먼저 들어가 살고 있었다. 아내가 될 여자의 이삿짐이 도착했다. 그런데 처녀 시절 아내가 다른 남정네에게 받은 연애편지 뭉치가 통째로 없어졌단다. 결혼 5년 차까지는 '그걸 왜 내게 묻느냐?'고 화를 냈고, 결혼 10년이 넘어서는 '정말 모르는 일'이라고 했다. 지금은 묵비권을 행사 중이다.

이메일의 본질은 편지다. 온(溫)라인 편지다. 편지는 용건이 있을 때 쓴다. 용건, 즉 볼일을 제대로 봐야 이메일의 목적을 이룰 수 있다.

제목에 신경 쓴다

노무현 대통령이 2007년 신년연설을 한 후 이에 관한 반응을 보고하는 문서 제목을 '신년연설에 관한 반응 분석'이라고 쓰지 않았다. 이것은 '소재'에 해당한다. '주제'를 표현해야 한다. '신년연설의 부정적 반응에 대한 대응 방안'이라고 썼다. '신년연설에 관한 반응 분석'보다 더 읽어보고 싶지 않은가. 핵심 내용을 함축적으로 담되 궁금증을 유발하려고 했다.

이메일을 보낼 때도 제목만 보고 당장 읽지 않고는 못 배기게 해야 한다. 그렇다고 '낚시질'이 돼선 곤란하다. 내용과 관계없는 제목으로 궁금증만 유발해선 안 된다는 얘기다. 제목만 보고도 무슨 내용인지 알 수 있되, 제목만으로는 궁금증이 다 풀리지 않아 읽고 싶게 만들어야 한다. 평소에 신문 제목을 유심히 보는 습관을 들이면 좋다. 노무현 대통령은 제목 앞에 〔단순 참고〕, 〔의사 결정 요망〕, 〔긴급〕 등의 설명을 붙이게 했다. 대통령이 봐야 하는 보고 메일이 너무 많기 때문이다.

본문 첫 줄에 심혈을 기울인다

모든 글이 그렇듯 초두 효과는 강력하다. 이런 첫 줄은 최악이다. '~에 관해 보고드립니다.' 중요한 첫 줄을 허공에 날려버리는 거나 다름없다. 빈틈없는 작성 과정에 관한 믿음을 줘야 한다. 메일 받는 사람이 이런 생각을 갖게 해야 한다. '최선을 다해 작성했고 이대로 하면 되겠다.' '다른 사람 의견을 추가로 듣지 않아도 되겠구나.'

예를 들면 이렇다. '홍보수석실과 두 차례 회의하고, 경제수석과 사회수석의 조언을 듣고 작성했습니다만, 청년층에게 전하는 메시지가 미진합니다.' 나 혼자 얼렁뚱땅 작성한 게 아니라는 것을 보여주는 동시에, 부족한 점까지 자백하는 것이다. 그러면 메일을 읽는 사람도 '미진한 부분만 의견을 주면 되겠구나' 하고 생각한다. 신뢰의 바탕 위에서 자기 역할에 충실하게 된다. 메일을 보낸 사람이 만든 프레임에 갇힌 것이다.

친근감을 표현한다

메일은 편지다. 공적인 비즈니스 메일을 보낼 때도 편지의 장점을 최대한 살리는 게 좋다. 외부에 보내는 메일은 용건부터 말하기보다는 간략한 안부 인사를 먼저 하는 게 바람직하다. 하지만 상투적인 인사는 안 한 것만 못하다. '귀사의 일익 번창하심을 기원합니다' 같은 문구 말이다. 메일 내용은 가급적 구어체로 쓰되, 받는 사람의 나이, 친밀도 등을 고려한다. 이모티콘, 은어, 유행어, 가까운 관계에서나 쓰는 어투는 절제해야 한다.

간단명료한 게 최고 미덕이다

빅토르 위고는 출판사에 '?'만 써서 편지를 보냈다. 출판사에서 이렇게 답신이 왔다. '!' 물음표에 느낌표로, 다시 말해 책이 잘 팔리고 있느냐는 물음에 이렇게 답한 것이다. 상대방도 잘 아는 내용이면 두괄식으로 결론부터 쓰자. 하지만 상대가 잘 모르는 내용이면 길어지더라도 미괄식으로 써야 한다. 그렇지 않으면 "도대체 무슨 소리야? 자초지종을 차근차근 얘기해봐"라며 짜증부터 낼 것이다.

상대방을 설득해야 한다

설득 내용에 따라 강조점이 다르다. 첫째, 이해하게 만드는 경우다. 사실 관계를 정확히, 많이 알아야 한다. 둘째, 결정하게 만드는 경우다. 타당한 이유와 논거를 제시해야 한다. 셋째, 채택하게 만드는 경우다. 참신한 아이디어와 성공 가능성에 대한 확신이 필요하다.

사소하지만 중요한 팁 여섯 가지

첫째, 첨부한 문서도 메일 본문에 붙여주거나, 너무 길면 요약해주자. 바쁠 때는 별첨 문서를 열어보는 것도 귀찮을 수 있다. 또한 첫 페이지가 나오도록 저장해서 보내자. 별첨 문서를 열었을 때 마지막 쪽이 나오면 처음으로 스크롤해 올라가야 하는 번거로움이 있다. 별것 아닌 것 같지만, 편지 봉투를 열었는데 마지막 장부터 보이면 기분이 좋겠는가.

둘째, 단체 메일은 가급적 지양하자. 누구나 특별하게 대접받고 싶다. 번거롭더라도 메일은 개별적으로 보내자. 연말연시나 명절에 보내는 단체 메일은 안 보내는 것만 못하다. 일종의 공해다. 단체 메일을 보내더라도 여러 명의 '참고 수신자'는 숨기고 보내자.

셋째, 편집에 정성을 기울이자. 밑줄이나 굵은 글씨, 색깔 넣기 등으로 읽는 사람이 한눈에 파악할 수 있게 돕자.

넷째, 메일을 보냈다고 끝이 아니다. 열어봤는지 확인해야 한다. 받은 메일 역시 최대한 신속하게 열어보고 회신해줘야 한다. 다만, 거절하는 메일은 심사숙고했다는 의미에서 뜸을 들이는 것도 나쁘지 않다. 메일 보내는 시간도 전략적으로 활용할 수 있다. 참여정부 시절 유시민 전 장관에게 조언을 구한 적이 있는데, 다음 날 아침에 확인해보니 새벽 2시에 답신이 와 있었다. 그가 얼마나 책임감 있고 성실한지 알 수 있었다.

다섯째, 이메일을 데이터베이스화하자. 주고받은 메일은 그 자체가 업무 일지다. 추후 확인을 위해 따로 관리할 필요가 있다. 나는 대통령과 주고받은 메일을 이력 목록으로 작성해서 업무에 늘 참고했다. 한편 면피용으로 메일을 활용해서는 안 된다. 내가 이렇게 보냈다는 증빙을 남기기 위해 보내는 경우다. 이런 경우 상대방은 그 의도를 알고 불쾌해하기 십상이다.

여섯째, 이메일은 누군가에게 공개되고 기록으로 남는다는 사실을 유념하자.

요즘도 아내는 뻑하면 묻는다.

"모두 용서해줄 테니 사실대로 얘기해. 불 싸질렀지?"

나는 아내의 연애편지 행방을 모른다. 아니, 무덤까지 갖고 갈 거다.

5장
사소하지만
결코 놓쳐선 안 되는
글쓰기 환경

글 쓰는 사람은 태생이 '관종'이다

- 독자와 나누는 대화

엄마가 세상을 떠났다. 초등학교 2학년 때다.

집 담벼락에 늘어선 조화 행렬을 친구들에게 자랑했다. 몇 개나 되는지 세어보라며 으쓱했다. 엄마는 장학사였다. 엄마가 학교에 나타나면 선생님들이 부산을 떨었다. 엄마는 권력이었고, 나는 가장 가까운 측근이었다. 그 짜릿한 기억을 2년도 누리지 못했다. 그뿐이었다.

나는 줄곧 눈치 잘 보는 아이로 컸다. 오죽하면 별명이 '됐어요'였다. '괜찮다'는 말을 하도 입에 달고 살아서다. 남들이 좋아하는 음식은 가급적 손대지 않았다. 누가 밥 먹었냐고 물어보면 무조건 먹었다고 했다. 좋게 말하면 남에게 민폐 끼치는 것을 싫어했다고 할 수 있지만, 실은 미움받는 것이 두려웠다.

어떻게 해야 남의 눈 밖에 나지 않을까, 무엇을 해야 상대가 좋아할까, 늘 생각했다. 마음 읽기로서 눈치 보기를 대학 졸업 때까지 훈

런했다. 아니, 지금도 지속되고 있다. 30년 가까이 산 아내가 당신은 '됐어요'밖에 모르느냐며 속 모르는 소리를 한다.

눈치 보는 사람은 남의 기대에 부응하려고 한다. 좋은 평가를 받기 위해 안달한다. 적어도 나쁜 평가는 받지 않겠다는 강박으로 안절부절못한다. 그런 결과로 썩 좋진 않지만 영 나쁘지도 않은 성과를 낸다. 그래도 책임감 있다는 소리는 듣는다.

쉰이 넘어 돌아보니 나는 어릴 적부터 '관종(관심 종자)'이었다. 엄마의 장례를 자랑질 소재로 활용했다. 엄마를 통해서라도 나를 드러내고 싶은 사람이었다. 지금도 글을 쓸 때 카페를 찾는다. 잔잔한 음악과 두런거림, 이른바 백색소음이 좋아서만은 아니다. 그곳엔 이목이 있다. 눈길을 받을 수 있다. 열심히 글 쓰는 사람의 모습보다 더 아름다운 자태는 없으리라는 믿음으로 쓴다. 누군가 알은척이라도 하면 글이 갑자기 잘 써진다.

갈고닦은 눈치는 글쓰기에 결정적 도움이 됐다. 그동안 나의 독자는 한 사람이었다. 사장이나 회장 또는 대통령. 나는 그들에게 빙의가 잘됐다. 쉽게 아바타가 됐다. 그들이 무엇을 원하고 기대하는 바가 무엇인지 알 수 있었고, 그들의 소리가 들렸다. 글을 쓰다 보면 "됐고, 그래서 하고 싶은 말이 뭡니까?"라는 소리가 들렸다. 그러면 서둘러 결론을 썼다. "아니, 다짜고짜 이게 무슨 소립니까. 좀 찬찬히 얘기해보세요" 그러면 자세히 설명했다. 출판사에서 일할 때도 독자가 돼서, 독자의 눈으로 보려고 노력했다. 독자가 궁금해할 것, 독자가 지루해할 대목을 찾았다.

타인의 기대에 부응하려는 노력은 두 가지 좋은 결과를 낳는다. 먼저, 어떻게든 써낸다. 글 쓰는 사람에게 반드시 필요한 덕목이다. 다른 하나는 못 썼다는 소리는 안 듣는다. 혹여 그런 소리를 들을까 봐 자료를 찾고 밤을 새우며 안달복달한다. 그런 조바심이 최악은 면하게 해준다. 그렇다고 잘 썼다는 말도 듣기 어렵다. 조마조마 졸이는 마음으로는 잘 쓰기 어렵다.

글 쓰는 사람은 태생이 '관종'이다. 이들은 글을 들고 독자 앞에 나선다. 보여주기 위해 글을 쓴다. '나는 이것을 알고 있고 이렇게 생각하고 느꼈고 깨달았다'고 얘기한다. 자신을 드러낸다. 이것이 나라고 외치는 것이 글쓰기다. 관심 받기를 싫어한다면 왜 글을 쓰는가. 정치인과 언론인의 글은 말할 것도 없고 문인과 과학자, 철학자, 연예인 할 것 없이 글을 쓰는 이유는 관심을 끌기 위해서다.

그렇지 않다고 말하면 비겁하다. 관심 끌기에 성공하지 못할까봐 스스로 방어선을 치고 참호 안에 머리를 처박고 있는 격이다. 글을 쓰는 이유는 나의 글로써 무엇인가를 움직이고 변화시키고 이루고 이바지하기 위해서다. 적어도 나의 존재를 확인하기 위해서다. 투명 인간으로 살기 싫어서다.

독자를 읽고 독자 비위를 맞출 줄 아는 사람이 작가다. 인기 드라마 작가는 시청자 심리를 읽으려고 노력한다. 시청자 반응을 보며 드라마 결말을 바꾸기도 한다. 연설을 잘하는 사람은 청중 연구에 철저하다. 청중 반응에 따라 준비한 연설 내용을 즉석에서 수정하기도 한다. 문인은 말할 것도 없다. 최인훈의 소설《광장》, 톨스토이의

《안나 카레니나》모두 중쇄 때마다 개작을 거듭했다.

직장 글쓰기 역시 그러하다. 상사에게 관심이 있고 상사를 연구하는 사람이 글을 잘 쓸 수밖에 없다. 그렇지 않으면 내 글의 독자인 상사의 취향과 성향을 정확히 알 수 없다. 상사와 가깝지 않으니 상사가 가진 정보를 공유할 수도 없다. 보고서에 관한 상사의 피드백과 코칭도 친절하게 받지 못한다. 평소 상사에게 자신의 기획이나 아이디어를 표현할 기회가 없으니 상사가 보고서 내용도 잘 이해하지 못한다. 아무리 글재주가 있고 아이디어가 많아도 좋은 글을 쓸수 없다.

글쓰기 강의에 가면 자기표현과 의사소통 가운데 어디에 방점을 찍어 써야 하느냐는 질문을 자주 받는다. 그러면 나는 프랑스 철학자 장 폴 사르트르가 《문학이란 무엇인가》에서 말한 '사물의 언어'와 '도구의 언어'를 소개한다. 사물의 언어는 시의 언어다. 시인이 시적 충동에 따라 자기만족을 위해 쓰는 글이다. 목적성이 없는, '사물' 자체의 언어인 것이다. 도구의 언어는 산문의 언어다. 언어를 '도구'로 삼아 목적을 갖고 쓴 글이다. 자기만족이 아니라 독자에게 영향을 미치기 위해 쓰는 것이다.

글은 이 두 가지 모두를 충족해야 하지 않을까. 자기 드러내기와 남과 소통하기. 소설가 김훈은 자기 내면을 드러내기 위해 글을 쓴다고 했고, 조지 오웰은 정치적 목적을 갖고 세상과 소통하기 위해 쓴다고 했다.

나는 두 단계로 분리해서 쓰는 게 답이 아닐까 싶다. 1단계에선 자기 생각을 가감 없이 관종이 되어서 쓴다. 다시 말해 자기 생각을 드러낸다. 2단계로 독자의 눈치를 보며 독자에 빙의해서 독자의 눈으로 고친다.

　독자가 있다는 것은 축복이다. 이유는 두 가지다. 먼저, 글은 독자가 읽어야 완성되기 때문이다. 독자가 없는 글은 무의미하다. 글은 처마 끝에 매달린 풍경(風磬)과 같다. 바람이 불어야 소리가 난다. 바람은 독자다. 바람 없는 풍경은 고철덩이에 불과하다. 독자는 내 글을 읽는 단순한 대상이 아니라 내 글의 주인이 된다. 독자가 이해하고, 동의하고, 공감하고, 설득당하고, 감동하는 글이 좋은 글이다. 이것이 글쓰기의 목적을 달성하는 길이다.

　독자가 이정표 역할을 해준다는 게 두 번째 이유다. 영국 소설가 버지니아 울프는 "독자가 누구인지 알면 어떻게 써야 하는지 알 수 있다"고 했다. 독자가 없으면 그것은 진공상태에 떠 있는 것과 같다. 중력 부담은 없지만 그런 상태에서는 글쓰기가 막막하다. 글쓰기는 독자와 발을 묶고 달리는 2인3각 경주다. 독자가 정답을 갖고 있다. 독자를 연구하면 된다. 독자의 마음을 읽으면 막연한 상태에서 벗어날 수 있다.

　대부분 이것을 소홀히 한다. 독자를 명료하게 떠올리며 글을 쓰지 않는다. 독자가 원하는 것을 읽으려 하지 않는다. 상대를 꼭 집어놓고 쓰지 않으면 글이 공허해진다. 누구에게도 의미 없는, 아무도 자기 얘기라고 생각하지 않는 글이 된다. 일반론으로 흐르거나 추상적인 글이 나온다. 그런 글은 쓰기도 어렵다.

　군 시절 신참 때 관물대를 쳐다보고 앉아 있으라 했다. 아무 생각도 나지 않았다. 무념무상의 상태다. 얼굴을 벽에 대고 잡념을 떨쳐내는 면벽 수도다. 그런 상태에서 글이 잘 써지겠는가. 표정 없는 상대와 얘기하는 것과 맞장구 잘 쳐주는 사람을 앞에 두고 말하는 것 중에 어느 쪽이 쉬운가.

나는 독자에게 의지해서 쓴다. 독자 머리에 들어가 독자와 대화하며 쓴다. 가장 먼저 하는 일은 독자를 정하는 것이다. 구체적인 한 사람이면 된다. 내가 잘 아는 사람으로 주변에서 찾는다. 다음으로 하는 일은 내가 그 사람이 되는 것이다. 나를 내려놓고 내가 그 안으로 들어간다. 끝으로 확장한다. 내 아들을 마음에 두고 쓴 글의 대상을 모든 젊은이로 확장한다. 그래야 한 사람을 염두에 두고 쓴 글이 그 사람만을 위한 글에 머물지 않는다.

독자는 세 가지를 원한다. 재미와 효용과 감동이다. 재미와 효용은 기본이고, 감동은 그 결과이자 덤으로 주어지는 선물이다. 최상의 글은 이 세 가지를 충족해준다.

재미는 필요조건이다. '누가, 언제, 어디서, 무엇을'에서 나온다. 그 대신 지식이나 설명이 아니라 이야기로 접근해야 한다. 효용은 충분조건이다. '어떻게, 왜'로 얻어갈 거리를 줘야 한다. '어떻게'로 노하우를, '왜'로 깨우침과 지적 포만감을 안겨줘야 한다. 재미가 없으면 읽지 않고, 재미있게 읽었는데 얻어가는 게 없으면 화를 낸다. 재미있게 읽었는데 기대 이상의 소득이 있으면 수지맞았다고 생각한다. 이렇게 횡재했다고 느꼈을 때 독자는 감동한다.

글을 길에 비유해보자. 글의 재미는 먼 길 가는 사람을 지루하지 않게 한다. 그러면 독자는 끝까지 읽을 것이다. 자신이 모르던 사실까지 알려준 글은 몰랐던 길을 가르쳐주는 것과 같다. 독자는 감사할 것이다. 다른 관점을 제시해준 글은 좀 더 빨리 갈 수 있는 지름길을 알려준 것이라 할 수 있다. 독자는 탄복할 것이다. 이런 것이 글의 효용이다. 감동을 주는 글은 지름길일 뿐만 아니라 교통 정체도 없고 주변 풍광도 좋은 길을 안내해준 격이다. 독자에게 새로운 길이 열리는 순간이다.

학교에 들어가기 전이다. 바삐 출근하는 엄마에게 총을 사달라고 졸랐다. 엄마에게 야단맞고 터벅터벅 걸었다. 나는 뒤에서 엄마가 쳐다보고 있다고 확신했다. 어깨를 최대한 내려뜨리고 힘없이 걸었다. 내가 보여줄 수 있는 가장 불쌍한 뒷모습이었다. 그때 엄마가 부르는 소리가 들렸다. "원국아~" 예상대로였다. 엄마는 동전 몇 개를 손에 쥐어주며 퇴근하고 와서 사주겠다고 했다.

관종의 길을 걸었다. 눈치 보며 빙의해 살았다. 그래서 쓸 수 있었다. 내가 없이 산 세월이 헛되지만은 않았다.

그대는 글동무를 가졌는가

- 함께 쓰자

이런 상상을 해본다.

학교 다닐 적, 한 학급 친구 모두가 시험에 나올 만하다고 생각되는 것을 송두리째 내어놓고 공유했으면 어땠을까. 지구상에서 가장 공부 잘하는 반이 되지 않았을까.

이 세상 사람 모두, 아니 그 가운데 100명이라도 자신이 알고 깨우쳐 활용하고 있는 글쓰기 방법을 속속들이 내놓고 공유하면 어떨까. 우리의 글쓰기 고민 절반은 덜 수 있지 않을까.

신입사원 시절, 내가 속한 홍보실에는 또래 남자 직원이 세 명 있었다. 한 사람은 나와 동갑이지만 입사 2년 선배, 다른 한 사람은 나보다 한 살 아래지만 1년 선배였다. 세 사람은 대학 동문이기도 했다. 입사한 지 얼마 되지 않아 셋이 술자리를 하며 말을 놓기로 했다. 얼큰하게 취해 집에 돌아가는 길, 이들과 한 직장에서 일하고 있다는 게 뿌듯했다.

청와대에 들어가 김대중 대통령을 모시고 첫 해외 순방길에 올랐다. 긴장 속에 순방을 마치고 비행기가 서울공항에 안착했다. 비행기 바퀴가 공항 활주로에 닿았을 때, 수행원 모두가 일제히 박수를 쳤다. 순방을 무사히 마쳤다는 안도와 함께 고된 일정 속에서 성공적인 성과를 거둔 대통령께 위로와 축하를 보내는 박수였다. 갑작스러운 상황이 어색하고 민망했지만, 이내 동참했다. 박수를 치며 영문 모르게 가슴이 벅찼다.

지금도 글쓰기에 관심 있는 사람들을 만나면 그렇다. 그런 사람과 어울려 사는 게 왠지 뿌듯하다. 동무들이 있어 두렵지 않고 든든하다. 내가 그 일원이라는 사실이 다행스럽다.

29세에 하버드대학 최연소 지도교수가 되어 40년 넘게 글쓰기를 가르치고 있는 로저 로젠블랫(Roger Rosenblatt)이 그랬다. "글쓰기를 배우려는 사람은 그것을 통해 성공하기 위해서가 아니라, 단지 글쓰기라는 세계를 원할 뿐이다. 그 세계의 일원이 되기 위해, 그 세계를 거닐기 위해, 그 세계에 둘러싸여 있음을 느끼기 위해서다."

참여정부 때 연설비서관이 됐다. 행정관 네 사람이 국정 전 분야를 나눠 맡았다. 연설비서관은 행정관이 쓴 글을 고치는 사람이다. 고칠 자신이 없었다. 내가 고친 것이 그들이 쓴 초안보다 나을 것이라는 확신이 없었다. 그래서 다 함께 모여 고치자고 했다. 그 대신 나도 초안을 썼다. 각자 초안을 쓰고 비서관과 행정관이 모여 함께 고쳤다.

동료를 믿고 자신 있게 썼다. 불필요한 자기검열을 하지 않기 때문에 좀 더 창의적인 글이 가능했다. 대충 쓰지도 않았다. 그러면 동료들이 고생한다는 것을 알았기에. 동료에게 민폐 끼치지 않으려고 밤늦게까지 썼다. 내가 못 쓰면 동료 시간을 빼앗게 된다는 생각으로 고치고 또 고쳤다. 그래도 내가 혼나지 않기 위해 일할 때보다 덜 피곤했다. 동료들이 지적해도 기분 나쁘거나 찜찜하지 않았다. 도리어 고마웠다. 보답하기 위해 나도 열심히 지적했다. 서로의 지적이 상승작용을 일으켜 글이 좋아졌다.

누구는 잘 썼다고 집에 일찍 가고 누구는 못 썼다고 남아 있지 않았다. 밤을 새워도 함께 새고 놀아도 같이 놀았다. 누군가 자신이 쓴 글 때문에 독회가 길어져 미안해하고 기가 죽어 있으면 또 다른 누군가가 그의 글을 미리 봐줬다. 독회에서 줄 의견을 미리 줌으로써 그를 도왔다. 독회가 치열한 만큼 결과물도 좋아졌다.

각자 초안을 쓰고 함께 모여 고치는 방식만 있었던 건 아니다. 다 함께 모일 시간이 없으면 초안을 돌리고 각자 의견을 붙였다. 여럿이 각 부분을 나눠 작성한 뒤 합치는 경우도 있었다. 예를 들어 대통령 국회 연설문은 경제, 정치, 사회 등 각자 전문 분야를 써서 한 사람이 종합하여 톤을 통일했다. 초안 없이 모여서 토의하며 함께 쓰기도 했다. 반짝이는 아이디어가 필요한 짧은 글은 이런 방식이 효과적이다.

그전에 국민의 정부 때는 막내 행정관이었다. 나는 경제 분야를 썼다. 매일 시험을 치르는 심정이었다. 매번 비서관과 대통령의 평가를 받았다. 점수를 매기진 않았지만, 얼마나 고쳤는지가 곧 평가 점수였다. 누군가는 칭찬을 받고 누군가는 지적을 받았다. 초안을 쓸 때 손가락이 얼어붙었다. 이렇게 쓰면 비서관이 어떻게 고칠까. 대통령께 누가 되진 않을까. 결과적으로 지적받지 않고 문제되지 않는 글을 쓰려고 노력했다.

그 당시 나의 상태를 사자성어로 표현하면 이랬다. 글을 잘 쓰겠다는 마음으로 노심초사(勞心焦思)하다가, 아는 것 하나만 써야 하는데 알고 있는 다른 무엇까지 붙이려다 보니 횡설수설(橫說竪說) 꼬이고, 주제와 상관없는 멋진 표현이 생각나 억지로 넣다 보니 자중지란(自中之亂)에 빠지며, 잘못 쓴 문장 하나 지우면 될 것을 살려보려고 안간힘을 쓰다가 일파만파(一波萬波) 번지고, 찾아놓은 자료가 아까워 이곳저곳 쑤셔 넣다 보니 중언부언(重言復言)하게 되고, 쓰는 도중에 말이 안 된다는 걸 알았지만 어떻게든 꿰맞추려다 보니 점입가경(漸入佳境)에 이르러, 감동적인 마무리를 하려다가 설상가상(雪上加霜)으로 끝이 났다.

어느 조직이나 뒤처진 사람은 있게 마련이다. 이것이 발목을 잡는다. 이 문제를 해결하는 것이 조직에서 중요한 과제다. 같이 움직여야 하는 공동 작업이기 때문이다.

결국 직장에서는 글 잘 쓰는 사람이 일의 효율을 높인다. 중요한 글이 벽에 부딪히면 구성원 가운데 실력자가 해결하기 마련이다. 고맙기도 하지만, 다른 한편으로 미안하고 기가 죽는다. 그를 본받으라 하지만 그리 쉽게 되는 일도 아니다. 그에게 배울 기회가 없기 때문이다. 자기 일을 하는 것만으로도 숨이 차다. 각자 자기 레인을 달릴 뿐이다. 그러다 보면 자연스럽게 경쟁 관계가 된다. 결국 누군가는 지적을 받을 텐데, '나만 아니면 다행'이라는 생각을 하게 된다. 남의 불행이 곧 나의 행복이 된다. 늘 불안하다. 기분이 좋지 않다. 어딘가에 소속돼 있다는, 안전하다는 느낌이 없다.

경쟁 일변도 상황에서는 섞이지도 않는다. 경제 연설에 외교안보 현안이 담기지 않는다. 경제 따로 정치 따로 식이다. 윗선에 올라가면 섞이긴 하지만 실무자 수준에서는 융합과 통섭이 일어나지 않는다.

참여정부 때는 그것이 가능했다. 모여 앉아 글을 고치는 시간이 학습하는 시간이었다. 서로가 서로에게 배웠다. 토론하면서 많이 가진 사람의 것이 적게 가진 사람에게 흘러갔다. 나는 글을 쓰면서 누가 어떤 지적을 할지 예상이 됐다. 그러면 그렇게 쓰지 않으려고 노력했다. 시간이 지나면서 실력이 상향 평준화됐다. 어느 시점부터는 고칠 게 없어졌다. 어떻게 써야 하는지를 서로가 잘 알았다. 어떻게 쓰자는 합의가 소리 없이 이뤄졌다. 독회 시간이 점점 짧아졌다.

결과에 대해서도 누구만 좋고 누구는 나쁘지 않았다. 모두가 뿌듯하고 대견스럽게 생각했다. 대통령에게 칭찬을 받건 꾸중을 듣건 모두의 일이었다. 서로를 격려하고 서로에게 공을 돌렸다. '광복절 경축사'같이 한 달여 동안 함께 고생한 일이 끝나면 삼청동 술집에 몰려가 삐뚤어지게 마셨다. 그때마다 생각했다. '이 사람들과 함께라면 못해낼 일이 없겠다.' '이들과 함께 일하는 것이 한없이 자랑스럽다.' 연대의 기쁨과 협력의 힘을 확인했다.

우리는 그렇게 공동체가 됐다. 일이라고 생각하지 않았다. 모여 앉아 말하는 게 전부였다. 늘 얘기하면서 서로의 속사정을 모두 알았다. 집에 무슨 일이 있는지, 지금 컨디션이 어떤지 등. 위로를 받기도 하고 동료와 함께 해결책을 찾기도 했다. 서로 공감하고 배려했다. 서로에게 못할 말이 없었다. 실력을 포장하려고 하지 않았다. 그럴 필요가 없었다. 이미 다 알고 있었다. 다 알고 있다는 것을 잘 알고 있었다. 이런 얘기를 해도 되나 망설이지 않았다. 이런 얘기를 하면 누가 뭐라 하지 않을까 고민하지 않았다. 내키는 대로 말했다. 무슨 얘기를 해도 됐다.

내 약점을 말한다고 그것이 공격받는 빌미가 되지도 않았다. 되레 누군가 그 약점을 보완해줬다. 그런 믿음이 있기에 약점을 적극적으로 드러냈다. 기탄없이 말했고, 다 받아줬다. 이심전심으로 통하는 상태가 됐다. 휴일에도 사무실에 모여 앉아 두런두런 얘기하는 게 좋았다. 누군가는 사교 집단 같다고도 했다. 우리가 지나가면 "저기 텔레토비들 간다"고도 했다. 개의치 않았다.

누가 글쓰기를 고독한 자기와의 싸움이라고 했는가. 굳이 혼자 쓸 필요 없다. 함께 쓰면 더 잘 쓸 수 있다. 직장에 다니면 동료들끼리, 아니면 친구들끼리, 혹은 마을 분들끼리 모임을 만들어보자. 일종의 글쓰기 마스터마인드그룹이다.

마스터마인드그룹은 자기계발서의 원조 격인 나폴레온 힐(Napoleon Hill)이 《놓치고 싶지 않은 나의 꿈, 나의 인생》에서 주창한 개념이다. 보통 3~7명이 정기적으로 모여 아이디어와 정보를 교환하고 토론을 벌이며 서로를 격려하고 자극하는 모임이다. 앤드루 카네기, 헨리 포드 등 성공한 사람 배후에는 예외 없이 이들 마스터마인드그룹이 있었다.

직장에서 글을 쓰다가 혼자선 도저히 힘에 부칠 때, 사안이 중요해서 누군가의 도움이 필요할 때 이 모임을 소집한다. 멀티태스킹이 되지 않는 뇌의 한계를 극복하는 방법으로 여러 뇌가 함께 머리를 맞대는 것이다. 토론식으로 집단 창작을 하거나, 집합 지혜를 모으면 기대 이상의 좋은 결과가 나온다. 한번 도움을 받은 사람은 다른 사람의 요청에 흔쾌히 응하고 성심껏 고쳐준다. 이렇게 부정기적으로 만날 수도 있고, 일정 주기로 순수한 글쓰기 모임을 할 수도 있다. 이런 경우 사전에 주제를 공유하고 A4 용지 한 장 정도로 글을 써서 모인다. 그리고 서로의 글을 평가해준다. 일종의 합평이다.

판타지 소설의 대가 어슐러 르 귄(Ursula Le Guin)은《글쓰기의 항해술》에서 합평의 유용성을 다섯 가지로 제시했다. 상호적 격려, 우호적 경쟁, 고무적 토론, 비평을 통한 훈련, 시련을 이겨낼 버팀목 마련이 그것이다. 뇌과학이나 심리학에서는 인간이 세 가지 마음을 갖고 있다고 말한다. 경쟁에서 이기고 싶은 마음, 위험을 회피하려는 마음, 새로움을 추구하는 마음이다. 이런 세 마음과 르 귄이 말한 합평의 유용성은 일치한다. 합평을 통해 얻는 다섯 가지가 인간이 추구하는 세 가지 마음을 충족해주기 때문이다.

단, 멤버를 잘 짜야 한다. 격의 없이 비판할 수 있어야 한다. 그런 비판을 선의로 받아들일 수 있어야 한다. 또한 실력 차가 크지 않아야 한다. 모임에 기대려고만 하기보다는 작은 힘이라도 보태려고 하고, 서로에게 도움을 주겠다는 마음이 있는 사람들이 모여야 한다. 규칙도 필요하다. 글을 써오지 않으면 커피값을 낸다든가, 다른 사람의 글에 관해 한 가지 이상씩 칭찬해준다든가.

글을 쓰다 보면 반드시 슬럼프가 온다. 쓰는 자체가 싫어지기도 하고, 회의가 들기도 하며, 좋지 않은 반응에 좌절하기도 한다. 이때 용기를 주는 동무가 필요하다. 무엇보다 쓴 글을 보여주고 피드백을 받을 수 있어 좋다. 오랫동안 글을 쓰려면 그런 친구를 가졌는지, 그 친구가 누군지 생각해봐야 한다.

사실 누구나가 함께 쓴다. 함께 모여 쓰지 않을 뿐. 누구나 무언의 대화를 나누며 쓴다. 보고서를 쓰면서 상사의 지적을 떠올리는 것, 이전에 누군가 써놓은 보고서를 참고하는 것, 과거 읽었던 책의 저자 목소리를 듣는 것, 보고서를 쓰다가 인터넷을 검색하거나 옆자리 동료에게 물어보는 모든 행위가 함께 쓰는 과정이다. 그런 점에서 완벽하게 혼자 쓰는 글은 없다.

요즘도 나는 아내와 함께 쓴다. 아내와 대화에서 소재를 찾고, 써야 할 글이 있으면 아내에게 말하면서 생각을 정리한다. 아내와 대화가 곧 글쓰기 과정이다. 내 곁에는 글쓰기 광야를 함께 가는 동무가 있다. 서로 길을 물으며 길을 찾아가는 동행이 있다. 마음이 편안하다. 힘이 솟는다.

원숭이도 셰익스피어가 될 수 있다

- 시간·장소 사용법

이른 아침, 졸린 눈을 비비며 일어나 밥상을 차리는 아내의 모습은 거룩하다. 늦은 저녁, TV 보고 있는 내게 셋 셀 동안 끄지 않으면 가만 안 두겠다고 엄포를 놓는 아내는 무섭다. 하루에도 몇 번씩 천사와 마귀를 넘나든다. 집에서 후줄근하게 널브러져 있는 아내와 공적인 모임에서 만나는 아내는 전혀 다른 사람이다. 나는 시간과 장소에 따라 아내를 여러 명 만난다.

글이야말로 때와 장소를 가린다. 집에서 안 써지던 글이 카페에서는 술술 써지기도 하고, 회사 사무실에서 온종일 엉켜 있던 글이 퇴근길 지하철에서 실마리가 풀리기도 한다. 글의 종류에 따라서도 잘 써지는 시간대가 있다. 그 시간은 오전, 오후 등 물리적인 시간만도 아니다. 우울한 시간에 잘 써지는 글이 있고, 한껏 들떴을 때 잘 써지는 글이 있다. 시간과 장소가 글을 불러온다. 글을 지속적으로 쓰기 위해서는 시간과 장소 선정이 중요하다. 시시때때로 옮겨 다니면서 써봐야 한다. 그래야 자신에게 맞는, 글이 좋아하는 시간대와 장소를 알 수 있다.

세계적인 소설가들을 인터뷰한 내용을 모아서 책으로 펴낸《작가란 무엇인가》를 보면 작가마다 글을 쓰는 특정한 장소가 있다. 누구는 술집에서 맥주 한잔을 앞에 놓고 메모지에 쓰면 글이 술술 써진다고 한다. 또 누군가는 다락방에 가면 자기 몸이 글 쓰는 모드로 전환된다고 한다. 새벽 침대 위에서 잘 써지는 사람이 있는가 하면, 어느 작가는 욕조 안에서 쓰고, 심지어 관 속에 들어가야 잘 써진다는 사람도 있다.

이 밖에도 구양수는 말 위, 침상 위, 화장실에서 글이 잘 써진다고 했다. 칸트는 산책할 때, 에디슨은 잠들기 직전에 글이 잘 써진다고 했다. 글쓰기를 즐기는 사람은 이런 비밀 장소와 시간이 있다.

나는 지하철을 타면 생각이 잘 난다. 멋있는 말로 상념에 잠긴다. 나도 모르게 멍 모드에 들어가면 주변 누구의 소리도 들리지 않는다. 아무것도 눈에 들어오지 않는다. 온전히 생각에 빠져든다. 완벽한 집중이 이뤄진다. 내릴 곳을 지나치기도 하지만, 바로 그런 때 글 소재를 하나씩 얻는다. 지하철의 규칙적인 진동음이 긴장을 풀어주고 뇌를 간지럽힌다. 생각에 빠져들게 한다.

도서관같이 조용한 환경보다는 소음이 약간 있는 장소에서 집중력이 50% 가까이 올라간다는 연구 결과도 있다. 카페도 그런 장소 중 하나다. 멍 때리기가 잘되는 자신만의 장소를 찾아보자. 확실히 몰입 효과가 있다.

글 쓰는 장소는 공간만이 아니다. 메모지에 써야 잘 써지는 사람이 있고 공책이 좋은 사람도 있다. 또 어떤 사람은 휴대전화나 노트북에 써야 생각이 잘 난다고 한다. 블로그에 써야 잘 써지는 사람도 있다.

장소는 글 쓰는 소재를 찾는 데에도 중요하다. 장소는 기억을 불러온다. 소설가가 소설 무대를 답사하듯, 써야 할 글과 관련 있는 장소에 가보면 실마리가 풀리는 경우가 많다. 자기가 살았던 곳이나 연인을 처음 만났던 장소 같은 곳 말이다. 그 장소가 예전 같지 않거나 사라졌을 수도 있지만, 그 또한 글 소재가 될 수 있다.

회사에서 사보와 사내방송 기자를 5년 했다. 취재해야 할 행사가 모두 거기서 거기다. 현장에 가보지 않고도 알 수 있다. 얼추 기사 쓰는 데 문제가 없다. 그래도 가야 한다. 좋은 글을 쓰려면 반드시 가야 한다. 가면 예기치 못했던 우연한 상황이나 사건 혹은 장면과 마주친다. 또한 가보지 않고 머릿속으로만 그려서는 알 수 없는 디테일을 볼 수 있다. 현장감 있고 생생한 글은 여기서 나온다.

더 중요한 게 있다. 같은 행사라도 되풀이해서 가면 차이점이 보이기 시작한다. 처음엔 주로 공통점을 썼다. 무미건조하고 뻔하다. 재미없고 판에 박힌 얘기다. 차이점을 포착해서 쓰면 색다르다. 독자들은 그런 글을 좋아한다.

미국 작가 에릭 메이젤(Eric Maisel)은 《작가의 공간》에서 이렇게 말한다. "글 쓰는 사람은 일곱 가지 공간을 경험하며, 그런 공간을 잘 만들고 활용해야 좋은 글을 쓸 수 있다. 그것은 물리적 공간, 정신적 공간, 정서적 공간, 성찰의 공간, 상상의 공간, 공적 공간, 실존의 공간이다."

먼저 ▲물리적 공간은 글 쓰는 사람의 육체적 상태를 포함한다. 정신은 결국 육체에 기반한다. 뇌와 호르몬 상태를 잘 관리하는 것은 글 쓰는 사람의 중요한 의무다. 지금 내 몸 안에는 글을 쓰고 싶은 호르몬, 즉 세로토닌과 도파민이 많이 나올까, 아니면 쓰기 싫을 때 나오는 코르티솔이 많이 나오는 상태일까. ▲정신적 공간은 자유롭고 거침없어야 한다. 내 생각은 세상에 하나뿐이라는 걸 믿고 쓰자. ▲정서적 공간을 확보하기 위해서는 무엇보다 자기 안에서 들리는 감정의 소리에 귀 기울여야 한다. 그런 바탕 위에서 남의 아픔, 슬픔, 아름다움, 어려움, 기쁨에 공감할 수 있어야 한다. ▲성찰의 공간은 용기가 필요하다. 나의 허세, 비겁함, 표리부동함, 헛된 욕심을 직시하는 용기가 있어야 한다. 남을 감동시키는 글은 이 공간에서 나온다. ▲상상의 공간은 한 가지면 충분하다. 권태다. 고독해야 한다. 심심해야 상상한다. 공상이건 망상이건 상관없다. ▲공적 공간으로 나아가야 한다. 그래야 글이 적극적인 의미를 가진다. 나에 머물지 말고 타인으로, 사회로 눈을 확장해야 한다. ▲실존의 공간은 나의 현실에서 만들어진다. 내가 디디고 서 있는 현실을 구체적으로 쓰는 것에서 나온다.

내게도 글과 관련한 세 공간이 있다. **먼저, 머릿속 빈 공간이다.** 사람들은 자기 머릿속에 자료가 부족해서 글을 쓰지 못한다고 한다. 그것은 변명이다. 아는 게 없다는 건 오히려 희망이다. 아직 못 본 자료가 그만큼 많다는 얘기다. 밖에서 받아들일 수 있는 자료가 다른 사람보다 많다는 말이다.

오히려 문제는 아는 게 많은 것이다. 아는 게 많은 것은 때로 글 쓰기에는 독이 된다. 생각을 제약한다. 아는 것으로 가득 찬 곳에는 공간이 없다. 비집고 들어갈 틈이 없다. 거부하고 토해낸다.

두 번째 공간은 마음속에 있다. 판단하고 결정하는 공간이다. 정신과 의사 빅터 프랭클(Viktor Frankl)은 아우슈비츠 수용소 경험을 바탕으로 《죽음의 수용소에서》라는 책을 썼다. 그는 이렇게 말한다. "어떤 시련이 오더라도 인간에게는 단 한 가지 자유가 있다. 자신의 태도를 결정하고 삶의 길을 선택할 정신의 자유가 그것이다. 이 자유만은 그 누구도 빼앗을 수 없다." 또 이런 얘기도 한다. "고통스러운 감정은 우리가 그것을 명확하고 확실하게 묘사하는 바로 그 순간에 고통이기를 멈춘다." 말인즉슨 자극과 반응 사이에는 공간이 있다는 것이다.

인간은 누구나 그런 공간을 갖고 있다. 그 공간에서 반응을 선택할 자유가 있다. 그런 힘이 있다. 참으로 멋진 말이다. 그가 아우슈비츠에서 2년 반 동안 경험한 것을 바탕으로 하는 주장이기에 더 믿음이 간다.

글쓰기야말로 이런 공간을 만드는 작업이다. 자신의 태도를 결정하고 삶의 길을 선택하는 자유의 시간이다. 왜 살아야 하는지를 사유하는 공간이다. 글을 쓰면 그 어떤 고통도 고통이기를 멈춘다.

세 번째 공간은 자연 속에 있다. 여행을 가자. 아무리 짧은 여행도 글쓰기에 효험이 있다. 세 가지 이유다. 무엇보다 여행은 글감의 보고다. 새로운 사람을 만나고 우발적인 에피소드가 생기고 몰랐던 사실을 알게 된다. 그 하나하나가 생생한 글의 소재다.

여행은 또한 오감을 자극한다. 낯섦 때문이다. 여행자는 그곳에 사는 사람이 무심코 넘기는 것조차 관심 있게 본다. 익숙하지 않은 덕분이다. 보는 것뿐만 아니라 듣고 맛보고 느끼는 모든 게 각별하다. 그런 감각적 경험이 무의식에 잠겨 있던 생각과 감성을 촉발한다.

여행의 들뜬 분위기는 상상력도 발동시킨다. 여행을 가면 늘어지고 퍼진다. 일상의 중력에서 벗어났다는 것만으로도 평소 억눌려 있던 생각, 엉뚱하고 기발한 생각이 나올 틈이 생긴다. 나는 이런 해방감이 글쓰기에 가장 좋은 약이 된다고 생각한다. 그래서 여행은 독서보다 더 좋은 공감각적 독서다.

네 번째 공간은 내 글의 독자 안에 있다. 글은 백지 위에 홀로 서지 않는다. 문학조차도 그렇다. 이미 쓰여 있는 많은 글 사이에 있는 작은 빈칸, 독자들의 마음속에 아직 채워지지 않은 공간을 찾아 그곳을 채우는 일이다. 자연스럽게 스며들어야 한다. 그래서 배경과 맥락, 독자를 알고 써야 한다. 내 글 주변에 이미 있었던 생각과 글을 파악하고, 거기에 어울리는 한 줄을 추가한다는 자세로 써야 한다. 그래야 자연스럽게 받아들여진다.

시간과 글은 더욱 밀접하다. 글쓰기는 시간과의 싸움이다. 정해진 시간 안에 써야 한다는 압박 때문에 글쓰기가 힘들다. 오죽하면 마감 시간을 '데드라인'이라 하겠는가. 어차피 시간의 굴레를 벗어나기 어렵다면 적극적으로 활용하는 것도 방법이다.

그리스인들은 시간을 크로노스(chronos)와 카이로스(kairos)로 구분했다. 크로노스는 모두에게 동일하게 적용되는 시간이다. 이에 비해 카이로스는 사람마다 각기 다른 주관적 시간이다. 글 쓰는 사람은 카이로스 시간을 살아야 한다.

나는 시간을 정해놓고 쓰는 것을 추천한다. 시간을 정해놓고 쓴다는 건 두 가지 의미다. **하나는 일정 시간 동안 쓴다는 뜻이다.** 10분을 정했다면 그 시간에 계속 쓰는 것이다. 쓸 말이 생각나지 않으면 '생각나지 않는다'고 써서라도 정한 시간을 채운다. 생각이 나서 쓰는 게 아니고, 쓰면 생각나는 게 글이기 때문이다. 5분이면 5분, 10분이면 10분, 시간과 주제를 정해놓고 그 시간에 무념무상으로 쓰는 것이다. 글 쓰는 시간도 아침 7시, 밤 10시 등 일정한 시간대를 정해놓고 지킨다. 매일 이런 식으로 석 달 정도만 훈련하면, 야구선수가 반사적으로 공을 쳐내는 것처럼 손가락이 자판 위를 날아다닐 수 있게 된다.

시간을 정해놓고 쓴다는 또 다른 의미는 제시간 안에 쓰는 것이다. 청와대에서 그런 경험을 간혹 했다. 그야말로 순식간에 써야 할 상황이 있다. 시간을 지키는 게 가장 중요한 덕목이고, 시간을 어기면 모든 것이 소용없어지는 절박한 순간이다. 시간의 정지선 밖은 천 길 낭떠러지다. 째깍째깍 초침 소리가 나를 부르러 오는 저승사자의 발소리처럼 들려온다. 시시각각 시계를 보며 이런 생각을 한다. 시간만 더 주어진다면 무엇인들 못 쓸까.

시간을 정해놓고 쓰면 세 가지 중에 하나를 얻을 수 있다. 첫째, 직관이다. 자동차를 그릴 때 아웃라인부터 그린다. 나는 그것이 직관 같은 것이라고 생각한다. 그러나 시간을 제한하지 않으면 바퀴와 핸들부터 그린다. 둘째, 함축이다. 시간이 없으면 곧장 본질을 향해 간다. 너절한 서론, 전제가 생략된다. 짧고 굵다. 글의 밀도가 높아진다. 셋째, 절제다. 욕심 부릴 시간이 없다. 꾸미지 않는다. 그냥 토해낸다.

그러나 어떤 글은 시간을 정해놓고 쓰면 안 써진다. 그런 글을 쓰러 카페에 갈 때 아내가 물어본다. 언제까지 쓸 수 있느냐고. 나는 최대한 길게 잡아 답한다. 심지어 오늘 안에 못 쓸지도 모른다고 퉁명스럽게 얘기한다. 그래야 마음 편하고, 여유 있게 글을 쓸 수 있다.

대부분 그렇게 오랜 시간이 걸리지 않는다. 어차피 글은 시간과의 승부다. 시간을 들여야 좋은 글을 쓸 수 있지만, 반대로 시간을 많이 주면 더 나빠지기도 하는 게 글이다. 시간을 잘 요리하는 사람이 잘 쓴다. 시간을 어떻게 다룰 것인가, 글쓰기 숙제다.

무엇보다 독자의 시간을 존중하는 글을 써야 한다. 만약 100명이 내 글을 읽기 위해 2시간씩 할애해야 한다면 나는 200시간을 빼앗는 셈이다. 그러므로 간결할수록 좋다. 간결하기 위해서는 그만큼 내 시간을 더 써야 한다. 머릿속 숙성 시간과 퇴고 시간을 충분히 거쳐야 한다. 글을 쓰다 보면 내 머릿속이 환해지면서 글이 술술 풀리는 시간이 온다. 그런 시간이 되기 전에 설익은 글을 내놓으면 독자들 머릿속이 캄캄해진다.

원숭이에게 타자기를 주고 아무 키나 누르게 했다. 시간이 흘러 원숭이는 《햄릿》의 일부를 원문 그대로 타이핑했다. 시간만 들이면 원숭이도 셰익스피어가 될 수 있다는 걸 증명한 것이다. 하물며 사람이야. 글을 잘 쓰고 싶으면 시간을 많이 들이면 된다. 인디언이 비가 올 때까지 기우제를 지내듯, 써질 때까지 시간을 들이면 반드시 써지는 게 글이다.

나는 언제 죽어라고 일했나

- 관계가 좋으면 글도 좋아진다

운 좋게도 신입사원 시절 좋은 상사를 만났다. 그분은 늘 내게 질
문했다.

"이것 어떻게 해야 해?"

판단은 내가 했다.

"이렇게 하면 될 것 같은데요?"

"그래? 그럼 그렇게 해봐."

나를 인정해줌으로써 그 일의 주인으로 만들었다. 그리고 한마디
더 물었다.

"꼭 그 방법만 있을까? 어련히 알아서 잘하겠지만……."

한 번 더 생각하게 했다.

나를 믿어주는 상사를 만났을 때 나는 죽어라고 일했다. 그는 내
가 올리는 보고서를 검토하지 않았다. 내가 보고하면 '수고했다'며
곧장 들고 상사에게 보고하러 갔다. 내가 마지막 보루다. 내가 무너

지면 그분이 혼난다. 상사가 혼나면 내가 혼난 것이나 다름없다. 그는 한 일이 없으니까. 그가 혼나지 않도록 한 번 볼 것을 두 번 세 번 봤다. 그런 상사는 정보를 투명하게 공개하고 공유한다. 부하의 말을 경청한다. 지시하고 꾸짖기보다는 질문하고 칭찬한다. 피드백을 잘한다. 한마디로 위임을 잘하는 상사다.

나는 또한 일하면서 배우고 있다고 느낄 때, 소모되지 않고 쌓이고 있다는 느낌을 받을 때 열과 성을 다했다. 그 상사는 이런 말을 자주 했다. "나는 여러분이 띄워주면 뜨고 가라앉히면 가라앉는 사람입니다." 부하 직원 실력이 자기 실력이라고 생각했기 때문에 부하 직원의 역량을 키우는 데 관심을 가졌다. 일을 통해 성장할 수 있도록 도왔다. 그런 상사를 만나면 신나서 일한다.

결과에 대한 성취감을 맛볼 수 있게 해주는 상사를 만났을 때도 신명난다. 내 보고서나 기획안으로 회사 안에 작은 변화가 생기고 새로운 제도가 도입됐을 때 보람찼다. 그것이 가능했던 것은 상사가 공을 독식하지 않아서였다.

그러나 그는 잘못된 결과에 대해서는 완벽하게 책임졌다. 실패와 실수에 관대했고, 재기할 기회를 주려고 노력했다. 구성원 모두 그가 그럴 것이라고 믿었다. 그런 상사에게는 누구나 충성하게 돼 있다.

많은 사람이 관계는 덤이라고 생각한다. 덤이 아니라 실력이다. 상사가 싫으면 되도록 옆에 안 가게 마련이다. 말도 섞기 싫다. 부서 회식 자리에 가면 상사가 앉은 줄 좌우 맨 끝자리가 명당이 된다. 점심때가 됐는지도 모르고 열심히 일하다가 그 상사와 나만 남아 있다는 사실로 식은땀이 날 때, 승강기에서 그와 함께 있는 10초가 10분처럼 느껴질 때, 이런 관계에서는 좋은 보고서를 쓰기 어렵다.

상사와 관계가 나쁘면 상사가 갖고 있는 정보를 공유할 수가 없다. 상사의 보고서 취향과 작성 의도도 알 수 없다. 보고서에 관한 상사의 빠르고 친절한 피드백과 코칭도 기대하기 어렵다. 상사에게 자신의 기획이나 아이디어를 피력할 기회가 없어, 평소 활발하게 소통한 사람에 비해 상사가 보고 내용을 잘 이해하지 못한다. 사람은 누구나 낯선 것을 좋아하지 않는다. 결국 상사 마음에 드는 글을 쓸 수 없다.

무엇보다 상사는 보고서만으로 평가하지 않는다. 보고하는 사람을 보고 나서 보고 내용을 평가한다. 나도 임원으로 일할 때 누군가 보고서를 들고 오면, 어떤 경우는 "어서 와" 하면서 가뿐한 느낌이 드는 반면, 어떤 경우는 '저 친구하고 또 얼마나 보고서로 씨름해야 하나'라는 생각에 먹구름이 몰려오는 것처럼 저기압이 되기도 했다. 결과적으로 관계가 소원한 직원의 보고서는 좋게 보이지 않는다.

나쁜 관계를 회피해선 안 된다. 적극적으로 극복해야 한다. 상사는 누가 자신을 좋아하는지 싫어하는지 귀신같이 알고 있다. 상사는 자신의 의중을 잘 읽는 사람, 자신에게 도움이 되는 사람, 자신이 해야 할 악역을 대신 맡아주는 사람을 좋아하지만, 무엇보다 자신을 좋아하는 사람을 가장 좋아한다.

회사에서 글을 잘 쓰기 위한 첫 번째 조건은 상사를 좋아하는 것이다. 좋아하는 사람을 위해 일할 때 힘든 줄 모른다. 자신이 일의 주인이 된다. 상사가 잘되고 못 되고는 나하기에 달렸다고 생각한다. 일에서 보람과 성취감을 느낀다.

그런데 문제가 있다. 상사를 좋아하는 것이 세상에서 가장 힘든 일이라는 사실이다. 그도 그럴 것이 상사는 본시 악역을 맡은 사람이다. 지적하고 쪼는 것이 상사 본연의 역할이자 임무다. 조직을 대신해서 나쁜 역할을 맡아야 하는 존재다. 내게 아무런 지적도 하지 않고 호의적으로 대하면 누구나 그 상사를 좋아한다. 하지만 그런 상사는 직무를 유기하고 있는 것이다.

나는 상사를 좋아하려고 안간힘을 썼다. 집을 나서면서 배역에 맞는 가면을 쓴 상사가 아니라, 가면 뒤의 그 사람을 보려고 했다. 그랬더니 보였다. 그 사람의 처지와 사정이 보였다. 사이코패스란 소리를 듣는 상사일수록 더 외롭고 불쌍했다. 더 많이 도와줘야 할 사람이 거기 있었다. 상사 집에 가서 보면 사무실에서와 전혀 다른 사람이 그곳에 있었다. 그러다 보니 다른 직원이 '저 상사 또 성질낸다'고 쑥덕거릴 때 '저 상황에서 그럴 만하다'고 이해했다. 공감이 되고 예측이 가능했다.

억지로라도 한 달 동안만 상사에게 잘해볼 것을 권한다. 두 가지 결과를 얻을 수 있다. 우선, 우리 뇌는 인지부조화 상황을 극복하려고 한다. 상사에게 잘해주는 나의 행동과 사사건건 꼴 보기 싫은 짓만 하는 상사 사이에서 일어나는 불일치를 해결하기 위해 '상사가 하는 짓 모두가 다 꼴 보기 싫은 건 아니야'라고 생각하게 된다.

다른 하나는, 친한 척하는 나의 행동에 영향을 받아 미워하는 감정이 바뀐다. 우리 감정은 행동의 지배를 받는다. 뇌는 슬퍼서 우는 것이 아니라 눈물을 보고 슬퍼진다. 무서워서 떠는 게 아니라 떠는 손을 보면서 공포감을 느낀다. 상사에게 말을 걸고 친한 척하면 뇌는 상사와 관계가 좋은 것으로 착각한다. 그래서 실제로 상사를 좋아하게 된다.

상사도 부하 직원이 자신을 좋아하게 만들 책임이 있다. 부하 직원을 믿어야 한다. 부하 직원은 상사가 자신을 신뢰하는지 불신하는지 직감적으로 안다. 그리고 상사가 믿는 만큼 움직인다. 기대한 만큼 잘한다. 전혀 기대하지 않은 부하 직원이 일을 잘하는 경우는 드물다. 기대해도 잘할까 말까다. 가급적 믿고 맡겨야 한다. 글 쓰는 일은 물건 만드는 일과 달리 당사자의 의욕과 주도성이 필요하기에 그렇다.

부하 직원 역시 상사가 믿어주게끔 노력해야 한다. 상사가 나를 믿게 하는 방법은 무엇인가. 수시로 상사 생각을 확인해야 한다. 과거에 그랬으니 이럴 것이란 추측은 금물이다. 내비게이션 업데이트하듯 수시로 업데이트해야 한다.

'당연히 알겠지' 하며 건너뛰는 것도 금물이다. 상사는 의외로 잘 모른다. 체크만이 살길이다. 무조건 상사 생각이 갑이다. 맞춰주는 게 답이다. 상사가 틀렸다고 생각하면 고치려 들지 말고 소리 없이 보완해줘야 한다. 이런 부하 직원을 상사는 신뢰한다. 이렇게 신뢰가 형성되면 선순환하며 상승작용을 일으킨다. 그런 관계에서 좋은 글이 나오지 않으면 그것이 이상하다.

직장에서 쓰는 글의 독자는 대부분이 상사다. 상사를 위해 쓰는 것이다. 보고서를 제출한 순간, 회사를 대신하는 상사가 그 주인이다.

물론 보고서를 쓰고 나면 상사와의 의견 차이는 불가피하다. 많은 직장인이 이 문제로 힘들어한다. 하지만 어찌 보면 간단한 문제다. 갈등할 이유가 없다. 보고서는 공짜로 쓰는 것이 아니다. 대가를 지불받았다. 월급을 받고 회사에 판 것이다. 납품받은 고객에게 맞춰주는 게 맞다. 그리고 스트레스는 부당하게 짊어지는 짐이 아니다. 응당 감당해야 할 월급값이다. 회사에서 주는 급여에는 관계 스트레스에 대한 보상도 포함돼 있다.

자존심 상할 문제도 아니다. 보고서를 자신의 인격과 동일시하는 것은 옳지 않다. 상사가 이것저것 지적한다고 그것을 내 인격에 대한 공격으로 받아들일 필요는 없다. 맞고 틀리고의 문제도 아니다. 단지 생각이 다를 뿐이다. 누구나 자기 생각이 있고, 그것은 나름대로 다 옳다. 상사의 말이 금과옥조는 아니다. 상사의 생각일 뿐이다. 물론 내 의견을 말할 수 있다. 또 그래야 한다. 그러나 그럼에도 상사가 설득되지 않거나 상사와 합의점을 찾지 못하면 상사 의견에 따르는 게 맞다. 누군가 바꿔야 한다면 상대가 변하기를 기다리지 말고 내가 변해야 한다. 이유는 단 하나다. 그가 상사이므로.

나는 보고서로 지적받으면 오히려 알려줘서 고맙다고 생각했다. 병원에서 의사가 '당신 병에 걸렸다'고 알려주는 것과 같다고 여겼다. 실제로 보고서를 쓰면서 생각하는 훈련을 하고, 다양한 상황에 대처하는 법을 배운다. 이와 함께 상사의 옳거나 틀린 지적에서도

배운다. '아, 이것은 내가 실수했구나' 혹은 '나는 상사처럼 되지 말아야지' 등

또한 상사가 시간을 주지 않고 보고서를 쓰라고 하는 경우에는 급하게 업무 처리하는 법을 배운다. 다른 직원보다 과도하게 많은 일을 맡기는 경우에는 과중한 일을 소화하는 법을 배운다. 내 업무가 아닌 일을 하라고 지시할 때는 다양한 일을 접할 기회를 갖는다. 내 역량으로 처리하기에 버거운 보고서를 쓰라고 하는 경우 역시 어려운 일에 도전해볼 찬스를 얻은 것이라고 생각한다. 이는 조직을 떠나면 실감하게 되는 사실이다.

대통령이나 회장이 꾸짖을 때는 세 단계로 생각했다. 약간 혼낼 때는 '이 시간도 가겠지', 심하게 혼내면 '내일은 내일의 태양이 뜨겠지', 더 심하게 혼낼 때는 '이분과도 언젠가는 헤어지겠지'라고 생각했다. 그리고 실제로 헤어졌다.

누구나 그 자리에 영원히 있는 건 아니다. 반드시 자리를 떠나고 사람들과도 헤어진다. 심지어 이 세상을 떠난 분들도 많다. 헤어지고 떠나고 나면 그 모든 것은 아름답고 그리운 추억이 된다.

글쓰기 강의를 그만둬야 할 날이 오고 있다

- 삶에서 배우는 글쓰기

어느 방송국 노래 경연대회 심사위원들의 대화다.

"저 친구 노래 참 좋네. 왜 좋을까?"

"왜 좋은지 알면 노래 잘하기 쉽지요."

"말하듯, 멋 부리지 않고 자기만의 느낌으로 부르는 게 유일한 정답이랄까?"

노래만 그럴까? 세상만사는 닮아 있다. 원리가 같다. 글에 관심이 많은 사람은 주변의 모든 것이 글쓰기로 재해석된다. 이런 사람은 무엇에서든 글쓰기를 배울 수 있다.

노래와 글쓰기

노래 한 소절 못 부르는 이 없듯, 글 한 줄 안 써본 사람은 없다. 노래나 글이나 만만하게 보면 만만한 것이다. 음치가 있듯 글치도 있다. 피나는 훈련이 노래 잘하는 가수를 만들지만 연습만으로 위대한 가수가 되는 건 아니다. 글도 소질과 무관하지 않다. 흘러나오는 노래만 들어도 누가 불렀는지 알 수 있듯, 글에도 고유의 문체가 있다. 노래할 때 이어폰을 끼고 자기 목소리를 듣듯, 글 쓸 때도 자기 마음속 소리에 귀 기울여야 한다.

〈어머니 은혜〉를 부를 때는 진심만 있으면 된다. 글도 진정성만 있으면 절반은 성공이다. 노래방에서 남들이 노래할 때 잘 듣지 않듯, 사람들은 당신 글에 의외로 관심이 없다. 진정한 가수는 춤이나 개그가 아니라 노래로 승부한다. 글도 내용이 중요하다. 노래를 잘 부르지 못해도 음정과 박자는 맞아야 한다. 글쓰기도 문법은 지켜야 한다. 노래할 때 고음 처리 등 전략적 포인트가 있어야 하듯, 글도 자기만의 승부처가 있어야 한다. 가요와 성악은 같은 노래지만 비교 대상이 아니다. 시와 소설도 그렇다. 노래나 글이나 자신에게 맞는 장르가 있다.

좋은 노래를 듣고 나면 나도 모르게 한 구절 정도는 흥얼거린다. 글도 읽고 나서 한 문장 정도 기억에 남아야 좋은 글이다. 파바로티 전기 읽는다고 노래 잘할 수 없듯이 글쓰기 책 읽는다고 글 잘 쓰는 건 아니다. 바이브레이션과 같은 과다한 기교는 수식어 많은 글과 같이 느끼하다. 전문 가수나 등단 문인이 아닌 이상, 노래나 글쓰기를 두려워할 이유는 없다. 감동을 주는 노래가 으뜸이다. 재미나 정보를 주는 글도 좋지만, 글 또한 감동이 최고의 선물이다.

성량이 풍부한 사람이 노래를 잘하듯이 글도 어휘력이 풍부해야 한다. 생목 열창은 퇴고 없는 글과 같이 민망하다. 노래 부를 때 비주얼도 무시할 수 없다. 글도 제목과 편집에 신경 써야 한다. 노래의 클라이맥스는 뒤에 있다. 처음부터 악 쓰면 목이 쉰다. 가수 이름을 그의 히트송으로 기억하듯 저자도 대표 저작이 중요하다. 노래가 뜨면 방송에 자주 나오고, 방송에 나오면 인기가 더 높아져 더 많은 방송을 타게 된다. 저자 명성과 책 판매도 그런 흐름을 탄다. 실은 노랫말 자체가 글이다. 노래하는 시인 밥 딜런이 노벨문학상을 수상한 것이 전혀 이상하지 않은 이유다.

산과 글쓰기

글쓰기는 산행과도 맞닿아 있다. 산은 아무리 마음이 급해도 한발 한발 올라야 한다. 한달음에 날아오를 순 없다. 글도 마찬가지다. 한 글자 한 글자 써야 한다. 그런 점에서 산과 글은 공평하다. 제아무리 용쓰는 재주가 있어도 한 걸음씩 내디뎌야 한다. 한 걸음을 내디딜 수 있는 사람은 누구나 산 정상에 오를 수 있다. 사람에 따라 걸리는 시간 차이가 있을 뿐 도중에 포기하지만 않으면 언젠가는 정상에 오른다.

산을 오르다 보면 그만두고 싶을 만큼 힘든 고비가 한두 번 온다. 글쓰기도 그렇다. 도저히 못 쓸 것 같은 깔딱 고개를 만난다. 산에서 깔딱 고개를 만났을 때는 쉬어가는 게 맞다. 글쓰기도 고비를 만나면 글과 억지 씨름하지 말고 다른 일을 해야 한다. 그러고 나서 다시 글을 보면 대부분의 경우 돌파구가 생긴다.

산에는 오르막도 있고 내리막도 있다. 오르막의 탄식과 내리막의 환희 모두 하수다. 오르막에서는 내리막을 기대하며, 내리막에는 오르막을 대비하며 평상심을 유지할 필요가 있다. 글쓰기도 일희일비하면 안 된다. 끙끙 앓다가 술술 써지기도 하는 게 글이다. 막힐 때 좌절해서도, 잘 써질 때 자만해서도 안 된다.

산을 오를 때는 힘들지만 일단 오르고 나면 뿌듯하다. 남들이 가지 않는 길로 오르면 더 뿌듯하다. 글도 그렇다. 누구도 산을 대신 올라가줄 순 없다. 글쓰기도 전적으로 자기 몫이다. 고독한 작업이다. 간혹 케이블카를 타고 산을 오르듯이 남의 글을 훔치는 경우가 있다. 케이블카를 타고 오르면 빠르고 힘은 안 들지만 보람과 기쁨이 없다.

산에 오르는 길은 하나만 있는 건 아니다. 또한 누구에게나 자신에게 맞는 산의 높이가 있다. 글이란 것도 정답이 따로 있지 않다. 자기가 쓰는 것이 정답이다. 자신에게 맞는 방식으로 그저 쓰면 된다. 산에서 길을 잃으면 처음 자리로 돌아가야 한다. 글도 처음으로 돌아가 복기해야 한다.

동행하는 벗이 있으면 덜 힘들다. 가벼운 술 한잔은 힘을 북돋워준다. 마주 오는 사람이 "수고하세요" 하고 격려하면 더 힘이 난다. 글쓰기도 꼭 그렇다. 꽃과 풀내음은 등산에 활력소가 된다. 글 쓰다 지치면 책을 읽거나 친구와 수다를 떠는 게 상책이다.

등산에서 가장 중요한 것은 기초 체력이다. 글도 기교보다는 그 사람 자체가 얼마나 솔직하고 진실하며 진정성이 있는가에 달렸다. 글을 잘 쓰려면 잘 살아야 한다. 정상에 오르고 나서야 비로소 사방으로 전체 산의 모습이 보인다. 글도 다 쓰기 전까지는 장님 코끼리 만지기이며, 캄캄한 방에서 출구 찾아 암중모색하는 과정이다.

살면서 산 한번 올라가보지 않은 사람은 없다. 그러면서 누구나 산에 관해 다 아는 것처럼 얘기한다. 그러나 아무리 낮은 산도 얕잡아 보면 큰코다친다. 길을 잃고 헤맬 수 있다. 글도 마찬가지다. 얕잡아 볼 수 있는 글은 없다. 아무리 짧은 글도 쓰기 쉽지 않다. 또한 잔뿌리에 걸려 넘어지듯이 사소한 오탈자 하나가 글을 망친다.

산에 많이 올라본 사람이 잘 오른다. 글도 많이 써본 사람이 잘 쓴다. 글쓰기를 강연이나 글쓰기 책으로 배울 수 없다. 글쓰기는 글을 써야 배울 수 있다. 쓰는 게 곧 글쓰기의 왕도다.

하산을 잘해야 한다. 글도 쓰는 것보다 고치는 게 중요하다. 잘 쓴 글은 없다고 했다. 잘 고쳐 쓴 글만 있을 뿐이다. 욕심을 버려라. 산도 글도 욕심이 문제다. 글을 쓸 때도 잘 쓰고 싶은 욕심을 버려야 잘 쓴다. 당신은 히말라야를 등정하는 전문 산악인이 아니다. 시인이나 소설가처럼 쓸 필요는 없다. 그러니 욕심을 버리고 자신 있게 써라.

축구와 글쓰기

축구 경기를 보면서 늘 확인한다. 글쓰기가 '착상 – 구성 – 표현'의 과정이듯이 축구도 '작전 – 드리블과 패스 – 슛'의 과정이라고. 축구에서도 슛이 중요하듯이 글쓰기도 결국은 표현, 즉 쓰는 것이 중요하다. 수많은 골인이 있지만 똑같은 패턴을 거쳐 들어가는 것은 단 하나도 없다. 글도 결론은 같을지언정 결론에 이르는 과정은 단 하나도 같은 게 없다.

축구가 처음 시작 5분의 기선 제압이 필요하듯이, 글도 첫 시작을 먹고 들어가는 게 중요하다. 축구는 선수들이 지쳐 있는 마지막 추가 시간에서 승부가 많이 갈린다. 글쓰기 승부처도 마지막 끝맺음이다. 축구에서 현란한 개인기는 글쓰기에서 수사와 같다. 축구를 잘하는 팀은 몇 번 패스로 깔끔하게 공을 문전까지 보낸다. 잘 쓴 글도 군더더기가 없고 깔끔하다. 못하는 팀이 우왕좌왕하듯, 못 쓴 글은 중언부언한다. 세계적인 선수는 슛이나 패스도 쉽게 한다. 글쓰기도 진짜 프로는 어깨에 힘 안 들어가고 설렁설렁 쓴다.

공부와 글쓰기

글쓰기와 공부는 일란성쌍둥이다. 글쓰기가 무엇인가. 좀 더 어울리는 단어를 고르고, 주제에 부합하는 내용을 선택하는 것 아닌가. 글쓰기는 고르기요, 취사선택의 과정이다. 이러한 글쓰기를 지속적으로 한 사람은 문제 푸는 일, 즉 답 고르는 것도 잘한다. 결국 시험 성적이 좋고 공부 잘한다는 소리를 듣는다. 글을 쓰려면 개념을 많이 알아야 한다. 공부 역시 개념을 알아가는 과정이다. 글쓰기로 개념을 익히면 그것이 곧 공부다. 개념을 알아야 원리를 알고 본질에 접근할 수 있다.

글은 머릿속에 개요를 짜며 쓴다. 생각을 구조화하고, 그것을 문자로 표현하는 게 글쓰기다. 따라서 글을 잘 쓰는 사람은 흐름을 잘 읽는다. 공부하는 내용의 구조를 잘 파악하는 것도 같은 원리다. 공부 잘하는 사람일수록 나무가 아닌 숲을 본다. 세세한 내용을 보기에 앞서 전체 체계와 목차를 본다. 글을 많이 쓰면 독해력이 좋아지고 문제를 잘 이해한다. 출제 의도도 잘 파악한다. 문제 풀기에 급급하지 않고, 문제가 '좋다, 나쁘다' 평가하고 비판하는 수준에 이른다. 나아가 문제가 어떻게 출제될지 추론이 가능해진다.

글쓰기는 어딘가에 있는 자료를 일정한 분량으로 줄여 쓰는 과정이다. 따라서 글을 잘 쓰는 사람이 요약도 잘한다. 공부 역시 요약하는 행위다. 중요한 것과 덜 중요한 것을 가려내고, 중요한 부분을 발췌할 줄 알며, 요지와 주제 파악을 잘한다. 한마디로 핵심을 찾아낼 줄 안다. 이런 능력은 글쓰기로 길러지기도 한다.

글쓰기 기본은 어휘력이다. 특히 우리말에서 큰 비중을 차지하는 한자어를 잘 이해해야 한다. 용어도 많이 알아야 한다. 어휘력이 풍부한 사람은 문장력이 좋다. 공부에서도 문장력이 곧 그 사람의 경쟁력이다. 문장력은 서술형 시험이나 논술 시험에 필수적이다. 공부 잘하는 사람의 특징 중 하나는 노트 정리를 잘한다는 점이다. 공부한 내용을 자기만의 방식으로 재구성한다. 내용을 범주화해서 덩어리 짓는다. 중요도 순으로 번호를 매겨 나열하기도 한다. 이런 노트 정리야말로 글쓰기 자체다.

무엇보다 글도 잘 쓰고 공부도 잘하려면 성실해야 한다. 공부든 글이든 머리로 하는 게 아니라 엉덩이로 한다. 자리에 앉아 있어야 써지는 게 글이고, 깨우쳐지는 게 공부다. 글쓰기와 공부는 본질적으로 같으며, 잘하는 방법 역시 비슷하다.

삶과 글쓰기는 닮았다. 나는 매일 아침 할 일을 생각한다. 중요도 순으로 죽 열거한다. 하루 동안 할 일을 한다. 그리고 한 일에 관해 정리하고 평가한다. 그렇게 하루하루가 모여 인생이 된다. 글을 쓸 때도 생각을 떠올린다. 덩어리 짓고 순서 정하는 것으로 생각을 구성한다. 쓴다. 쓰고 나서 이리저리 고친다. 그렇게 한 장 두 장이 모이면 한 권의 책이 된다.

투명인간으로 살고 싶은 사람은 없다

- 말과 글로 행복하기

대학 입시를 준비하던 시절, 아는 집에 얹혀살았다. 그 집 아들과 한방을 썼다. 그 친구는 잠을 자고 나는 공부하고 있었다. 그 집 어머니가 방문을 열더니, "왜 자는데 불을 켜놔" 하시며 형광등 스위치를 내렸다.

대학에 가서 같은 학과 친구들과 술을 마시는데 대화에 끼어들지 못했다. 아는 게 없어 할 말이 없었다. 이제나 저제나 끼어들 틈을 엿보는데, 친구들이 늦었다고 집에 가잖다.

신입사원 시절, 서울여상 나온 동료와 옆자리에 앉았다. 그녀는 나보다 입사가 6개월 빨랐고 나이는 6년 아래였다. 하지만 자신이 나보다 급수가 낮은 것을 받아들이지 못했다. 그도 그럴 것이 당시 서울여상 갈 정도면 서울대도 갈 수 있는 실력이었다. 단지 가정 형편이 허락하지 않았을 뿐. 그녀는 다른 사람이 있는 데서는 내게 잘 대해줬다. 하지만 둘만 남으면 없는 사람 취급했다.

사람은 언제 행복할까? 먹고 싶은 것을 맘껏 먹을 때? 갖고 싶은 것을 가졌을 때? 이성과 사귈 때? 물론 이런 때도 기분이 좋다. 그런데 여기서 한 가지 구분할 게 있다. 쾌락과 행복의 차이다. 둘을 자주 헷갈린다. 경계가 모호하기도 하다.

　쾌락은 유쾌하고 즐거운 감정이다. 본능과 관련이 있다. 우리 뇌의 저 안쪽에 있는 뇌간이 관여하는 '느낌'이다. 뇌간은 파충류의 뇌라고도 하는데, 인간이 최초로 갖고 있던 뇌다. 그것에서부터 뇌가 진화해왔다. 인간은 파충류의 뇌를 아직도 갖고 있으며, 이것이 식욕과 성욕 등을 관장한다. 쾌락은 사람이나 동물이나 동일하게 느낀다. 그러나 지속성이 없다. 순간적이다. 그때만 즐겁다. 잠깐 행복할 뿐이다. 물론 식욕과 성욕 등 기본 욕구가 충족되어야 행복하다. 굶어 죽을 지경에 있으면서 행복할 수는 없다.

　지천명(知天命), 하늘의 명을 안다는 쉰 살이 넘어 행복이 무엇인지 알았다. 내가 행복하다고 느끼는 순간은 이런 때다. 모르던 것을 알고 깨달았을 때, 한 가지 일에 깊이 빠졌을 때, 내가 유능하다고 느낄 때, 무언가 성취했을 때, 인정받을 때, 누군가와 관계가 좋을 때, 마음이 고요할 때, 만족하고 감사할 때, 남을 돕거나 남과 협력할 때, 가치 있는 일을 추구할 때, 정의로운 편에 서 있다고 느낄 때, 하고 싶은 일을 하면서 스스로 인생의 주인이라 느낄 때다.

　바로 지금이 그렇다. 내가 행복하다고 느끼는 대부분은 말이나 글과 관련이 있다. 말하고 쓰면서 행복하다. 어떻게 하면 말과 글로 행복할 수 있는지 열 가지를 생각해봤다.

첫 번째, 자존감을 느낄 때다. '내가 그래도 이만큼은 되는구나' 하고 존재감을 느낄 때 뿌듯하다. 2012년 미국 하버드대학 다이애나 타미르(Diana Tamir)와 제이슨 미첼(Jason Mitchell)이 100명의 뇌를 관찰했다. 연구에 따르면, 자기 이야기를 할 때 활성화되는 뇌 부위가 음식을 먹거나 돈이 생겼을 때 활성화되는 영역과 일치했다. 자기를 표현하는 일이 밥 먹는 것과 같은 쾌감과 만족을 주는 것이다. 사람은 누구나 자신을 드러내고 싶어 한다. 없는 사람처럼, 투명인간으로 살고 싶은 사람은 없다. 말과 글이 없던 때도 동굴에 벽화를 그려 자신을 표현하고자 했다.

우리 몸은 먹은 것을 잘 배출해야 탈이 없다. 정신도 마찬가지다. 읽고 들은 것은 말하고 써서 출력해야 정신적 신진대사가 원활하게 작동한다. 읽기, 듣기, 말하기, 쓰기가 활발하게 선순환해야 한다. 그런데 많은 경우 읽기, 듣기에 그친다. 말하기, 쓰기로 확장되지 않는다. 이유가 있다. 틀렸다고 할까봐, 수준이 낮다는 소리를 들을까봐 그렇다. 정답에 대한 확신이 없으면 표현하지 않는다. 스스로 기대하는 수준에 못 미칠까봐 두렵기도 하다. 학교 다닐 때부터 입력은 많이 해서 저마다 생각하는 수준은 높다. 그런데 그것을 말하고 쓰는 일은 별로 해본 적이 없다. 그래서 자신이 없고, 자신을 직시할 용기가 없다. 잘난 체한다고 할까봐 조용히 입 다문다. 그냥 묻어가자, 중간만 가자면서 침묵한다. 결국 행복하지 않다.

두 번째, 인정받을 때다. 스스로 만족하는 수준을 넘어 누군가 나를 알아줬을 때 행복하다. 비범한 사람은 성취만으로 만족할 수 있지만, 보통 사람은 타인의 인정을 필요로 한다. 누구나 인정받기 위해 산다. 좋은 학교에 가려는 것도, 돈을 많이 벌려는 것도, 높은 지위를 탐하는 것도 실은 그 자체가 목적이 아니다. 인정받는 수단이다.

독일 철학자 악셀 호네트(Axel Honneth)는 사람은 누구나 자신의 존재를 인정받기 위해 투쟁한다고 했다. 자기 안에는 두 사람의 내가 존재하는데, 나 스스로 이렇다고 생각하는 '나(I)'가 있고, 남들이 생각하는 '나(Me)'가 있다. 객체화된 '나(Me)'는 주체인 '나(I)'에 항상 못 미친다. 나 스스로 평가하는 내가, 남들이 보는 '나'보다 늘 우월하다는 의미다. 사람은 남이 생각하는 '나'와 나 스스로 생각하는 '나' 사이의 간극을 좁히기 위해 노력한다. 남들이 보는 '나'의 수준을 높이기 위해 힘쓴다. 인정받기 위해 노력한다.

호네트는 인정을 세 단계로 구분했다. 첫 번째는 가족이나 가까운 사람에게서 얻는 인정이다. 이는 사랑을 기반으로 하며, 인정을 통해 자신감을 얻는다. 이런 인정을 받지 못하면 고립감과 소외감을 느낀다. 두 번째, 평등한 대접과 같이 사회에서 받는 인정이다. 이는 권리를 기반으로 하며, 이런 인정을 통해 자존감을 느낀다. 이것이 충족되지 못하면 차별받는다고 생각한다. 세 번째는 자신의 가치에 대한 공적 인정이다. 이를 통해 자긍심을 느낀다.

예를 들어 어느 학생이 글을 한 편 썼다고 하자. 그 글을 가족이나 짝꿍에게 보여줬는데 거들떠보지도 않으면 자신감을 잃는다. 선생님이 부잣집 친구가 쓴 글만 잘 썼다고 칭찬해주면 차별받고 있다고 생각한다. 자존감에 손상을 입는다. 그런데 글짓기 대회에 나가상을 받으면 자신의 가치를 인정받았다고 생각하며 자긍심을 느낀다. 행복하다.

세 번째, 성취할 때다. 인정받으면 영향력이 생긴다. 말과 글로 주변이 영향받고 변화하고 결과물이 만들어진다. 자아실현 욕구가 충족된다. 오락게임이 재밌는 이유는 이뤄내는 즐거움이 있기 때문이다. 본능적인 짜릿함 뒤에 성취감이 있다. 올라가는 단계가 없는 게임은 없다. 레벨이 없으면 성취감을 느낄 수 없다. 이성을 사귀면서 느끼는 즐거움도 마찬가지다. 배후에는 상대의 마음을 빼앗았다는 성취감이 자리하고 있다. 이성과 오래 교제하다 보면 시들해지는 이유는 이미 성취했기 때문이다.

누구나 의미 있게 살고 싶다. 나의 존재 의미와 가치를 보여주고 싶다. 이것은 말과 글로 가능하다. 내가 모신 두 대통령과 회장은 끊임없이 말했다. 말로써 자신의 존재를 드러내고 인정받음으로써 뭔가를 바꾸고자 했다. 자신의 말과 글로 영향을 미침으로써 무언가 역할하고 기여하고자 했다. 그로부터 얻는 성취감이 짜릿해서 그것을 다시 느끼고 싶어 했고, 다시 느끼기 위해 자신의 말과 글의 수준을 높이려 노력했다. 말과 글이야말로 온전히 내 안에서 만들어진 나만의 성취이고 나 자신이기 때문이다.

네 번째, 탐닉할 때다. 탐닉은 그 자체가 희열이다. 잠들 무렵에 쓸거리가 생각나 엎치락뒤치락했다. 당장 일어나 쓸까? 내일 아침에 쓸까? 잊어버리면 어떡하지? 뒤척이는 시간이 행복하다. 나에게 글쓰기는 모든 것에서 벗어나 순수하게 몰입할 수 있는 나만의 공간이다.

몰두하려면 관심 분야가 있어야 한다. 취미도 좋고 전문 분야여도 좋다. 낚시, 독서, 여행, 요리 무엇이든 상관없다. 잘할 수 있거나하고 싶은 일이면 된다. 그 관심 분야가 남의 반응을 유발하는 것이면 더욱 좋다. 무엇보다 나의 미래에 도움이 되어야 한다. 의욕을 갖고 지속하기 위해서는 '내가 이 일을 계속하면 이러한 이익이 있을거야'라고 믿을 수 있어야 한다. 그리고 내가 이루려는 목표가 남에게도 유익해야 한다. 그래야 보람을 느낀다.

하나에 꽂히면 누구나 글을 쓸 수 있다. 꽂히면 몇 가지 특징이나타난다. ▲안 보이던 게 보인다. 꽂히기 전에는 있는 줄도 몰랐던게 자꾸 눈에 띈다. ▲모든 것이 재해석된다. 드라마를 봐도, 책을읽어도, 친구 말을 들어도 꽂혀 있는 것의 프리즘을 통해 재해석된다. 예를 들어, 글쓰기에 꽂혀 있는 사람은 밥을 먹을 때도 글 쓰는과정과 음식 만드는 과정을 비교 설명하고, 산에 오를 때도 글쓰기를 등산에 비유한다. 차를 타고 갈 때도 운전의 원리가 글쓰기 원리와 같다고 생각한다. ▲상상의 나래가 펼쳐진다. 많은 시간을 한 가지만 생각하기 때문에 꼬리에 꼬리를 물며 연상하고 추론한다. 덕후들이 기발한 것을 만들어내는 이유도 여기에 있다.

다섯 번째, 축적했을 때다. 사람은 축적이 일어나야 욕심을 내고더 열심히 하려고 한다. 싸라기눈은 쌓이지 않는다. 함박눈이 와야한다. 집중적으로 와야 한다. 그러면 쌓인다. 눈이 쌓이면 눈싸움을 할까, 눈사람을 만들까 궁리한다. 그럴 때 행복하다.

불현듯 지적 욕구와 호기심이 휘몰아치면 그때를 놓치지 말고 축적의 기회로 삼아야 한다. 그러면 그때부터 쌓이기 시작한다. 축적 욕심이 생긴다. 돈이 많은 사람이 더 많은 돈을 가지려는 이치와 같다. 돈이 없는 사람은 그날 벌어 그날 쓰니 쌓이지 않고, 쌓는 재미도, 방법도 모른다. 돈이 돈을 벌듯이 쌓아놓은 쓸거리가 새로운 쓸거리를 생산하고 쓰고 싶은 욕구를 자극한다. 부자가 불어나는 통장 잔고 보듯, 쓸거리의 축적을 확인할 수 있는 공간을 마련하고 그곳에 글을 쓰자.

여섯 번째, 호기심이 충만할 때다. 《월든》의 작가 헨리 데이비드 소로가 그랬다. "모든 게 심드렁하고 그날이 그날 같고 궁금한 게 없으면 이미 죽은 것이다."

우리 모두는 호기심 덩어리였다. 모든 게 신기해서 계속 물었다. 하루하루가 새로웠다. 그런데 되지도 않는 질문을 한다고 엄마에게 혼나고, 선생님에게 야단맞으면서 호기심이 무뎌졌다.

하지만 알면 알수록 생기는 게 호기심이다. 글쓰기에 관한 글을 쓰다 보니 뇌과학이 궁금해졌다. 심리학, 문학, 철학, 교육학도 알고 싶어졌다. 글쓰기를 넘어 말하기, 소통, 리더십으로 관심 영역이 넓어졌다. 누군가 그랬다. "지식의 영토가 넓어지면 그 넓어진 영토를 따라 해안선이 길어지고, 길어진 해안선을 따라 모든 게 궁금해진다"고. 맞는 말이다. 아는 게 많아지면 모르는 것이 줄어드니까 덜 궁금해질 것 같지만, 그 반대다.

아는 게 많아지면 아는 것의 덩어리가 커져 표면적이 넓어지고, 그 넓어진 표면적에 새로운 호기심이 마구 달라붙는다. 내가 써둔 생각과 연관된 생각이 떠오르고, 써둔 글의 빈칸을 채우는 생각이 돋아난다. 잠이 깰 듯 말 듯한 새벽녘과 잠들기 직전에 특히 그렇다. 잊기 전에 써야 한다는 비몽사몽간 상황이 행복하다.

일곱 번째, 알고 깨우쳤을 때다. 인간의 뇌는 알았을 때 행복감을 느끼도록 진화돼왔다. 이런 연유로 우리 모두는 아는 것에 가까이 있으면 안전하다는 느낌을 받는다. 아는 것에서 멀어지면 불안하다. 깜깜한 방에 들어가면 불안한 마음이 드는 것과 같다. 옆에서 무슨 일이 일어나고 있는지, 앞에 어떤 일이 닥칠지 모를 때 불안하다. 회사 나가기가 싫거나 일요일 오후마다 불안 증세에 시달리면 의심해봐야 한다. 내가 아는 것에서 소외돼 있는 것은 아닌지.

사장은 일요일에도 즐겁게 일한다. 해야 할 일이 불현듯 생각난다. 다 알기 때문이다. 일의 배경, 맥락, 취지, 의도, 목적을 모두 알고 있다. 그러면 집에 있지 못한다. 밤새워 힘든 일을 하고도 행복하다. 알기 때문에 그렇다.

또한 우리는 무언가 알려주려는 사람에게 호감이 간다. '저 사람이 나를 대접해주는구나' 이런 마음이 들 때 행복하게 일한다. 또한 무슨 일을 하다가, 혹은 무언가를 읽거나 보다가 문득 그것의 원리와 본질을 깨달았을 때 머릿속이 시원해진다. 통찰한 순간이다. 이 순간에 우리는 쾌감을 느낀다.

여덟 번째, 성장할 때다. 아리스토텔레스가 《니코마코스 윤리학》에서 한 말이다. 인간은 탁월함(Arete)을 추구할 때 행복하다. 탁월함에는 지적 탁월함(Theoria)과 성격적 탁월함(Praxis)이 있다. 지적 탁월함, 즉 지혜와 통찰 같은 것은 배움에서 생기고, 성격적 탁월함, 즉 관용과 절제 같은 덕스러운 품성은 습관에서 얻어진다. 나에게는 읽기, 말하기, 듣기, 쓰기가 탁월함의 추구 과정이다. 말하기, 듣기, 읽기, 쓰기를 되풀이하면 그것이 곧 배움이고, 이런 배움을 통해 지혜와 덕성이 쌓인다고 믿는다.

누구나 이런 경험을 할 것이다. 무엇인가를 읽었다. → 읽은 것을 말할 기회가 생겼다. → 말하면서 읽은 것이 정리되고 막연했던 것이 확연해졌다. → 내 얘기를 들은 사람이 내 말에 살도 붙여준다. → 들으면서 배운다. → 듣고 느낀 것을 어딘가에 쓴다. → 쓰다 보니 반응이 온다. → 인정받은 느낌이 든다. → 더 쓰고 싶다. → 글쓰기가 재밌다. → 쓰기 위해 더 많이 읽고 더 많이 듣는다. → 내 안이 채워지는 느낌이다. → 나날이 내가 향상된다.

'내일 지구가 멸망해도 나는 오늘 한 그루 사과나무를 심겠다'라고 말한 스피노자. 그 역시 인간은 누구나 자기 존재를 유지하려는 경향이나 힘이 있다고 말하면서, 그것을 '코나투스(conatus)'라고 했다. 코나투스가 있기 때문에 인간은 무언가를 하려는 의지를 갖고, 좀 더 나은 삶을 위해 노력한다는 것이다. 스피노자는 코나투스를 향해 나아가는 의지와 노력을 욕망이라고 했다. 성장 욕구다. 내 안이 채워지고 충만감을 주는 것, 그것이 바로 코나투스다.

말하기, 쓰기는 코나투스를 증가시킨다. 블로그와 홈페이지에 글을 쓰면서 알았다. 글이 많아질수록 충만함을 느꼈다. 양적 성장을 경험한 것이다. 전에 쓴 글을 읽어보면 허접하다. 그사이에 그만큼 성장한 것이다. 질적 성장이다. 나는 글을 통해 나의 성장을 확인한다. 강의에 갈 때마다 새로운 얘기를 하나씩 추가하려고 한다. 추가할 거리를 찾을 때 즐겁고, 그것을 발견하면 짜릿하다. 강의에서 새롭게 추가된 내용을 말할 때 혼자 전율을 느낀다. '내가 오늘도 한 뼘 더 성장했구나.'

아홉 번째, 관계가 좋을 때다. 관계는 행복과 불행을 가르는 중요한 기준이다. 경쟁할 때는 왠지 불안하고 초조하다. 끊임없이 남과 비교한다. 만족이 없다. 누군가를 도울 때, 남과 협력할 때 행복감을 느낀다. 신영복 선생님은 《담론》에서 관계가 사람을 행복하게 한다고 했다. 관계를 만드는 것 역시 말과 글이다. 말 한마디, 글 한 줄이 관계를 좋게도 나쁘게도 한다.

나는 말과 글을 통해 남들과 연결돼 있다는 느낌을 받는다. 또한 연결하기 위해 말하고 쓴다. 기고하고 강연할 때 댓글이 달리고 청중과 눈이 마주치면 그들과 연대감을 느낀다. 아늑하고 행복하다.

열 번째, 꿈이 있을 때다. 청와대를 나올 때까지 꿈이 없었다. 목표도 없었다. 흐르는 물에 몸을 맡기고 떠밀려 살아왔다. 오라면 오고 가라면 갔다. 그러다 3년 전부터 꿈이 생겼다. 초등학교 3학년 때 장래 희망으로 '배우'라고 써냈다가 선생님께 혼난 이후 처음이다. 작가가 되고 싶다. 소설을 쓸지 시를 쓸지 모르지만 문학의 꿈이 자라기 시작했다.

　형광등 불이 꺼지면 잠이 오지 않았다. 아니 잠들지 못했다. 동트기를 기다렸다. 대학 시절 한마디도 끼어들지 못하고 집에 간 날에도 잠이 오지 않았다. 벌떡 일어나 책을 읽었다. 신입사원 시절에는 신혼이던 아내에게 하소연하다 복받쳐 울었다. 나만의 분투였다. 투명인간으로 살지 않겠다는 다짐이었다.

　나는 오늘도 아는 것이 재미있어 책을 읽는다. 동영상 강의를 듣는다. 생각난 것은 메모한다. 그리고 강의할 때마다 새롭게 알게 된 걸 말한다. 일상이 듣기, 읽기, 쓰기, 말하기다. 이 네 가지가 리듬을 타며 나를 드러낸다. 누구의 간섭도 없고, 눈치도 보지 않는다. 날마다 새롭다. 하루하루가 충만하다. 스스로 고양되고 성숙해지는 것을 느낀다. 남처럼 살지 않는다. 내가 나로서 나답게 산다.

책을 마치며

    이 책은 2년 전, 아니 적어도 작년 말에는 나왔어야 했다. 다 써놓고 두 번을 뒤집어엎었다. 《대통령의 글쓰기》 탓이다. 집필이 거의 완성되어갈 즈음 최순실 국정농단 사태가 터졌다. 《대통령의 글쓰기》가 '역주행'을 시작했다. '물 들어왔는데 배 띄우자'는 마음으로 출간을 미뤘다.

    이후 써둔 원고를 다시 봤다. 허접했다. 도저히 그대로 낼 수 없었다. 그리고 또 몇 개월이 흘렀고 출판사 성화가 빗발쳤다. 책을 쓰기 위해 인터넷 언론에 연재를 자청했다. 두 달 동안 죽어라고 썼다.

    연재 대장정에 나서며 홈페이지에 비장한(?) 각오를 밝혔다.

    "《대통령의 글쓰기》, 《회장님의 글쓰기》에 이어 세 번째 책이기도 하고, 앞서 두 번의 시도가 있었으니 세 번째 도전이기도 하다. 더 이상 물러설 데가 없다. 이 사실이 완주할 수 있다는 확신을 더욱 강하게 한다. 4월 말까지 집필 완료가 목표다. 이틀에 한 꼭지씩 써

야 하는 강행군이다. 겁나지만 설렘도 있다. 과연 될까 싶은 두려움
도 있지만 할 수 있다는 자신도 있다. 이번 도전을 성공적으로 마무
리하면 또 하나의 얘깃거리가 생길 것이다. 그것만 생각하고 뚜벅뚜
벅 나아가자."

　《강원국의 글쓰기》가 나오기까지 글의 스승을 세 사람 만났다.
대우그룹 회장비서실에서 만난 김정호 부장에게 명료하게 쓰는 법
을 배웠다. 머릿속 두루뭉술한 내용도 그의 손끝에서는 분명해졌
다. 국민의 정부 고도원 비서관은 간결한 글의 가치를 일깨워줬다.
참여정부에서 나를 이끌어준 윤태영 실장에게서는 쉽고 정확한 글
쓰기 가르침을 받았다.
　어느새 책이 나왔다. 다시 출발이다. 중국집으로 치면《대통령의
글쓰기》,《회장님의 글쓰기》,《강원국의 글쓰기》는 반죽이다. 짜장
면, 짬뽕을 만드는 일은 이제 시작이다.《공무원의 글쓰기》,《퇴직
자의 글쓰기》그 무엇이 됐든 말이다.

[더 읽을거리]

가즈오 이시구로 외 지음, 김율희·김진아·권승혁 옮김, 《작가란 무엇인가》(전 3권), 다른, 2015.

김택근 지음, 《기적은 기적처럼 오지 않는다》, 메디치, 2016.

데이비드 호킨스 지음, 백영미 옮김, 《의식 혁명》, 판미동, 2011.

로널드 B. 토비아스 지음, 김석만 옮김, 《인간의 마음을 사로잡는 스무 가지 플롯》, 풀빛, 2007.

로버트 루트번스타인·미셸 루트번스타인 지음, 박종성 옮김, 《생각의 탄생》, 에코의서재, 2007.

로버트 맥키 지음, 고영범·이승민 옮김, 《시나리오 어떻게 쓸 것인가》, 민음인, 2002.

로저 로젠블랫 지음, 승영조 옮김, 《하버드대 까칠교수님의 글쓰기 수업》, 돋을새김, 2011.

롤랑 바르트 지음, 김희영 옮김, 《텍스트의 즐거움》, 동문선, 2011.

롤랑 바르트 지음, 조광희 옮김, 《카메라 루시다》, 열화당, 1998.

미하이 칙센트미하이 지음, 이희재 옮김, 《몰입의 즐거움》, 해냄, 2007.

백문식 지음, 《우리말 어원 사전》, 박이정, 2014.

스티븐 킹 지음, 김진준 옮김, 《유혹하는 글쓰기》, 김영사, 2017.

어슐러 르 귄 지음, 김지현 옮김, 《글쓰기의 항해술》, 황금가지, 2010.

에릭 메이젤 지음, 노지양 옮김, 《작가의 공간》, 심플라이프, 2014.

윌리엄 진서 지음, 이한중 옮김, 《글쓰기 생각쓰기》, 돌베개, 2007.

이재성 지음, 《글쓰기를 위한 4천만의 국어책》, 들녘, 2006.

이태준 지음, 《문장 강화》, 필맥, 2008.

조지 오웰 지음, 이한중 옮김, 《나는 왜 쓰는가》, 한겨레출판사, 2010.

최상윤 지음, 《순우리말사전》, 동아대학교출판부, 2018.

티나 실리그 지음, 김소희 옮김, 《인지니어스》, 리더스북, 2017.

강원국의 글쓰기

초판 1쇄   2018년 6월 25일 발행
초판 31쇄   2024년 7월 1일 발행

지은이 강원국
펴낸이 김현종
출판본부장 배소라 **디자인** this-cover.com
마케팅 최재희 안형태 신재철 김예리 **경영지원** 박정아

펴낸곳 (주)메디치미디어
출판등록 2008년 8월 20일 제300-2008-76호
주소 서울특별시 중구 중림로7길 4, 3층
전화 02-735-3308 **팩스** 02-735-3309
이메일 medici@medicimedia.co.kr **홈페이지** medicimedia.co.kr
페이스북 medicimedia **인스타그램** medicimedia

© 강원국, 2018

ISBN 979-11-5706-126-6 (03800)